# 어쩐담

# 어쩐담

펴 낸 날 2024년 01월 26일

지 은 이 임영창, 임해빈, 노아란, 윤지상, 강승원
펴 낸 이 이기성
기획편집 서해주, 윤가영, 이지희
표지디자인 서해주
책임마케팅 강보현, 김성욱
펴 낸 곳 도서출판 생각나눔
출판등록 제 2018-000288호
주 소 경기도 고양시 덕양구 청초로 66, 덕은리버워크 B동 1708호, 1709호
전 화 02-325-5100
팩 스 02-325-5101
홈페이지 www.생각나눔.kr
이 메 일 bookmain@think-book.com

• 책값은 표지 뒷면에 표기되어 있습니다.
ISBN 979-11-7048-659-6 (03810)



※ 이 책은 충북 청년 희망 센터 [청년 커뮤니티 지원 사업]의 지원을 받아 제작되었습니다.

임영창 임해빈 노아란 윤지상 강승원 지음

# 어쩐담

생각나눔

| 목차 |

# 조각 우주

# 1. 끝

인류는 언제나 그래 왔듯 답을 찾았다. 여태껏 그래 왔고 앞으로도 그럴 것이다. 공간을 뛰어넘는 기술이 발전하면서 활동의 반경이 기하급수적으로 넓어진 인류는 끝내 세상의 답을 찾아낸 것이다. 지금으로부터 4년 전이었다. 「공간에 대한 이해와 활용」 논문으로 학계를 놀라게 한 박사 헤이츠는 논문 내용을 성공적으로 실용화했다. 처음에는 그저 자그마한 물체를 단순히 옆으로 미는 정도였다. 이러한 실험을 선보였을 때, 사람들의 반응은 싸늘했다. "헤이츠 박사는 마술사가 되려고 한다.", "물체를 바로 옆으로 옮길 거면 손으로 움직이는 게 더 빠르고 효율적이다." 하지만 헤이츠 박사는 세간의 소리에 개의치 않고 계속해서 연구에 몰두했고 박사는 이 기술을 '공간극복'이라고 명명했다. 처음에는 동전을 5cm가량 옆으로 움직이는 정도로 공간극복과 미는 것의 차이를 분간하기 쉽지 않았다. 하지만 물체의 크기와 이동시키는 거리가 점차 확대되더니 믿기지 못할 정도로 늘어나기 시작했다. 동전에서 컴퓨터, 5cm에서 몇 km의 거리까지 이제 우리는 자동차 한 대를 지구 반대편으로 옮길 때 작동 버튼을 찾는 데에 시간을 할애하더라도 3분이면 충분했다.

이때쯤 박사는 새로운 연구인 생명체를 이동시키는 일에 전념하고 있었다. 초기 연구로 무기체를 옮기는 일은 안정적인 성공을 보였으나 물체를 이동시키는 것과는 달리 생명체를 움직이는 일은 여간 까다로운 일이 아닐 수 없었다. 더욱 복잡했고 더욱 정교했고 더 윤리적이어야 했다. 유기체는 무기체들과는 달리 쉽게 손상되며 부작용을 고려해야 했기에 연구는 시간에 시간을 더해 갔고 헤이츠 연구소는 도시 숲 달빛 아래 등대 역할을 하듯 밤을 지새우는 일이 잦아졌다. 연구는 처음으로 돌아가서 동전 크기의 딱정벌레나 개미 등을 바로 옆으로 옮기는 일부터 시작했다. 어쩔 땐 다리 한 짝만 오기도 했고, 어느 땐 머리만 달랑 옮겨지기도 했다. 심지어는 안의 내용만 오는 경우도 있었다. 물론 시험 대상이 쥐로 바뀌었을 때도 시행착오는 수도 없이 일어났다. 박사는 어느 인터뷰에서 자신은 절대 천국에 발도 디디지 못할 거라고 한 말로 미뤄 보았을 때 얼마나 많은 시도와 실패가 반복되었는지 짐작할 따름이다. 그러고도 시간은 하염없이 흘러만 갔다. 점차 우리 기억 속에 헤이츠 박사의 업적이 하나, 둘 희미해져 갈 때쯤 박사는 다시금 사람들의 입방아에 오르게 됐다. 전 세계 사람들, 그리고 남녀노소 할 것 없이 말이다.

깜짝 놀랄 만한 쇼를 준비했다고 박사는 말했다. 모두가 예상했듯이 그의 연구가 진척됐다는 소식일 거라 사람들은 추측했다. 그 예상은 크게 빗나가지 않았지만 쇼의 대상은 박사 바로 자기 자신이었다. 쇼는 전 세계에 생중계되며 모두가 지켜보는 앞에서 이뤄진다고 했다. 하지만 사실 '공간극복' 연구는 그 정도로 진전돼 있진 못했다. 연구소에서 나오는 실험체 폐기물의 양은 여전히 셀 수 없을 정도였고, 연구소는 지지부진한 성과와 장기간의 부진 끝에 대부분의 지원이 끊겨 연구는 더욱 위축될 수밖에 없었다. 그러니까 헤이츠는 이번 쇼에 사활을 건 셈이었다. 뒤로 물러날 곳은 없었다. 한 번의 성공이면 다시금 재기하기 충분했다. 눈부신 커튼콜이 끝나면 수많은 미디어의 인터뷰 요청과 함께 충분한 지원금을 확보해 연구에 박차를 가할 수 있었다. 딱 한 번이면 됐다. 쇼가 시작됐고 헤이츠는 한 치의 망설임도 없이 스스로를 사라지게 했다, 약간의 섬광과 함께. "지구 반대편에서 뵙겠습니다, 여러분." 헤이츠는 인사를 건넸고 모두가 숨죽여 중계화면을 응시했다. 그리곤 그곳에 허공만이 자리했다. 수억 명의 관중들이 만들어내는 침묵 속에서 박사는 그렇게 모두가 보는 앞에서 사라져 버렸다.

박사의 조수이자 오랜 친구로서 그의 이야기를 이렇게 기록으로 남긴다. 내가 하는 행동이 어떤 이에게 의미 없는 행동일진 몰라도 누군가에겐 방향을 제시해 주겠지. 우리 연구의 데이터도 동봉해놓았으니 좋은 곳에 쓰이길 바라는 맘이다. 나는 헤이츠와 함께 초창기부터 연구를 진행했고 연구소나 그 밖에서나 많은 대화를 가졌다. 내가 알던 헤이츠는 인간관계에 서툴러 사람을 만나기보다 연구에 몰두해 혼자 있는 걸 좋아했고 감정적이기보다는 이성을 중시했던 친구였다. 그가 사람들과 대화할 때를 보면 가끔 버거워하는 게 눈에 보일 정도로 서툰 사람이었지만 그가 거짓말하는 장면은 나로서 상상이 가질 않는다. 그렇기에 친구의 말을 의심하진 않지만, 그가 내게 들려준 이야기는 그럼에도 좀처럼 믿기 어려운 이야기였다. 다만 그가 내게 이야기할 때 그의 눈은 마치 우주의 은하수처럼 영롱한 빛이 났고, 그의 입에서 나오는 이야기 속 풍경이 눈앞에 아른거리듯 허공에서 무언갈 응시하는 그의 모습엔 좀처럼 거짓이 묻어있다 생각지 않았다. 아마 어느 누구라도 헤이츠의 이야길 그에게 직접 듣는다면 그렇게 생각했으리라. 그리고 지구 반대편에 도착할 예정이던 헤이츠는 내 앞에 나타났다. 사라지던 그 모습 그대로 5년이란 시간이 흐른 뒤에 말이다.

우주의 끝을 봤다고 그는 말했다. 분명 그게 세상의 끝이었다고 끝은 존재했다고, 그가 보았던 그 끝엔 더는 앞으로 나아갈 수 없는 벽 같은 게 가로막고 있었다고 했다. 그리곤 그곳에 대해선 더 아무 말도 하지 않았다. 어떠한 인터뷰도, 사람들의 질문에도 그저 고개를 저을 뿐이었다. 그리고 한동안을, 그리고 꽤 오랜 시간을 연구소에서 나오지 않았다. 세간에서는 기적적으로 생환한 그를 떠들썩하게 다뤘고, 미디어에선 각종 추측과 이야기가 난무했다. 누군가는 세상의 끝에서 믿을 수 없는 문장과 함께 돌아온 그에 대해 사기꾼이라 말했고, 누군가는 그의 말을 진지하게 분석적으로 접근하기도 했고 누군가는 추앙했다. 대부분은 믿지 못하는 편에 속했지만 그럼에도 불구하고 그가 지구에서 사라졌었다는 것만은 부정할 수 없는 사실이었다.

헤이츠의 생환은 말 그대로 기적이었다. 아무런 장비도 갖추지 못한 채 미지로 사라진 그는 공간극복의 시작과 도착 그 양단의 사이에서 반물질의 형태로 명확한 형체도 없이 우주를 떠돌아다녔다. 어떠한 물리적 법칙이나 세상의 규율에 구애받지 않으며 이곳저곳을 정처 없이 떠돌아다녔다. 많은 행성과 은하수, 성운을 거치고 발길이 닿는 대로 마치 창조주가 자신이 빚은 세상을, 피조물들을 하나하나 둘러보듯 지긋이 말이다. 그러다 5년이란 시간이 지나고 그는 지구로 돌아왔다. 이게 그가 내게 말한 실종의 전말이었다. 이외의 질문엔 그저 "네게 조만간 모든 걸 말해줄게."라는 말뿐이었다. 그는 온 우주의 비밀을 간직한 채 보따리는 풀지 않고 다시 연구에 몰두했다. 떠나있던 시간이 무색하게 마치 아무 일도 없었다는 듯이. 그는 그런 사람이었다. 다만 5년이라는 시간은 시한 내에 성과를 내야 하는 기업들에겐 너무도 긴 시간이었다. 헤이츠가 사라지고 연구소의 지원금은 하나둘 끊겼고 그가 돌아왔을 땐 너무 늦어버렸다. 그가 돌아온 뒤 머지않아 연구소는 문을 닫게 됐다. 그리고 연구소가 문을 닫던 날 헤이츠는 내게 전화를 했다.

"사실 이 우주는 누군가의 거대한 머릿속이었던 거야. 내가 실종되어 떠돌아다닌 5년간 온 우주를 돌아본 바론 우리는 누군가의 머릿속에 살고 있는 거야. 내가 지구로 돌아올 수 있었던 것도, 5년이란 시간이 지났지만 5년 전의 내 모습 그대로 나타날 수 있었던 것도, 광활한 우주에서 벽을 마주한 것도 그래서였던 거야. 5년 전 실험에서 난 물리적인 머릿속 세포에서 이온 형태의 전기 신호로 뒤바뀌었어. '생각'이라는 추상적 개념으로 말이야. 그 덕분에 어떠한 제한도, 제약도 받지 않고 머릿속을 돌아다닐 수 있었어. 우리가 우주라 부르는 머릿속을 말이지. 생각이라는 전기 신호가 어떻게 움직이는지 알지? 표면적인 기억에서 머릿속 심층 무의식의 영역까지 이동하는 데 1초도 채 걸리지 않잖아. 나 역시 내가 원하는 곳 어디든 생각이라는 형태로 이동하는 데엔 몇 초의 시간밖에 걸리지 않았어. 아마 팽창은 곧 멎을 거야. 우리를 품고 있는 존재가 무엇인진 몰라도 성장은 끝난 듯 보이거든. 그게 내가 마주한 벽이야. 결국, 우리는 모두 머릿속 세포였던 거야. 그랬기에 내 전기 신호로 5년 전 나의 모습을 주변 세포에 투영할 수 있었어. 약간의 자극을 통해서, 그래서 사람들이 날 인지할 수 있었던 거야. 공간 극복 연구는 내가 사라진 시점에서 이미 완성됐어. 머무를지 떠날지는 네게 달렸어."

전화가 끊기고 그리곤 엄청난 섬광이 있었다. 헤이츠가 사라지던 그 날과는 비교할 수 없을 정도로. 연구소 쪽이었다.

연구소가 있던 자리는 마치 잘려나간 듯 통째로 사라졌다. 거대한 티스푼으로 연구소가 있던 지면만을 얇게 떠가듯 어떤 흔적도 남기지 않고 깨끗이 사라졌다. 잘려나간 빈자리에는 풀 한 포기 나지 않은 땅만이 갈색을 칠해 놓은 듯 덩그러니 남겨졌고, 그 위엔 편지 한 통만이 있을 뿐이었다. 편지라기보단 쪽지에 가까운 포스트잇엔 "바깥에 좀 나갔다 올게."라는 말만이 여백이 무안해질 정도로 한가운데에 또렷이 쓰여 있었다.

## 2. 달

달 탐사선이 쏘아진 것 외엔 다를 것 없는 월요일. TV는 한창 탐사선이 우주로 올라가는 모습을 실시간으로 내보내고 있었다. 힘차게 불을 뿜으며 발돋움하는 탐사선을 멍하니 쳐다보고 있자 문득 옛 추억이 떠오른다. 내겐 남들에게 털어놓지 않은 특별한 기억 속 장소가 있는데,

"그곳은 생각해보면 언제나 달이었다."

처음 이상한 나라를 방문한 날은 유난히도 달이 밝았다. 창밖으로는 넘치듯 달빛이 흘러들어 머리맡에 쏟아지는 달빛이 마침내 눈꺼풀 위로 부서져 저절로 잠에서 깬 날이었다. 눈을 떠보니 고요한 방 안에선 시계 초침 소리만이 째깍째깍 울려 퍼지고 있었고, 불 꺼진 방 안에서는 침대 맞은편 캐비닛이 마치 무대 위 배우가 스포트라이트를 받고 있듯 달빛을 받으며 찬란하게 빛나고 있었다. 한 손으로 눈을 비비며 꿈과 현실의 경계선을 가까스로 구분하려는 찰나 '쿵!' 소리가 적막을 깨뜨렸다. 캐비닛 쪽에서 난 소리였다. 가만히 침대에 앉아 상체만을 일으켜 소리가 난 방향을 게슴츠레 응시하고 있을 때 또다시 '쿵!' 소리가 재차 울려 퍼졌다. 잔잔한 수면 위에 돌을 던져 파장을 일으키듯 정

체를 알 수 없는 소리가 다시 한번 방 안에 던져졌다. 그때부터 난 어떠한 저항도 하지 못한 채 무엇에 홀리기라도 한 것마냥 침대에서 일어나 그해 생일에 선물로 받은 초록색 카디건을 잠옷 위에 대충 걸치며 캐비닛 앞으로 천천히 그리고 조심스럽게 다가갔다. 영문도 모른 채 가슴이 두근거렸다. 손을 뻗으면 닿을 거리가 되자 다시 한번 '쿵!' 하는 소리에 흠칫 놀라 몸이 움찔거렸다. 그리고 다시 아무 일도 없었던 것처럼 초침 소리만이 '째깍 … 째깍 … 째깍 …' 거슬릴 정도로 뚜렷하게 공기를 때렸고 심장 박동 소리가 합주하듯 그에 맞춰 널뛰는 소리가 이제야 들려왔다. 입은 말랐지만 군침을 삼켰다. 그리고는 한 손으론 카디건을 여며 흘러내리지 않게 가슴팍쯤에서 양단을 꼬옥 쥐고 다른 한 손으로는 캐비닛 손잡이를 잡았다. 이대로 문을 열면 무슨 일이 일어날 것만 같았다. 문을 열어 무슨 일이 일어나면 좋겠다고 생각했다. 그리고… 마음속으로 하나… 둘… 하는 순간 '털컥!' 문이 열렸다. 문이 저절로 열렸다. 그리곤 한 치 앞도 보이지 않는 심연. 온통… 눈을 떠보니 달이었다. 달이어야만 했다. 밤마다 하늘에 뜬 달을 물끄러미 쳐다보며 상상했던, 꿈꿔왔던 그 달. 노랗기도 하고 하얗기도 하고 파랗기도 한 그 달.

그곳은 내가 머리로만 그려보던 달의 모습과 똑같았다. 하늘은 캄캄히 불 꺼진 밤바다가 머리 위로 올라간 것만 같았고, 칠흑 같은 밤바다엔 유리 조각들이 흩뿌려져 수를 놓고 있었다. 갓구운 모카빵의 표면마냥 딱딱하지만도 않은, 그렇다고 말랑하다고도 보기 힘든 바닥은 한 발 한 발 내디딜 때마다 잘 정비된 산책로를 거니는 듯한 감촉을 발에 전달했고, 수평선이 끝도 없이 뻗쳐있는 데다가 내 발이 닿아있는 지면을 기준으로 위는 새까맣고 바닥은 은은하고도 하얗게 빛을 발해, 마치 접시 한가운데에 놓인 듯한 기분이었다. 몸은 어찌나 가벼운지 아무런 부축 없이도 걷는 데에 지치는 일이 없었다. 꿈이라면 평생 꿔도 좋을, 끝나지 않았으면 싶은 꿈이었다. 신비롭고 기이한 풍경과 몸엔 풍선을 단 듯 사뿐사뿐한 몸놀림에 재미가 들려 이곳저곳 둘러보는 동안이었다. 멀리서 움직이는 형체가 점에서 주먹만 하게, 그리고 고양이만 하게 커지더니 어느새 내 앞에 와있었다. 새봄이. 틀림없이 작년 봄에 무지개다리를 건넌 새봄이였다. 초등학생만 한 키에 두 발로 내게 다가왔지만 분명 새봄이와 똑 닮았다. 이름을 부르려 목구멍에 '새' 한 글자가 미쳐 밖으로 나가기도 전에 저쪽에서 선수를 쳤다.

"이방인이 여긴 어쩐 일이지?"

생김새가 완벽히 새봄이를 닮은 '그것'은 내게 말했다. 나는 누구인지, 어떻게 해서 여기에 왔는지 자초지종을 설명했고 새봄이처럼 보이는 낯선 그것이 날 처음 보는 사람 취급하는 것이 내심 속상하면서도 한편으로는 새봄이와 닮은 '그것'이 반가웠다. '그것'은 처음엔 날 경계하는 듯싶더니 사정을 듣고는 이내 안심한 듯 꼬리를 천천히 살랑거렸다. 하지만 이곳이 어떤 곳인지 묻기도 전에 그것은 내게 말했다.

"그래, 넌 내게 해가 되지는 않는 것 같아. 그렇지만 오늘은 이제 그만 원래 세계로 돌아가는 것이 좋겠구나." 하며 내가 이 세계로 들어왔던 캐비닛의 문을 한 손으로 열어 나를 배웅했다. 그 일을 계기로 난 그것을 혼자만의 비밀이라 간직하며 이상한 나라로 놀러 가는 일을 하나의 일과처럼 여기기 시작했다. 그곳에 있으면 지긋지긋한 복통과 매스꺼움, 코가 얼얼할 정도로 맡아온 알코올 냄새와 시시때때로 날 괴롭히는 간호사들을 마주하지 않을 수 있었고 무엇보다 내 발길 닿는 대로 몇 시간이든 거닐 수 있었기 때문에 그곳에 가는 일은 여태껏 가보지 못한 소풍을 떠나는 기분이었다. 원래 세계와는 달리 그곳에서 나는 힘이 넘쳤고 뭐든 할 수 있을 것만 같았다. 달콤한 사탕과도 같은 중독성에 어딘가 모를 일탈감이 느껴져 그곳에서 보내는 시간이 늘어나기 시작했고 처음에는 한두 시간 정도 가볍게 산책하는 정도에 불과했으나 점차 늘어 2주일이 안 됐을 무렵엔 잠을 자는 시간만큼이나 그곳에 머물게 됐다. 그와 반비례하게 원래 세계에 머무르던 시간은 줄어만 갔고, 엄마는 그런 내가 못마땅한 것인지 아니면 내가 없는 동안 심심해서인지 어딘가 슬퍼 보였다. 하지만 그 덕분에 새봄이와 닮은 그것과는 좀 더 가까워질 수 있었고 많은 대화를 나눴는데 '그것'은 스스로를 지칭하는 이름이 없다고 했다. 보다시피 이상한 나라에는 아무도, 아무것도 없었기에 그런 것이 필요치 않았다고, 필요성에 대해 생각해본 적이 없다고 했다. '그것'은 과거의 기억이 없다고도 했는데 이름이 없는 것도 그 때문일 것이라 짐작했다. 그렇기에 나는 '그것'에게 새봄이라는 이름을 지어주었다. '그것'은 처음엔 맞지 않는 옷을 입은 기분이라며 낯설어하면서도 "새봄이는 한글로 어떻게 쓰는 거야?", "새봄이라는 이름의 뜻은 뭐야?" 하면서 속으로는 적잖이 기뻐하는 게 보여 나도 기분이 좋았다. 새봄이와 나는 하늘의 별들을 보며 하루 종일 누워있기도 했고 땅에 서로를 그려주며 시간을 보내거나 둘이서 할 수 있는 놀이란 놀이는 전부 찾아 즐겁게 때론 잠이 솔솔 올 정도로 편안하게 하루하루를 보냈다.

그리곤 어느 날, 달력에 빨갛게 동그라미가 쳐 있던, 오전까지 비가 온 뒤 점심 무렵부터 구름이 개고 싱그러운 햇살이 수줍게 고개를 내밀었던, 이상하리만치 몸이 가벼웠던 그날 달나라와 새봄이는 인사도 없이 내 곁을 떠났다. 아무리 캐비닛의 문을 열고, 닫고 다시 열어보아도 그곳에는 한참이나 입지 못했던 내 외출복과 여벌의 잠옷만이 황량하게 걸려있을 뿐, 마치 그동안의 일이 모두 거짓말이라는 듯 아무 일도 일어나지 않았다.

그 후로 나는 그 방에 다시 갈 일이 없었다. 그 안에 마법을 간직한 비밀스러운 캐비닛도, 물밀듯 달빛이 넘쳐오던 그 창문도, 그리고 하얀 배경에 점 찍듯 초록 무늬가 촘촘하게 찍혀있던 잠옷도 다시는 보지 못했다. 이제는 더 이상 되돌아갈 수 없는 추억으로만 존재하는 곳이 되어버렸지만 흐릿해져 가는 기억을 드문드문 되짚어보면 문득 떠오른다. 끝없이 펼쳐진 까만 하늘 위로 쏟아질 것만 같은 별사탕들, 시리도록 차가운 하얀색에 어딘지 모를 따스함이 느껴지던 그 표면, 그리고 거기에 묘하게 어우러진 새봄이.

"그곳은 생각해보면 언제나 달이었다."

어느새 TV 속엔 우주 비행사의 달 착륙이 실시간으로 중계되고 있었다. 노이즈가 살짝 낀 화면 속의 달 표면에선 얼핏 새봄이의 그림이 보인 것만 같았다.

## 3. 불청객

처음 세상에 눈을 떴을 때 내 눈앞에 놓인 건 쓰레기 더미였다. 너무 배가 고파서 산처럼 쌓여있던 쓰레기 더미에서 먹을 수 있는 무언가를 입에 집어넣던 기억이 생생하게 떠오른다. 그러고 나선 그곳이 내 보금자리가 됐고 움직이지도 못하는 깡통 우주선이 내 집이 됐다. 기억이 아득할 정도로 어떻게 자랐는지도 몰랐을 어렸을 때는 운 좋게 쓰레기 더미서 나온 가정용 로봇들의 도움으로 하루하루를 연명해 나간 것 같다. 그렇지 않았음 밤마다 찾아오는 괴물 같은 크기의 쥐들이나 기생 바퀴에 의해 쥐도 새도 모르게 사라졌음이 분명하다. 어딜 보아도 비슷비슷한 풍경의 이 쓰레기 더미 행성에서는 딱히 할 일이 많지 않다. 언젠가 한 번은 '50일 만에 끝내는 기계 정비' 책을 보고 만든 반중력 스케이트보드에 올라 하루 종일 동쪽으로 가보았지만, 주위에 펼쳐진 광경은 여전히 끝없는 쓰레기 더미뿐이었다.

그러한 곳에서 내가 하는 일은 하늘 높이 치솟은 쓰레기 더미 속에서 조금이라도 돈이 될 만한 물건을 찾는 일이다. 이렇게 행성 이곳저곳을 뒤적거리는 행동 때문인지 주변에서는 모두 스캐빈저라 부르는 듯하다. 가끔가다 우주 해적이나 떠돌이 행상인, 길 잃은 치들이나 들락거리는 행성에서 뭘 더 할 수 있을까 싶다가도 내 처지가 나쁘다고 생각해 본 적은 한 번도 없다. 비교라는 건 비교 대상이 있을 때나 가능한 일이라는 것을 나는 몰랐다. 또 방문객과 하는 흥정은 매번 흥미롭기 때문이다. 가끔 물물교환으로 우리 행성에선 보기 힘든 신기한 물건을 손에 넣으면 한 달은 시간 가는 줄 모르고 갖고 노니까. 그러다 보면 또 다음 손님이 찾아오고. 그리고 또 거래하고. 다행히 밥줄이 끊기는 일은 없었다. 내가 살고 있는 쓰레기 행성 주위에는 사람들이 살고 있는 행성이 적어도 2개는 되는 모양이라 거기서 오는 쓰레기와 온갖 잡동사니들이 여기로 날아온다. 그곳에서는 대책 없이 아무 물건이나 찍어대는 바람에 어떤 때는 똑같은 물건이 포장도 뜯기지 않은 채로 무더기로 올 때가 있다. 거기다 이곳은 안드로메다은하로 가는 길목에 위치해 있기 때문에 우주를 떠돌아다니는 많은 방랑자에게 잠시 쉬어 갈 겸 간이 쉼터로 이용되고 있는 것 같아 심심치 않게 사람들이 찾아온다. 손님이 올 때를 제외하고는 행성에서 보물찾기를 하며 지내는데 대부분은 허탕이지만 이따금 값어치 있는 물건을 주울 때가 있어 이것도 나름 보람찬 일이라 생각한다. 그날도 하루 종일 쓰레기를 헤집고 허탕을 치던 날이었다. 집이라 부르기도 민망한 고물 우주선에서 며칠 전 잡은 쥐를 맛있게 구워 한입 하려던 차에 무어라 소리가 들려왔다. 밖은 잠잠했다. 소리가 들려온 곳은 거처 안이었다. 내 기억으로도 제일 오래전에 이미 고장 나 있었던 고물 우주선의 송수신기에서부터 들려오는 소리였다.

… 치… 치직….

"… 이렇게 하는 게 맞나…?"

"… 음…. 영상으로 날 남기다니 어색하네, 크흠…!"

"여기는 센츄리호. 지구를 떠난 지 이제 한 달이 조금 넘었어. 슬슬 우주에 적응하는 중이야. 처음에는 창문을 보면 영상으로만 보던 행성들이 눈앞에 펼쳐져 있기도 하고 아무것도 없는 광활한 검정 배경이 어색했어. 밥도 여태껏 먹던 식사와는 달라서 적응하는데 힘들었지만, … 시간이 지나니 모두 적응이 되더라고. 조금씩 운동량도 늘려가는 중이고…. 그거 아니? 우주에선 지구와는 달리 중력이 없어 꾸준히 운동을 해주지 않으면 언젠가 지구로 돌아왔을 때 풀썩 쓰러져 버릴지도 몰라!"

"오늘은 아침에 핫케이크를 먹었어. 건조된 상태로 포장돼서 하이드레이트에 넣어주면 촉촉한 핫케이크로 변한다? 신기하지? 그치만 지구에서 만들어 먹던 맛엔 못 미친달까…?"

"항해는 순항 중이야. 이대로면 계획대로 약 한 달 뒤에 목적지에 도착할 수 있어. 우리들의 새로운 보금자리가 될 행성 말이야! 어떤 곳일지 벌써 기대돼! 분석 결과 날씨는 온화한 봄과 같은 기온이 일 년 내내 유지될 정도로 안정적이고 지구와 유사한 대기에 물도 풍부하고 중력도 지구의 1.24배밖에 안 되는 이상적인 행성이라니 대체 어떤 곳일지 하루 빨리라도 도착했으면 좋겠어! 음… 벌써 시간이 이렇게 됐네? 그럼… 이만 엔진 점검하러 가봐야겠다. 안녕!"

어딘가의 이름 모를 누군가로부터 보내온 영상 편지였다. 알 수 없는 오류로 인해 우주를 떠돌아다니던 전파가 우연히 이 우주선의 송수신기에 잡혔으리라. 지구(?)라는 행성은 얼핏 들어본 적이 있다. 언젠가 쓰레기를 헤집다 발견한 책 한편에 그에 관한 이야기를 본 기억이 난다. 모든 인간의 고향. 현재는 우주 곳곳에 인류가 퍼졌지만, 까마득히 오래전 인류는 지구에만 살았었다고 책에 쓰여 있었다. 안드로메다 은하를 넘어 그 옆의 밀키웨이에 있는 작은 행성이라 들었는데 그곳에서 살던 행성인이 우주에서 보내온 메시지인 듯했다. 센츄리호와 지구라… 골똘히 생각에 잠기던 차에 '쿠–웅' 하고 무거운 물체가 내려앉는 소리가 들려왔다. 착륙 음이었다.

"오랜만이야? 잘 지냈어?"

ATS(Across The Space)로 불리는 회사에서 배송원으로 일하는 필이란 녀석이다. 배송 업무 때문에 오다가다 안면이 트여 가끔 거래도 하고 바깥 소식도 들을 수 있는 나름 반가운 손님이다. 한동안 들르는 일이 없었는데 마침 이 부근을 지나는 때였나 보다. 배송원 특성상 우주 이곳저곳을 혼자 다니다 보니 여러 문제에 다양한 방면의 응급처치가 가능하다고 필이 우쭐대며 말했다. 언젠가는 모든 통신 시설이 먹통이 된 채로 우주 한구석에서 표류하고 있던 모험가의 우주선을 고쳐줘 생명의 은인이 됐었다는 이야기를 한 적이 있었다.

"이봐 필, 이 영상 편지 좀 봐 봐. 잘못 온 것 같은데, 뭐 좀 아는 거 있어?"

필이 영상을 보는 동안 물과 알코올 액상을 섞어 맥주를 만든다. 목이 마르진 않았지만 조금 전의 착륙에 매캐한 먼지가 목구멍을 메운 느낌이 들었다. 필은 한참 팔짱을 끼고 한 손으로 턱을 받치며 흥미롭게 영상을 본 뒤 말했다.

"잘못 온 건 아냐. 좌표는 정확히 이 우주선 송수신기로 찍혀있어."

의아함에 내가 묻는다. "누가 누구한테 보낸 건데?"

"… 글쎄? 항해 중인 지구인? 그건 네가 알아봐야겠지?"

일평생을 이 행성에서 이 고철 우주선에서 살아온 내 경험상 영상 메시지가 온 적은 한 번도 없었다. 그것도 여기저기 녹이 슬지 않은 곳을 찾아보기가 힘든 우주선으로 얼굴도 모르는 사람이 안부를 보내오는 경우가 있을까 싶었다. 처음 보는 얼굴의 사람이지만 묘한 친근감과 다정함이 모니터 너머로까지 느껴져 형용하기 힘든 무엇인가가 나를 사로잡았다. 우연이라 치부할 수 없는 그런 종류의 메시지였다. 메시지 속 인물이 누구인지 가뭇한 머릿속 기억을 헤집는 찰나 필이 물었다.

"다음 배송지가 마침 지구야. 어때? 거기서 이 메시지에 대한 단서를 찾을 수 있을 거야. 관심 있으면 가볼래?"

"다른 수신기에 현재 IP만 부여하면 보내오는 메시지도 들을 수 있을 거야."

나쁘지 않은 제안이었다. 아무것도 없는 이 행성에 남은 미련이라곤 차갑게 식어버린 쥐 구이 한 토막이 다였다. 짐이랄 것도 없었다. 옷가지 두어 벌과 몇 푼 안 되는 돈이 다였다. 그리고 다음 메시지가 도착하기까지는 일주일가량 시간이 지나고 나서다.

"안녕! 오랜만이야! 우리는 이제 태양계가 속해있는 우리 은하를 벗어났어! 일주일쯤 전에는 소행성들이 밀집해 있던 구간을 지나느라 다들 신경이 예민해져 있었지만, 다행히도 아무 문제 없이 항해하고 있어. 소행성 구간을 지나 해왕성을 지나는 도중엔 가스 분사 펌프가 잘

못되어서 잠깐 문제였지만, … 아마 조그마한 우주 파편에 부딪힌 모양이야. 금세 고칠 수 있는 작은 문제라고 외부 선체 엔지니어가 말했으니까 별일 없을 거야. 유능한 엔지니어가 많이 있으니깐 말야. 물론 나도 있고 하하하!"

"오늘은 지구 날짜로 27일쯤 됐겠다. 앞으로 우리가 항해하게 될 안드로메다은하는 어떤 곳일지 기대도 되고 걱정도 돼…. 그치만 목적지까지 한 걸음 더 가까워진 거니까 더 힘내야겠지? 어제는 무사히 안드로메다은하에 진입한 기념으로 작은 파티를 했어. 특별한 날에 먹으려고 지구에서 가져온 축하용 샴페인이랑 반건조 포도를 먹었는데 오랜만의 과일이라 너무 맛있어서 하마터면 눈물이 날 뻔했지 뭐야? 제이드가 술 취해 떠드는 이야기도 어찌나 재밌던지 기분 좋은 하루였어."

"앞으로도 힘내서 여정이 무사히 완료되면 좋겠다. 그럼 또 편지 남길게! 안녕!"

두 번째 메시지를 받았을 때쯤 우리는 안드로메다은하 한가운데를 지나는 중이었다. 메시지를 보아하니 송신자는 밀키웨이 외곽 부근을 항해하는 중인 것 같았고 얼마 지나지 않아 인접 은하에 다다를 것으로 보였다. 우리 또한 지구가 속해있는 밀키웨이와 인접한 안드로메다의 모서리 쪽으로 항해하고 있었기에 어쩌면 마주칠 수도 있겠다 생각했다. 광활한 이 우주에선 불가능에 가까울 정도로 낮은 확률이겠지만 그냥 그럴 수도 있겠다 생각했었다. 여전히 메시지의 이유는 불명확했다. 내가 알게 된 것은 가슴 한편에 달려 있는 명찰에 '마릴'이라는 이름이 쓰여 있다는 것, 또 깊게 팬 쌍꺼풀이나 머리색이 나와 닮았다는 것, 나와 비슷한 나이의 또래인 것뿐, 기억을 되짚어 봐도 나와 거래했던 인물은 아닌 것 같았다. 두 번째 메시지를 받고 얼마 지나지 않아 우리는 안드로메다은하의 60-H 행성에 들러 식량, 연료 등 필요한 보급품들을 우주선에 채워 넣었다. 60-H 행성은 MH7이라는 희귀 원소를 발굴해 막대한 부를 축적한 행성이었는데 행성의 주민들은 그렇게 마련된 돈을 가지고 여행을 다니느라 행성에는 사무적인 일을 하는 로봇들밖에 남아있지 않았다. 그런 졸부들의 행태에 질린 로봇들이 주민들을 몰아내고 독립적인 로봇 행성을 건국하게 되는 건 몇 년이 지나고 나서의 일이다.

"어…. 조금 문제가 생긴 것 같아. 고장 났던 가스 분출 노즐 덕에 경로가 살짝 틀어졌어. 큰 문제는 아니지만 덕분에 도착 시간이 지연됐어…. 아마 일주일쯤 말야. 큰 문제는 아닐 거야. 식량도 충분하고 연료도 넉넉히 가져왔으니 말야. 다만…. 실패했을 때를 대비해야 할 테지만 아직은 모르는 거니까…. 그래. 아직 아무도 모르는 거니까 이런 부정적인 생각은 하지 말고 현재에만 집중하자. 예상 도착 날짜는 25일이야. 앞으로 아무 문제 없을 거야…. 우주는 놀랍도록 고요하고 잔인할 만큼 황황하다. 어쩌면 우릴 반기지 않는 건지도 몰라. 하핫…, 그래도 우린 언제나처럼 극복해낼 테니 걱정하지 마. 그럼… 또 다음에 보자! 안녕!"

"이봐, 필, 노란색? 아님 빨간색?"

"빨간색은 절대 건들면 안 돼! 노란색 선을 자르고 퓨즈를 거기 있는 입출력 센서에 삽입하라고!"

필과 나는 순조롭게 항해 중이다. 보다시피 필은 날 공짜로 태워주는 대신 여러 가지 잡일을 시키며 밥값을 톡톡히 지불하고 하고 있었다. 외부 입출력 센서에 문제가 생겨 우주선 선체의 바깥 부분에 퓨즈를 끼워 넣어야 했는데, 바꿔 말하면 무지막지한 속도로 비행하는 우주선에 두 발로 올라타 운이 좋아 자칫 미끄러지기라도 하면 목숨이 날아가는 간단한 일이었다. 뭐 그런 불상사는 생기지 않았지만 순탄한 우리와는 반대로 저쪽은 문제가 생긴 모양이다. 하지만 적어도 SOS 신호가 목적인 영상은 아닌 것 같다.

"벌써 네 번째 영상 편지야. 이제 곧 착륙을 눈앞에 두고 있어. 정말… 오랜만에 밟아보는 땅이야. 그리고 이제 할 수 있는 건 기대하던 이상적인 행성이길 기도할 뿐이지. 다만 착륙을 무사히 했을 때의 일이긴 하지만. 저번의 기계 이상으로 분출 노즐 13번, 22번, 38번이 작동을 하지 않게 됐어. 뭐…. 대체되는 노즐들이 있긴 하지만 대기나 중력이 지구와는 달라서 좀 더 출력이 필요할지도 몰라. 대기층이 좀 더 두텁고 무거워서…. 결과는 장담할 수 없다. 하지만 함장은 시뮬레이션으로 비슷한 상황을 몇백 차례나 경험했다고 하니 믿는 수밖에. 함장이 하는 말의 반은 허풍 같지만 말야. 하핫. 이제 정말로 얼마 안 남았어. 성공적인 항해가 되길 그리고 성공적인 정착도…. 그럼 새로운 행성에서 다시 연락할게. 안녕."

네 번째 메시지를 받고 나서야 우리는 지구에 도착했다.

"여기가 지구라고? 내가 살던 곳과 별다를 거 없어 보이는데?"

필이 대답했다. "지금의 지구는 그렇지만 백 년 전만 해도 우주에서 손꼽히는 아름다운 행성이었어. 물론 지금의 지구는 이렇게 됐지만…."

내가 방문한 지구에는 생명의 흔적조차 찾을 수 없었다. 책에서 봤던 그 초록색의 지구와 눈 앞에 펼쳐진 지구 사이의 간극은 이루 말할 수 없을 정도였다. 하늘은 우중충한 잿빛에 땅 위엔 썩지 못한 폐기물만이 마지못해 자리를 지키고 있었고 지구 행성이 자랑했던 '바다'라 부르는 푸른 물웅덩이는 더 이상 자랑거리가 될 수 없어 보였다. 과거의 지구와 같은 점이 있었다면 발을 디딜 대지가 존재한다는 것뿐 그마저도 위로가 되어 보이진 않았다.

"이곳 더 이상 생명이 살 수 없는 곳이 되어버렸는데, 상황이 이렇게 되자 인류는 지구를 버리고 달아났대. 별다른 노력도 하지 않은 채 말야. 지금 지구에 살고 있는 생명은 다른 별에서 온 과학자이자 우리들의 고객님 한 명뿐이야. 오래전 지구의 모습을 보고 사랑에 빠진 과학자지. 방금 컴퓨터가 그렇게 알려주네."

지구의 유일한 생존자 과학자, 카람차노 씨에게 우리는 부탁받은 연구 설비와 식량, 생필품 등 그에게 꼭 필요했던 물품들을 배송했다. 카람차노 박사는 마치 생명의 은인이라도 만난 것 마냥 큰 호의를 보이며 우리를 맞이했다. 그는 손처럼 쓸 수 있는 발이 여럿 달린 두족류 우주인이었는데, 과거 아름답던 지구의 모습에 크게 감명받아 지금의 지구를 과거로 되돌릴 방법에 관해 연구하고 있다고 한다. 물론 메시지에 관한 이야기도 빼놓지 않고 물어봤지만 태생부터 지구인이 아닌 카람차노 씨에게 쓸만한 정보를 얻는 것은 무리였다. 아무런 소득도 없이 카람차노 박사와 작별인사를 나누던 중 다음 메시지가 도착했다.

"고대하던 α-570 행성에 도착했어! 도착한 지는 26시간 정도 지났지만 새로운 행성을 돌아다니고 조사하는 데에 꼬박 하루가 걸려서 이제야 기록을 남겨! 분석했던 대로 온화한 날씨야. 측정 시엔 기온이 26℃로 나왔어. 대기도 안정적이고 산소도 충분해…! 중력도 일상적인 활동을 하는 데 지장 없을 정도야. 드디어… 우리들의 새로운 보금자리를 찾아낸 것 같아."

"이대로 행성에 머무르면서 생명의 흔적을 찾아내고 지구에서 가져온 씨앗으로 작물을 키워낸다면 안정적인 정착이 가능할 거야. 다행인지 불행인지 원주민이나 토착 지배 세력은 없는 것 같아. 일단 생명체가 살고 있는지는 알 순 없지만. 생명체가 발견되지 않더라도 키워낼 수 있을 거야. 이런 상황에 대비해 식물학자나 생명학자도 센츄리호에 탑승했으니까. 행성에 아직 생명체가 탄생하지 않았어도 충분히 키워낼 수 있을 거야. 아무것도 없는 백지에서 시작하는 거지. 마치 창조주가 된 것처럼. 새로운 행성에서 실패는 없을 거야. 두 번의 실패는 말야. 그럼 다음에 볼 때는 더 좋은 소식을 가지고 올게! 그럼 안녕!"

메시지의 주인공은 무사히 행성에 도착했다. 그들의 목적지는 α-570, 두 번의 실패라, … 그건 지구를 말하는 걸까?

메시지를 듣자 카람차노 박사가 말했다.

"α-570은 안드로메다에 있는 행성입니다. 여기서 거기까지 가는데에 3일 정도 소요될 겁니다. 그리고 제가 가진 설비를 이용하면 이 메시지가 언제 보내졌는지 산출할 수 있을 겁니다만 시간이 조금 걸릴 것 같군요. 제가 두 분의 우주선으로 결과를 보내드리겠습니다."

그리고 나와 필은 새로운 목적지 α-570으로 향했다. 박사는 "지구는 언젠가 제모습을 되찾을 겁니다. 전 한때 생명의 요람이라 불린 지구를 절대 의심하지 않습니다. 그때가 되면 두 분을 꼭 초대하고 싶군요."라 말하며 묵묵히 우리를 배웅했다.

"안녕? 저번 영상과 마찬가지로 우리는 생명체가 자랄 가능성이 있는 토양을 계속 찾는 중이야. 좋은 소식은 이 행성에서 생명체를 찾아냈다는 거야…. 좋지 않은 소식은 이 행성에서의 생명체가 아직 조악한 초기 형태라는 것과 그 구조가 우리가 살던 지구와는 조금 다른 것 같아. 그러니깐 이곳의 생명은 탄소 화합물을 기반으로 생명 현상을 유지하는 것 같지 않아. 지구에서 탄생한 우리와는 달리 우리에겐 전혀 예상치 못한 새로운 생태계였던 거야…. 그래도 공생하는 방안이 있진 않은지 우리가 가져온 식물들을 키워낼 순 없는지 연구하고 있어. 식물학자인 수민과 그 팀이 밤을 새워가며 노력하고 있는데, 그리 쉬운 일은 아닌가 봐. 그렇겠지 완전히 새로운 세계에 발을 들이는 거니까. 새로운 정착지를 찾아내는 게 그리 쉬운 일은 아닐 거라 예상은 했지만 앞으로 어떻게 해야 할지 잘 모르겠어. 그래도 일단 내가 할 수 있는 일을 하려고. 내일은 우주선 점검이라도 해야겠어. 불안하고 초조해서 무언가 하지 않으면 잡생각이 떠올라 안될 것 같아. 흠… 그럼 또 봐! 이만 가볼게."

3일 후, 새 메시지와 함께 마침내 도착한 메시지의 출발점 α-570 행성. 메시지의 내용은 정착을 한 이야기가 주였다. 허나 우리가 찾던 사람은 없었다. 아니. 거주하는 행성인이 그 행성엔 존재하지 않았다. 행성은 고요했고 조용했다. 나보다도 적잖이 당황한 필이 말했다.

“이게 어떻게 된 일이지? 분명 정착을 했다고 연락이 왔는데…. 아무도 없다니?”

그때 다시 한번 송수신기가 울렸다. 새 메시지였다.

“오랜만이야. … 오랜만에 기록을 남기네. 그간 많은 일이 있었어…. 음…, 그러니까 결론부터 말하자면 우리는 실패했어. 우리가 새로운 정착지로 예상했던 α-570 행성에서의 정착은 애초에 불가능했던 거야. 토양에서 붕소(B)와 칼슘(Ca)이 필요 이상으로 다량 검출됐어. 두 성분 모두 우리가 정착지에서 기르려던 작물에 치명적인 원소들이기 때문에 농작이 제대로 이루어지지 못했어. 후보군 작물엔 감자, 옥수수와 같이 끈질긴 생명력을 지닌 녀석들이 많았는데 그중 한 개도 α-570 행성의 토양에 적합하지 않았어…. 단 한 개도. 아마… 이게 마지막 영상이 될 거야.”

“마렐린, 어떻게 말을 꺼내야 할지 모르겠네. 우리는 다음 정착지를 모색하고 있지만 마지막까지 함께하진 못할 것 같아. 예상치 못한 노즐 고장 때문에 연료도 부족하고 정착 후보군이 너무 멀어. 지금의 센츄리호로 도달하기엔 무리인 것 같아. 그래서 마렐린 너를 포함해서 인큐베이터에 있는 우리 아이들을 긴급로켓 캡슐에 태워 신호가 강한 정착지로 보내기로 결정했어. 이게 우리들의 최선이라고 판단했어. 그리고 이게 맞을 거야. 우리는 앞으로 어떻게 해야 할지, 어떻게 될지 모르겠어. 아마 근처에 있는 인접한 행성을 탐험해야만 할 것 같아. 탐험을 통해 나온 데이터를 우주로 보내면 누군가에겐 도움이 될지도 모를 테니까…. 마렐린, 혼자 자라야 하는 네가 걱정되지만 넌 강한 아이니까 훌륭하게 자랄 수 있을 거야. 힘차게 태동하던 네 몸짓하며, 네가 태어났을 때 허우적거리던 네 손짓하며, 첫 울음소리가 너무 커서 어찌나 놀랐던지…. 마렐린, 우리의 거리는 한 우주만큼 떨어져 있겠지만 여기에서 항상 널 지켜볼게. 사랑해."

마렐린…? 분명 내 이름이었다. 쓰레기 더미 행성에서 내가 살던 고철 우주선 안, 생명 유지 장치 조작 패드 위에 삐뚤게 써 있던, 처음 보는 단어, 그게 내 이름이었다. 이게 대체 어떻게 된 일이지? 머리가 따라가기 힘든 전개에 과부하가 걸린 것마냥 생각을 심화시키기 어려웠다. 그러자 지구의 카람차노 박사로부터 연락이 왔다. 박사가 말하길 메시지는 20년도 전에 보내진, 오래된 전파였다고 했다. 아마 전파가 송신되던 중 방해를 받았거나 공간의 왜곡, 송신 속도 등의 문제로 이제야 도착지에 도달한 것이라, 상당히 오래 걸린 것이라 말했다. 모든 퍼즐이 맞춰졌다. 내가 왜 깡통 우주선과 함께 쓰레기 행성에서 혼자 자라야 했는지, 나를 낳아준 부모는 어디에 있었는지, 여태껏 날 찾는 이가 아무도 없었는지, 내가 누구인지. 모든 이야기가 딱 들어맞았다. 이야기의 전말을 알게 되자 목적지를 잃은 채 끔찍하리만치 고요한 우주를 쳐다봤다. 우주는 말이 없었다. 나 또한 정적에 휩싸였다. 무한히 넓은 우주에 내가 갈 만한 곳이 한 군데도 없었다. 아이러니하게도 쓰레기 더미 행성이 떠올랐다. 얼굴엔 쓴 미소와 함께 허탈한 웃음소리가 입에서 새어 나오자 행성엔 내 웃음소리만이 자리했다.

# 별주부전

## 1. 문어

'틀린 게 아니라 다른 거야.'

하지만 그 말은, 다른 쪽에 속한 내가 듣기엔 틀린 말이었다. 나는 빨판이 없다. 빨판 없는 문어다. 정확하게 말하자면, 몽글몽글하게 솟은 둥그스름한 무언가는 있지만 다른 문어들처럼 흡착할 수는 없다. 그 탓에 나는 가벼운 물살에 굴러다니는 작은 조개껍데기조차 빨아들여 본 적 없었고, 빨판으로 먹잇감을 흡착시켜 사냥을 하는 다른 문어들과는 달리 여덟 개의 다리로 먹잇감을 휘감아 질식시키는 방법으로 사냥을 했다. 말로 하면 왠지 멋있어 보이지만 빨판으로 먹잇감을 꽉 흡착시키지 못하니 도망가기가 쉬워 그것을 붙드는 데만 해도 오래 걸리는 데다, 겨우 잡아놓은 걸 끌어안고 휘적휘적 다리를 감고 배배 꼬는 모양새 또한 심히 우스꽝스럽다. 모공은 없지만 땀이 난다는 게 어떤 느낌인지 알 수 있을 정도로 눈을 질끈 감고 먹잇감을 힘껏 끌어안아 보아도 어리둥절한 표정으로 내 품을 쏙 빠져나간 그것은 주위를 빙글빙글 돌며 나와 내 빨판을 관찰했다. 그러고는 여유로운 모습으로, 심지어는 조금 느리게 가던 길을 마저 가더랬다. 나는 내 빨판을 한참 쳐다보며 생각했다. 이게 틀린 게 아니라고?

엄마는 "이런 문어도 있고 저런 문어도 있지, 네게 빨판이 없는 건 세상에 단 하나밖에 없는 특별한 문어라는 천사의 표시야."라고 항상 말씀하셨지만, 사실은 내가 혼자서 먹고살 수 있을지 걱정이 많이 되셨던 모양인지 내가 첫 사냥에 성공한 날 펑펑 우셨다. 학교에 입학하기 전 사냥은 어느 정도 입에 풀칠할 수준은 되었지만 남들과 다른 방법 때문에 모두가 나와 가까워지기를 피했고, 남들과 다른 모습의 나는 항상 혼자였다.

크게 개의치는 않았다. 문어는 무리 생활을 하지 않고 독립적으로 생활하는 동물이기 때문이다. 졸업하면 재네도 다 떨어져 살걸? 서로 이름도 기억 못 할걸? 남해로 수학여행 갔을 때 옆 굴에서 왁자지껄 다 같이 자고 나 혼자 큰 굴에서 잘 땐 조금 무서웠지만, 제비뽑기로 짝꿍을 뽑을 때 우리 반에서 머리가 제일 커 인기가 많았던 문어가 내 이름이 적힌 쪽지를 들고 엉엉 울 땐 조금 민망했지만, 처음 사귄 친구 해파리가 나를 따돌리는 문어들에게 놀림을 받을 때 "내가 저 병신이랑 왜 놀아!" 하고 소리치는 걸 들었을 땐 조금 서운했지만. 지금도 해파리는 그때 얘길 하면 일이 힘들다 툴툴거리다가도 입을 꾹 다문다. 그리곤 내가 부끄러워 그만하라고 할 때까지 바다가 두 갈래로 갈라질 듯 큰 소리로 내 칭찬을 늘어놓는다. 너는 이래서 좋고 저래서 멋있고…. 해파리가 알면 분명 싫어할 테지만 나는 가끔 용기가 없어질 때면 일부러 그때 이야길 꺼내 해파리가 늘어놓는 내 칭찬을 가만히 듣고 있곤 한다.

해파리는 요리 수업에서 만났다. 요리 수업은 직접 신청하는 방과 후 프로그램이어서 같은 종이 아니라 마주치지 못했을 우리가 만날 수 있었다. 문어들은 내 빨판을 보며 칼이나 제대로 잡을 수 있겠냐고 비웃었지만, 다리에 칼을 꽁꽁 묶어 차근차근 요리를 해냈고 결과물 또한 우수했다. 묶여있던 다리가 유연해서인지 매듭이 자꾸 풀리는 바람에 칼을 자주 떨어뜨려 다른 이들보다 시간은 두 배로 걸렸지만 요리에 영 소질이 없었던 해파리는 나와 내 요리를 무척 좋아했다.

해파리와 같이 딴 산호초로 장식한 플랑크톤 미역 말이 꼬치를 만든 날이었다. 용궁의 대령숙수인 돌고래 선생님은 수업을 마치고 나를 따로 불러 요리책을 선물해 주시며 내가 좋은 요리사가 되었으면 좋겠다고 환하게 웃어주셨다. 해파리와 당장 만들어 보고 싶은 마음에 무거운 요리책을 소중하게 끌어안고 빠른 헤엄으로 돌아왔을 때는 당황한 해파리와 해파리를 괴롭히는 문어들이 있었다.

"너도 병신이야? 왜 병신이랑 놀아? 넌 어디가 고장 났냐? 보여줘 봐."

"아니야."

병신이 아닌 걸 보여달라니까? 문어들은 해파리를 살살 건드렸고 겁에 질린 해파리에게서 찌릿찌릿 전기가 흐르기 시작했다. 문어들은 그런 해파리가 재미있다는 듯 점점 다가갔다.

"내가, 내가 저 병신이랑 왜 놀아!"

해파리가 고함을 지르자 그에게 다가가던 문어들은 잠시 멈칫하더니 하나둘 웃음을 터트리기 시작했다. 그들은 내가 듣고 있다는 걸 알고 있었는지 저편에서 멀뚱멀뚱 멍청하게 서 있는 나를 쳐다보며 깔깔 웃었고, 그들의 시선을 따라온 해파리는 끝내 나와 눈이 마주쳤다. 나는 웃느라 정신없는 문어들 사이를 비집고 힘없는 다리로 소중하게 끌어안고 있던 요리책을 사물함에 던지듯 집어넣었다. 해파리가 안절부절하며 나를 따라오는 걸 알았지만 최대한 빠르게 교실을 빠져나갔다. 해파리에 대한 원망이나 분노보다는 창피함이었다. 얼른 그 자리를 벗어나고 싶었다.

해파리는 울상을 지으며 계속 따라왔다. "진짜 미안해. 내가 왜 그런 말을 했는지 모르겠어. 미안해…." 주위를 빙빙 돌며 사과하는 해파리에게선 아직도 찌릿찌릿한 전기가 흘렀다. 집에 가기 싫었다. 집의 반대 방향으로 헤엄쳤다. 연달아 사과하던 해파리는 내가 아무런 대꾸도 하지 않고 앞으로만 헤엄치자 말수가 적어졌고 우리 사이의 거리는 점점 벌어졌다.

그날은, 그곳은 유난히 새까맸다. 앞은 아무것도 보이지 않았고 바닥의 모래 알갱이들은 조그맣고 느리게 소용돌이쳤다. 주변엔 아무것도 없었다. 어둠에 휩싸이는 느낌이 들어 무서워진 나는 왔던 길을 되돌아가려다 저 멀리서 아직도 오도카니 날 기다리는 해파리의 모습에 보란 듯 더 깊은 어둠 속으로 헤엄쳤다. 지금은 아무하고도 말하고 싶지 않아. 그때였다. 멀리서 뭔가가 반짝였다. 칠흑 같은 어둠 속에서 반짝이는 그것은 다가가면 다가갈수록 형형색색으로 예쁘게 빛을 내며 당장이라도 먹고 싶은 맛있는 향기를 뿜어댔다. 다리로 살짝 건드려보자 한번 먹어보라는 듯이 살랑살랑 움직였다. 엄마가 이런 거 함부로 먹으면 안 된댔는데. 근데 향기가 너무 좋다. 입에만 한 번 넣어볼까? 진짜 딱 한 번만…. 향기롭고 반짝이는 그것을 입에 문 순간이었다. 나는 말도 안 되는 속도로 수면 위로 올라가기 시작했다.

"와하학! 문어다! 문어!"

빠른 속도로 수면 위로 올라온 내가 겨우 눈을 뜨고 정신을 차렸을 때는 베스트셀러 『우리가 조심해야 할 것 101가지』에서 가장 강조하던 '인간'들이 있었다. 인간들은 나를 길게 늘려 놓고 자로 재고, 돌아가면서 사진을 찍었다. 그들의 손에 들어가면 다시 바다로 돌아오지 못한다는 책의 내용이 떠올라 공포에 질린 나는 반질반질한 머리에 빠알간 핏줄을 선명하게 세우고는 온 힘을 다해 빨판에 힘을 줬다. 하지만 역시나, 언제나 그랬듯 빨판은 말을 듣지 않았고, 나는 배 위로 올라가긴커녕 꾸물꾸물거리며 기이한 모습으로 바닥을 기어 다녔다.

"뭐야? 징그러워."

문어를 잡았다며 떠들썩하던 배 위가 찬물을 끼얹은 듯 싸해졌다. 생기다 만 듯한 내 빨판의 징그러운 모습에 인간들의 얼굴에는 당황스러움이 번졌다. 여덟 개나 되는 다리 중 단 한 개도 마음대로 제어하지 못하는 내가 바다로 돌아가려고 애를 쓰며 미끄러지는 모습을 가만히 관찰하던 인간들은 결국 인상을 찌푸리며 말했다.

"외계 문어 아냐? 풀어주자. 징그럽다."

"으, 어떡해. 그래. 놔 주자. 다른 친구 데리고 와."

그들 중 한 명이 내게 다가오더니 손가락 하나 대기도 껄끄러운 듯 엄지손가락과 검지만으로 나를 조심스럽게 집어 들었다. 그리고 '안녕' 하며 반대 손을 흔들곤 나를 다시 바다로 힘껏 던졌다. 어? 바다 깊은 곳으로 떨어지며 나는 생각했다. 빨판에 힘이 없는 덕분에 … 살았다! 나는 빨판에 힘이 없어 제대로 사냥도 하지 못했고 친구들과 다른 모습 때문에 항상 혼자였다. 연필을 못 잡아 공부도 못했으며– 이건 변명일 수 있다. –칼도 제대로 잡지 못해 그토록 좋아하는 요리를 할 때도 남들보다 두 배의 시간을 들였다. 빨판이 없는 나를 원망하고 또 원망했다. 하지만 그 덕분에, 나는 빨판이 없는 덕분에 살았다. 엄마 말씀이 옳았다. 내가 빨판이 없는 건, 세상에 단 하나밖에 없는 특별한 문어라는 천사의 표시였다!

멀리서 나를 지켜보고 있던 해파리는 내가 미끼를 물고 수면 위로 올라가는 모습을 보고선 일말의 고민도 없이 수면 위로 전력을 다해 헤엄쳤다고 한다. 인간들에게 잡힌 나를 보고 눈물을 쏟아내고 있는데 얼마 지나지 않아 바다 아래로 떨어지고 있는 나를 보며 해파리는 '기적의 문어'라며 고래고래 소리를 질렀다. 나를 껴안고 빙글빙글 돌던 해파리는 감격이 넘칠 듯이 가득했던 나머지 전기 조절을 하지 못해 그만 나를 기절시켰고, 어둠으로 가득했던 그곳에는 당황스러운 해파리의 비명이 난무했다.

그날 이후로 인간들의 손아귀에서 빠져나온 난 바닷속 유명 인사가 되었다. 『우리가 조심해야 할 것 101가지』 개정판에는 내가 본 고급 신형 미끼를 등재했고 살아 돌아온 기적의 문어 인터뷰를 실었다. 해파리는 내가 미끼를 물고 수면 위로 올라가기까지 단 2초가 걸렸다고 첨언했다. 졸업 후엔 해파리와 함께 레스토랑을 열었고 화학물질에 의한 오염으로 태어날 때부터 눈이 보이지 않았던 청새치, 버려진 통조림 캔을 잘못 씹어 이빨이 다 빠져버린 상어, 겁이 많아 사냥을 하지 못하는 대왕오징어, 어린 인간에게 수염이 잘려 방향을 잡을 수 없게 된 새우, 엉덩이가 너무 커 알맞은 크기의 껍데기를 찾지 못한 소라게, 꼬리에 비닐봉지가 끼여 달라져 버린 생김새 때문에 무리에서 퇴출당한 멸치 등 다양한 이유로 사냥이 어려운 이들이 찾아왔다. 사냥을 하지 못하는 이가 나뿐이 아니었다는 걸 알게 된 건 나에게 큰 안도감을 줬고, 그들과 대화하며 레스토랑을 운영하는 것은 나에게 아주 큰 행복감을 주었다.

레스토랑을 찾는 건 그들뿐만이 아니었다. 오늘따라 유난히 누가 차려주는 음식을 먹고 싶거나 기념일을 특별하게 챙기고 싶은 이들 또한 우리 가게를 찾아왔다. 그들은 빨판에 힘이 없는 내가 조리 기구나 칵테일 셰이커를 제대로 잡지 못하고 떨어뜨리며 내는 큰 소리에 인상을 찌푸리기도 했지만, 시간이 지나자 나를 받아들이게 되었고 그건 우리 가게만의 색깔이 되었다. 동네에서 점점 입소문이 난 우리 가게는 연인들의 데이트 필수 코스가 되고 주말에는 웨이팅이 생겼다. 레스토랑을 오픈한 지 6개월이 지난 어느 날이었다. 용왕이 우리 레스토랑을 찾아왔다.

용왕은 모든 메뉴를 단 16분 만에 해치우더니 아직도 배가 차지 않은 건지 입맛을 쩝쩝 다시면서 용궁에서 요리해 볼 생각이 있냐고 물었다. 대령숙수 돌고래 선생님이 떠올라 몇 날 며칠을 고민했지만 끝내 이 자리에서 나와 같은 이들과 살고 싶다는 마음을 전했고 그는 크게 아쉬워했다. 용왕은 음식 맛이 제법 마음에 들은 모양인지 한 달에 한 번씩은 꼭 레스토랑을 찾아왔고, 미식가로 소문난 용왕까지 드나드는 맛집이 된 우리 레스토랑은 전국적으로 소문이 났다.

용왕은 올 때마다 평균 하루 매출의 네 배를 먹는 귀한 손님이었다. 바다 소상공인을 살리기 위해서라기보다는 그 듬직한 풍채를 유지하려면 그렇게 먹을 수밖에 없었으리라. 그는 한 시간 남짓한 시간 동안 혼자서 53인분을 먹었기 때문에 해파리와 나는 용왕이 온다고 하면 레스토랑의 문을 걸어 잠그고 그에게만 집중했다. 아무래도 다른 손님들의 음식까지 같이 준비하기에는 나의 다리로 여유가 없었다.

내시만 달랑 데리고 다니던 용왕은 얼마 전부터 그와 똑 닮은 여자 친구와 함께 레스토랑을 찾았다. 여자 친구의 기준이 먹성이었는지 둘이 함께 가게의 식재료를 바닥내고 나서야 멋쩍게 웃으며 배를 통통 두드리곤 문을 나서던 모습이 참 귀여웠는데 어쩐 일인지 그 혼자 와서 술만 진탕 마시고 음식은 좀처럼 입에 대질 못하는 것이 곧 일주일째다. 매일 찾아오는 용왕 때문에 가게가 정상적으로 운영되지 못해 용왕 입만 입이고 우리 입은 아가리냐는 손님들의 빗발치는 항의로 해파리와 나는 골머리를 앓았다.

용왕이 레스토랑에 매일 출석체크를 한 지 16일째가 되던 날이었다. 힘이 들어가지 않는 빨판 탓에 미끄러져 놓치는 칵테일 셰이커의 깽깽거리는 쇳소리를 인간 세상의 꽹과리 소리 같다며 흥이 난다 껄껄 웃던 용왕은 이제는 그 소리가 시끄럽다며 불같이 화를 냈다. 그러고는 잠시 뒤 화를 내서 미안하다고 눈물을 흘렸다. 최대한 표정관리를 하려고 했지만 황당한 그의 두 얼굴에 난처한 표정을 숨기지 못하고 억지 웃음을 지은 내가 그가 시킨 47번째 칵테일을 만들며 또 셰이커를 떨어뜨렸을 때, 멀리서부터 화가 난 발걸음으로 쿵쾅거리며 주방으로 달려온 용왕은 꽤액 소리를 질렀고 소리가 어찌나 큰지 그 거대하고 굉대한 울림에 육지에는 큰 천둥 번개가 쳤다.

## 2. 거북이

세자 시절부터 지켜본 바 용왕님께선 공부도 열심히 하실 뿐 아니라 어버이에 하루 세 번 꼬박꼬박 문안을 드리러 갈 정도로 효성이 지극하셨고 허투루 시간을 낭비하는 일이 없었으며 언행 또한 바른, 백성들을 진심으로 대하며 대화할 줄 아시는 참으로 될성부른 인물이셨다. 운동에 빠져 식단 관리를 위해 단백질 위주의 식사만 고집하시어 수라간 나인들을 곤란하게 만들었던 때만 제외하면 용궁은 더없이 평화로웠고 바다는 무척이나 깨끗했다.

용왕님은 공부밖에 모르시는 듯했다. 가끔 운동을 하시거나 백성들의 여론을 듣기 위해 직접 용궁 밖으로 행차하시기도 하셨지만 그런 날에는 침전까지 공부할 거리를 가지고 들어가시어 새벽에나 초를 끄는, 이른바 공부 벌레였다. 그런 용왕님이시기에 여자에는 통 관심이 없으신 줄로만 알아 영의정의 입장에서 은근한 고민이 아닐 리 없었는데 그랬던 용왕님이 처음으로 연애라는 것을 시작하셨다.

그간 남모르게 걱정했던 일이 풀려 우참찬 고래와 함께 소소한 술상을 차려 축하하는 자리를 가졌지만 용왕님은 난생처음 느껴보는 두근거리는 감정을 어쩔 줄 몰라 하시며 정신이 홀랑 팔려서는 바다 돌보는 일을 내팽

개쳤고, 걱정했던 지난날이 무안해질 정도로 밤이고 낮이고 그의 몸뚱이에 비해 한없이 작은 종이 쪼가리를 붙들고 씨름을 했다. "이럴 때는 어떻게 대답을 하는 게 좋겠느냐? 정답이 있는 것 같단 말이다…. 도대체 여자들이란 왜 이렇게 예민하고 감수성이 풍부한 건지 왜 없는 일을 상상해서 나를 시험에 빠뜨리는 것이냐?" 노발대발 화를 내시다가도 잠시 궁 밖으로 나갔다 오시면 다시 광대가 한껏 올라가서는 킥킥거리면서 책이 아닌 종잇조각을 들고 끄적이며 밤을 새웠다. 용왕님과 그의 여자 친구 사이를 왔다 갔다 하며 쪽지를 전달하는 고등어는 하루에도 몇 번씩이나 둘 사이를 왕래하며 그것을 전달하는 바람에 꼬리가 부러져 그만 사직을 했다.

용왕님의 결별 소식이 들리자 이제 다시 바다를 돌보시며 정치에 전념하시겠거니 생각이 들어 남몰래 기뻐했던 것이 사실이나 용왕님은 연애를 하는 중과 마찬가지로, 아니 그때보다 더 바다를 거들떠보지 않으셨고 한술 더 떠 이제는 허구한 날 용궁 밖으로 나가 술을 마시기 시작하셨다. 감히 나를? 씩씩거리며 화를 내는 용왕님의 콧김은 몹시 뜨거웠고 용궁 바닥은 쩌억 금이 가며 지진이 났다. 도대체 왜? 용왕님이 엉엉 울며 발을 쿵쿵 구르자 인간 세상에 큰 해일이 일었다. 바닷속이 그야말로 엉망진창이었다. 바로잡을 이가 필요했다. 영의정의 명령으로 신하들을 소집하자 관리되지 않은 바닷속 신하들이 어슬렁거리며 하나둘 모였고 그새 지저분해진 용모에 비린내가 진동했다.

용왕님이 이별 후유증이라는 것을 사실대로 밝히면 '90세밖에 되지 않은 어린 왕에게 역시 문제가 생겼구나.'라며 꼬집힐까 우려되어 대신 사용할 수 있는 말을 찾으려 노력했지만 대체될만한 말이 없었을뿐더러 최대한으로 적합한 해결책을 찾기 위해서는 어쩔 수 없었다. 용왕님의 빈 왕좌를 바라보며 통촉하여 달라 깊이 용서를 구했다. 용왕님의 이별 후유증을 설명하며 이를 어떻게 극복하는 것이 좋을지 다 같이 논의해 보자 말하니 그동안의 용왕님의 기묘한 행보가 그 때문이었다는 것을 알게 된 용궁 안 신하들이 역시나 웅성댔다. 소란스러운 신하들을 진정시키기 위해 용왕님의 이별 후유증을 낫게 하는 이에게는 큰 상을 내리겠노라 소리 높여 말하니 웅성거림이 점차 잦아들고 염불에는 맘이 없고 잿밥에만 맘이 있는 신하들의 눈동자가 데굴데굴 굴러가는 소리로 가득 찼다.

"제가 한 말씀 올려도 되겠습니까."

관아의 낭청에 속한 종사품 벼슬이자 미장원을 운영하는 꽃게가 제일 먼저 입을 열었다. 인간 세상에는 이별 후에 머리카락을 자르는 관습이 있다던데 용왕님도 머리칼을 조금 다듬으시면 나아지지 않으시겠냐는 의견이었다. 그러고는 마침 오후에 수염을 다듬기로 한 메기의 예약이 취소되어 시간이 빈다며 오늘 바로 시술이 가능하다 말했다. 꽃게가 운을 떼자 너도나도 지느러미를 들기 시작했다. 두 번째로는 정삼품 벼슬이자 제철을 맞아 통통하게 살이 오른 삼치가 말을 이었다.

"사랑으로 상처받은 마음을 새로운 사랑으로 치유하는 것이 어떠실까 하온데…"

용왕님의 공허한 마음을 다른 사랑으로 채우는 것이 어떻겠냐는 삼치의 안은 나쁘지 않은 것 같았으나 새로운 인연에 설레어 바다를 돌보지 않으시던 때가 떠올라 이것은 바다를 위한 본질적인 해결책이 되지는 못하리 판단되었다. 그래도… 새로운 이를 찾아보는 것이… 좋지 않을까 하는… 말끝을 흐리던 삼치가 아가미 깊숙한 곳에서 소중하게 꺼낸 사진에는 그의 하나뿐인 여식이 쌀알보다 조그만 이빨을 드러내며 활짝 웃고 있었고 투명하게 보이는 그 속이 밉살스러워 느릿느릿 고개를 들어 그를 빤히 바라보자 그의 커다란 동공은 나와 눈을 맞추지 못하고 허공에서 초점 없이 옅게 진동했다. 정칠품 벼슬의 상어는 돌고래의 시끄러운 초음파 때문에 용왕님의 정신이 사나워지신 것이라 주장하며 돌고래를 바다에서 추방해야 한다고 목소리를 높였지만 그가 돌고래의 귀여운 외모를 질투하고 있다는 걸 모두가 알았기에 고래의 헛기침과 함께 기각되었다.

도무지 알맞은 해결책이 나오지 않는 회의로 인해 시간이 지체되어 모두가 지쳐갈 무렵, 용왕님의 어의(御醫)이자 바다의 어의(魚醫)인 가오리가 꾹 다물고 있던 입을 뗐다. 용왕님께서는 한 번도 어떠한 이별을 해 본 적이 없어 더욱 감정의 혼란스러움을 느끼는 중이시며 그것은 시간이 약이므로 인내하며 기다리면 괴로움과 아픔은 무뎌지고 끝내 잊히게 될 것입니다. 허나, 술을 과하게 드시는 용왕님의 현 상태를 고려하여 수라를 해장에 좋은 음식으로 준비하고 간 해독에 좋은 약을 구해 용왕님의 건강 상태를 집중적으로 돌보아야 합니다. 그러다 보면 용왕님은 전과 같이 바다를 평화롭고 깨끗하게 돌보실 것입니다.

믿음직스러운 어의의 말에 당장 대령숙수를 불러 앞으로는 해장에 좋은 음식으로만 상을 내라 명하고 간에 좋은 약이 무엇일꼬 모색하기 시작하니 간에 좋다고 소문이 난 오징어 장군은 눈치를 보며 슬금슬금 뒤로 헤엄을 치고, 쪽지를 전달하다가 꼬리가 부러져 사직했던 고등어는 벌벌 떨기 시작했으며, 용왕님의 진주를 품던 조개들은 입을 딱딱 부딪치면서 불안한 소리를 내었다. 나 때는 용왕님께 좋다면 제 한 몸 다 바쳐 목숨이라도 내놓았거늘 …. 요즘 신하들의 몸 사리는 모습에 절로 찌푸려지는 미간을 억지로 쫙쫙 피고 내려가는 입꼬리를 바득바득 올렸다. 당장이라도 저놈들을 잡아다가 용왕님 수라상에 올리라 명하고 싶은 맘이 굴뚝 같았지만, 연말마다 있는 신하들의 인사평가가 두려워 애써 인자한 미소를 지었다. "아무리 용왕님께 좋다 한들, 내 어찌 우리 식구들을 무자비하게 용왕님 수라상에 올릴 수 있겠는가? 그것은 용왕님 또한 바라지 않는 바일 터이니 그만들 떨거라."라며 맘에도 없는 소릴 하자 그제야 조개들의 시끄러운 딱딱거림이 잦아들고 벌벌 떨던 고등어는 안심의 한숨을 뱉었다. 자신의 몸을 끔찍이 아껴 매일 25개의 영양제를 챙겨 먹는다던 오징어 장군은 특히나 놀랐던 모양인지 자기도 모르게 새카만 먹물을 뿜었고 점차 모두의 시야가 까맣게 가려지기 시작했다. 용궁은 오징어 장군의 사과와 함께 웅성거리는 신하들의 소리로 다시금 소란스러워졌다.

눈을 뜬 건지 감은 건지조차 분간되지 않는 까만 어둠 속에서 왜인지 신난 듯한 신하들의 웅성거림을 들으며 먹물이 희석되기만을 기다렸다. 용왕님을 위한 이 진중한 회의 중 누가 이렇게 신이 나 장난을 치는 건지 내 기필코 잡아내 벌을 주리다 생각하며 미간을 찌푸리고 소리에 집중하던 와중이었다. 갑자기 어둠 위로 동물 한 마리가 반짝 떠올랐다.

"육지의 토끼라는 동물이 깡충깡충 뛰어다니며 몹시 빠른데, 그렇게 빠른 이의 간이라면 해독 또한 그처럼 빠르지 않겠소?"

## 3. 자라

꿀단지라도 숨겨놓은 것 같이 용궁에만 찰싹 붙어 바닷속을 돌보던 용왕 덕에 바다는 무척이나 깨끗했고 질서정연했지만 그렇게 되기까지에는 매일같이 몸이 고달플 정도로 지나치게 일을 하는 우리, 신하들이 있었다. 문서를 주관하는 종육품 벼슬인 주부 벼슬을 받은 것이 올해 초였는데 썰렁해지는 날씨와 함께 머리칼이 다 날아가 버렸다. 과로로 인한 스트레스성 탈모가 전염병마냥 온 탓에 바닷속 모두가 민머리로 변한 것은 그나마 위안이 되었지만 꼰대 거북이와 유난히 닮은 나의 모습에 웃음을 참기 위해 콧구멍이 커지고 입술에 힘을 주는 동료들의 얼굴은 꽤나 상처였다. 꽃게는 애정 하며 운영하던 〈집게발 미장원〉이 용왕 때문에 폐업 위기에 처했다며 자신의 집게발이 쓸모없어진 것 같다 우울해했다.

하지만 요 근래 들어 어찌 된 까닭인지 점점 업무의 강도가 줄어들고 일이 슬슬 할 만해지나 싶더니 매일같이 용궁 밖으로 나가고 새벽이 되어서야 들어온다는 용왕 때문에 일거리가 없어졌다. 더 이상 그가 관리하지 않는 바닷속은 하루가 다르게 너저분해졌지만 휴가 아닌 휴가에 모두가 놀고먹고 잠을 잤다. 복지가 없다고 유명한 용궁에서 처음 맛본 휴가는 꽤나 달콤했더랬다. 워낙에 원칙과 규율을 중요히 여기어 이곳저곳 잔소리가 많았던 영의정은 더러운 바닷속 모습을 도저히 참을 수 없었던 모양인지 결국 신하들을 긴급 소집했지만 그새 어지러워진 기강에 모든 이들이 모이는 데까지는 적지 않은 시간이 걸렸다. 안 본 새 용궁 바닥엔 쩍쩍 금이 가 있었고 늘어져 있는 신하들 사이에서 꼬리꼬리한 비린내가 스멀스멀 올라왔다. 거북이는 꾀죄죄한 모습의 우리를 보며 혀를 끌끌 찼다. 지는 얼마나 깨끗하다고…. 따개비가 붙어있는 거북이의 등딱지를 바라보며 들키지 않게 하품했다. 아! 졸려! 아직 민머리에 적응을 못 해 어디까지 쓸어 올려야 할지 모르는 탓에 정수리까지 마른 세수를 했다.

가재 저작과 졸지 않기 위함이라는 명분으로 땅바닥에 몰래 오목판을 그리고 있을 때였다. 오징어 장군이 뿜은 먹물로 점점 시야가 까매지고 어두워지는 용궁 속에서 앞이 보이지 않는 신하들의 투닥거리는 장난 소리가 들리기 시작했다. 곳곳에서 개구진 웃음이 터졌다. 길어지는 회의로 집중력이 흐려졌던 신하들에게 오징어 장군의 먹물은 분위기를 환기하는 데 도움을 주었지만 먹물이 희석될 즘 보이는 성난 민머리 거북의 따가운 눈초리는 다시 용궁을 꽁꽁 얼게 했다. 신하들은 눈치를 보며 아무 일 없었다는 듯 다시 근엄한 표정을 지었고, 그 광경이 우스워 큼큼 목을 가다듬는 척 살짝 웃고는 나 또한 다시 심각한 표정을 지었지만, 누가 용왕님을 위한 이 진중한 회의 시간에 장난을 치는지 눈을 부릅뜨고 찾아내고 있던 거북이와 눈이 딱 마주쳤다.

"육지로 나가 토끼를 용궁까지 데려올 이가 필요한데 …."

거북이는 누가 육지로 가면 좋을지 가려내는 듯 근엄한 표정으로 신하들을 죽 훑었지만 그 시선은 끝내 내게 머물렀다. 육지로 나가는 것은 먼 길을 떠나야 하는 여간 귀찮은 일이 아니었기에 허공을 빤히 바라보며 딴청을 부려 보았지만 흰자위로도 느껴지는 거북이의 시선은 너무나도 뜨거워 눈이 절로 질끈 감길 정도였다. 제길. 미운털이 박혀 버렸구나. 그때였다. 정오품 벼슬의 전어가 살며시 지느러미를 들었다.

"추분에 들어 제철을 맞은 탓에 육지로 나가는 즉시 집 나간 며느리를 되찾고 싶은 인간들이 저를 잡아갈 것입니다. 번거롭게 일을 두 번 하시어 시간을 두 배로 쓰는 것보다야 저같이 제철을 맞은 이들을 제외한 다른 이들이 육지로 나가는 것이 어떨까 하고 말씀을 올리오나, … 용왕님을 위해서라면 미천한 제 한 목숨 다 바쳐 토끼를 잡아오고 싶사옵니다. 허락만 해주신다면 지금 당장이라도 제가 나가고 싶습니다. 부디 용왕님을 위한 저의 희생을 허락해 주십시오."

눈물이 그렁그렁하게 맺힌 전어의 말을 들은 거북이는 항상 입버릇처럼 말하던 '요즘 신하들'과 그가 다르다고 생각한 모양인지 크게 감동한 표정을 지었다. 그러고는 신하들을 제철을 맞은 자와 제철이 아닌 자 둘로 분리하여 한눈에 보기 편하게 배치하기 시작했고 그 덕에 통통하게 살이 오르고 빛깔이 고와진 광어와 고등어, 삼치의 표정이 눈에 띄게 밝아졌다. 재수 없는 생선 놈들, … 흐르지도 않는 눈물을 애써 훔치며 감사 인사를 한 전어는 슬쩍 뒤로 돌아 제철을 맞은 자들에게 윙크했고 그 모습을 보지 못한 거북이는 전어 쪽으로 느릿느릿 목을 돌려 애정이 담뿍 담긴 눈으로 고개를 끄덕였다. 진짜 생선들이 얍삽하긴 하구나. 거북이는 다시 눈을 가늘게 뜨고는 제철이 아닌 자들을 살폈다. 굼뜬 행동과 달리 눈알은 빠르게 굴러갔다. 심장이 쿵쾅댔다. 신하들의 눈동자들이 바쁘게 움직이고 눈썹이 꿈틀거렸다. 전어가 스타트를 끊은 것이다.

연어는 요즘 인간들 사이에서 연어 요리가 인기가 많아 자신도 제철 못지않게 위험하다 말하며 자신의 딱한 사정을 간곡히 호소했다. 연어 초밥, 훈제 연어, 연어장, 연어 덮밥, 연어 스테이크, 연어 국수 …. 자신을 이용한 요리 이름을 대며 점점 울먹거리던 연어는 결국 연어 덮밥부터 눈물이 터져 뭉개진 발음으로 말을 잇지 못했다. 상어는 오른쪽 아가미 옆에 있는 흉터가 잘 보이게 오른쪽으로 돌아서서 이빨을 드러내고는 목소리를 내리깔고 자신의 외모 때문에 토끼가 쉽게 다가오지 않을 것이라고 말했다. 험상궂은 상어의 얼굴에 용궁 안이 쥐 죽은 듯 조용해지자 외모가 콤플렉스였던 상어는 시무룩해져선 고래 뒤로 몸을 숨겼다. 가재도 거북이의 머리통보다 큰 집게발을 다소 위협적으로 처억 내밀며 상어와 같은 이유로 토끼를 꾀어내기란 어려울 것이라 말했고 이어서 해마가 "주 움무융 뚜무누 툭구우 두후후구구 주굼 우릅 긋주문 융웅눔울 우후 누룩후부긋숩누두.(제 입모양 때문에 토끼와 대화하기가 조금 어렵겠지만 용왕님을 위해 노력해 보겠습니다.)"라며 그의 동그란 입을 더 과하게 쭉 빼고 웅얼대면서 거북의 만류를 유도했다. 물개는 아쿠아리움에서 겨우 탈출한 지 얼마 되지도 않았는데 토끼를 찾아 육지를 거닐다 그 감옥 같은 곳으로 다시 잡혀가게 된다면 이번엔 정말 우울증에 걸릴 것이다 말했다. 지금은 제법 살이 차올라 그의 귀여운 외모를 되찾았지만 밥도 먹지 못하고 서커스를 하면서 채찍을 맞은 탓에 비쩍 말라 가죽이 다 까진 채로 도망쳐 온 물개를 보고 경악했던 그

때가 떠올라 마른침을 꿀꺽 삼켰고, 다른 신하들의 침 삼키는 소리 또한 용궁 안 여기저기에서 도미노처럼 울려 퍼졌다. 물개의 말이 끝나자마자 평소 목소리가 작고 말이 없는 편인 도미마저 다급하게 자신이 육지에 나갈 수 없는 이유에 대해 큰 소리로 조잘조잘 떠들었고, 어느새 제철이 아닌 자 쪽에는 소라게와 주꾸미 그리고 나까지 단 세 마리만이 덩그러니 남아 뻘쭘하게 자리를 지키고 있었다.

눈 깜짝할 새 셋만 남아버렸단 걸 믿을 수 없다는 듯 소라게가 두리번거리며 쓰고 있던 소라를 들썩거렸다. 지금부터는 시간 싸움이었다. 나도 육지에 가지 못하는 이유를 빨리 생각해 내야 했다. 바닷속인데도 입술이 바짝바짝 마르는 신기한 느낌이 들었다. 셋 사이의 공기는 어색했고 불편한 분위기에 등껍질 쪽이 간질거렸다. 앞선 신하들과 겹치지 않으면서도 육지로 나갈 수 없는 타당한 근거가 있는 변명…, 도무지 머리가 굴러가지 않았다. 소라게와 주꾸미 역시 나와 마찬가지인지 입만 뻥긋대며 꼼지락댔고 거북이는 입꼬리를 쭈욱 내리고 눈을 가늘게 뜬 채 나를 내려다봤다.

셋 중 아무나 나가면 안 되냐는 전어의 목소리에 속이 뒤집혀 제철을 맞은 자 쪽을 노려보았지만 그쪽의 머릿수가 너무 많아 전어가 말을 한 게 맞는지조차 헷갈렸다. 우글거리는 반대편의 신하들을 쳐다보며 멍하게 있다 갑자기 기막힌 방법이 팍 하고 떠올랐다. 이제 제철이 아닌 자가 세 마리밖에 남지 않아 앞선 이유들과 겹치지 않는 이유를 찾기란 쉽지 않다. 그렇다면, 우리 셋이 서로 용왕님을 위해 육지로 가겠다며 다투는 건 어떨까? 내가 먼저 자원한 뒤 소라게와 주꾸미 또한 충신이 될 기회를 놓치지 않고 서로 제가 가겠다며 손을 들면, 그 틈을 놓치지 않은 내가 양보하겠다 말하며 치고 빠지는 방법이었다. 상의할 시간이 없어 투자에 따른 위험이 있는 방법이었지만 셋만 남은 상황에서 시도해 볼 만했고, 그들이 눈치 있게 잘 도와만 준다면 육지에 나가지 않아도 될 뿐만 아니라 거북이에게 박힌 미운털도 빼고 전어처럼 충신 타이틀을 얻을 수도 있는 절호의 기회였다.

거북이가 보지 않는 틈을 타 소라게와 주꾸미에게 윙크했다. 짧은 손을 번쩍 들고 전어보다 더 애절하고 더 단호하게 말했다. 사실 처음부터 자원할 생각이었으며 육지로 나가는 것 따윈 일도 아니다, 아니 나는 사실 육지에 자주 놀러 간다– 딱 한 번 가봤다. –용왕님을 위해 내가 책임지고 한 몸 바쳐 무조건 토끼 자식을 데려오겠다! 자, 이제 소라게와 주꾸미가 눈치 있게 자신들이 가겠다고 말하기만 하면 내가 바로….

"그대가 그렇게 간절하다 하시니 저희가 양보해 드리지요."

주꾸미가 내가 해야 할 대사를 읊었다. 어…, 머릿속이 백지장이 되었다. 이게 아닌데? 소라게는 나에게 고맙다고 연신 속삭이며 경직되었던 가슴 부근을 쓸어내렸고 거북이는 웃으며 용궁 안 신하들에게 박수를 유도했다. 모두가 환호하며 박수를 치자 지느러미가 맞닿으며 철벅거리는 소리가 구슬프게 들렸다. 전어는 작별 포옹을 하려는 듯 두 지느러미를 벌리곤 나에게 다가왔다.

"올 때 담배 한 보루만 사다 주라."

진작 퇴사했어야 했는데. 넋이 나간 채 전어에게 안겨 언제 퇴사할지 몰라 미리 써두었던 등껍질 안의 사직서를 만지작거렸다. 입에서 떫은 맛이 났다.

## 4. 여우

총으로 짐승을 잡는 포수들이 사냥개를 풀어 사냥을 하기 시작했다. 총으로만 사냥할 때보다 더 난폭해졌으며 사냥개들의 후각은 어찌나 좋은지 내가 어디에 있는가를 기가 막히게 알아내서 피하기가 쉽지 않다. 벌써 몇 마리나 죽어 나간 건지 산을 거닐다 보면 포수들이 쏘기만 하고 미처 가져가지 못한 짐승들의 사체를 본 적이 있을 정도다. 도대체 동물들을 잡아다가 뭘 하는 건지 산에는 하루에도 몇십 번씩 소름 돋는 총성이 울려 퍼진다.

인간들이 동물들을 잡아다가 뭘 하는 건지의 해답은 어느 포수가 입고 있던 옷에서 찾았다. 호랑이 무늬 가죽 조끼를 입고 토끼에게 총을 겨누고 있던 포수를 뒤에서 지켜보던 호랑이는 그 호랑이 무늬 가죽 조끼가 행방불명되었던 첫사랑 그녀의 무늬임을 확신했다고 한다. 그 순간 호랑이는 참지 못하고 포수에게 달려들어 응징했고 가죽 조끼가 되어버린 첫사랑을 보며 호랑이는 단단히 화가 났다.

포수들이 돌아다니지 않는 야심한 한밤중이었다. 호랑이가 회의를 위해 산속 동물들을 소집했다. 포수들과 사냥개들의 무자비한 사냥을 어떻게 해야 할지에 대한 안건이었다. 사냥개도 너무하지. 인간들 밑에서 컸다고 같은 동물들한테 이래도 되는 거야? 너무 비겁하고 야만적이야. 우리는 그래도 이유 없이 해치진 않잖아, 배가 너무 고파서 마을로 내려가 인간을 몇 번 잡아먹은 적은 있다만, … 호랑이는 조그맣게 말하며 말끝을 흐렸지만 다람쥐나 토끼, 너구리나 나 같은 소동물들이 듣기에는 꽤나 큰 소리였기 때문에 충분히 잘 들렸다. 나도 털이 주황 계열인데 우리는 '같은 팀'이지요? 호랑이의 어깨를 열심히 주물렀다.

'꼬르륵.'

그러고 보니 오늘은 새벽부터 일찍이 들리는 총성에 몸을 숨기는 데 바빠 한 끼도 먹지 못했다. 배 속에서 들리는 밥 달라는 아우성에 앞발은 그대로 호랑이의 어깨를 주무르며 눈은 먹을 것을 찾아 주변을 살폈다. 고라니의 맞은편에서 눈을 똥그랗게 뜨고 호랑이의 말에 집중하고 있는 다람쥐가 눈에 들어왔다. 나는 즉시 그의 옆으로 가 슬그머니 속삭이며 말을 붙였다.

"금방 겨울이 올 텐데, 너 열매랑 도토리 같은 건 잘 모아놨어?"

다람쥐에게 모아놓은 것들을 구경시켜달라고 하자 그는 잔뜩 신이 나서 입안 가득 열매와 도토리를 가져와 자랑했고 배고픈 나는 오 그렇구나, 대충 호응하며 가져오는 대로 주워 먹기 시작했다. 나는 진짜 천재인가? 손 하나 까딱하지 않고 이리 금방 먹을 것을 구하다니. 종종 이용해 먹어야겠다.

한참 설명을 하던 다람쥐는 몇 개 남지 않은 열매와 도토리를 보고 상황 파악을 하는 듯 동그란 눈알을 땡그르르 굴렸다. 이미 배가 조금 찬 나는 이 정도는 남겨줘야지 싶어 배를 통통 두드리며 그를 향해 샐

쭉 웃었고 다람쥐는 울음을 터트리며 반달가슴곰의 품에 쏙 안겼다.

반달가슴곰 품에 안긴 다람쥐는 마치 반달가슴곰의 가슴에 있는 작은 무늬 같았다. 히끅히끅 울며 귀 언저리에서 옹알대는 다람쥐의 말을 들은 반달가슴곰은 크게 화를 내며 같은 동물들을 해치는 사냥개에 관한 회의를 하는 이 와중에도 다람쥐의 겨울 식량을 뺏어 먹는 행동을 하는 네가 사냥개와 다를 게 뭐냐 큰소리로 꾸짖었고, 회의 중 난데없는 소란에 시선이 집중됐다. 몇 해 동안 같이 겨울잠을 자며 끈끈해진 다람쥐와 반달가슴곰은 '같은 팀'이구나. 다람쥐는 건드리면 안 되겠다.

호랑이만큼이나 큰 반달가슴곰의 위엄찬 모습에 뒷걸음질 치던 나는 발에 채는 동그란 토끼의 꼬리를 밟지 않기 위해 피하다, 토끼가 시켜서 어쩔 수 없이 그랬다고 말했다. 그러자 나에게 쏠리던 시선이 토끼에게로 옮겨갔고, 동물들은 토끼가 그럼 그렇지, 저렇게 잔머리 굴리다 거북이한테도 진 거 아니냐며 혀를 찼다. 몇 달 전 거북이와의 경주에서 진 토끼는 동물들 사이에서 겉돌았고 그 뒤로 부쩍 소심해진 토끼가 당황한 얼굴로 우물쭈물 대답을 얼버무렸다. 반달가슴곰은 토끼 네가 책임지고 다람쥐의 식량을 다시 구해놓으라는 엄포를 놓고서 집채만 한 발바닥으로 조막만 한 토끼의 머리에 꿀밤을 놓았다. 오, 아프겠다. 그러게 왜 내 눈에 띄게 거기 있었어.

"사냥개라…, 개들은 뼈다귀에 환장을 하지요."

갑자기 고라니 옆의 바위가 벌떡 일어나더니 말을 했다. 바위는 자신을 자라라고 소개하며 머리를 쭈욱 뺐다. 자라는 거북이와 비슷하게 생긴 것 같았지만 거북이보다 코가 좀 더 뾰족했고 좀 더 빨랐다. 그는 개들이 뼈다귀를 좋아한다며 산 곳곳에 뼈다귀를 숨겨두면 그것에 정신이 팔려 포수를 방해할 것이라 설명했다. 호랑이는 그의 말에 크게 기뻐하며 그에게 악수를 청했고 축축한 자라 손의 촉감이 좋지 않은 듯 떨떠름한 표정으로 배에 앞발을 슥슥 닦았다.

## 5. 토끼

여우 같은 놈. 생각해 보면 거북이와의 경주에서 진 것도 그놈 때문이다. 경주 전날 그놈과 새벽 내내 고스톱을 치지 않았더라면 경주 중에 피곤해 잠이 드는 일도 없었을 건데. 내일 중요한 경주가 있어 안 된다고 몇 번이고 거절했는데도, 네가 기어가도 이기는 게임 아냐? 대충 해! 내가 한 수 접어 줄 테니 딱 한 판만 하자. 샐쭉 웃으며 패를 섞는 여우에 홀린 듯 넘어가 밤을 꼬박 새우고 경주에 나갔고 그건 재앙의 근원이 되었다. 경주가 끝난 뒤 거북이는 『끝까지 하면 된다』라는 이름의 자서전을 냈고 얼마 되지 않아 용궁에서 온 스카우트 제안까지 승낙하며 승승장구했다. 『끝까지 하면 된다』는 그가 용궁으로 떠나고 시간이 꽤 흐른 지금까지도 성공을 원하는 많은 친구들의 필독서로 베스트셀러가 되었지만 나는 '게으른 토끼', '꾀부리다 진 토끼'로 낙인이 찍혔다. 이게 다 여우 때문이야. 커다란 앞 이빨을 빠드득 갈면서도 눈으로는 다람쥐에게 줄 도토리를 착실하게 찾았다. 진짜 열 받네. 그때로 다시 돌아갈 수 있다면 경주 전날 찾아온 여우를 내 꼭 문전 박대하리! 어느새 해는 뉘엿뉘엿 기울고 온종일 주운 열매와 도토리 포대를 다람쥐의 집 쪽으로 낑낑거리며 옮기기 시작했다. 원래 있던 양보다 조금 많은 것 같은데, … 그냥 주긴 억울하니 좀 먹어야겠다 생각하며 입안에 열매를 한가득 욱여넣곤 포대 안으로 빨려 들어갈 듯 뒤적거렸다.

"그건 다람쥐 낭자에게 줄 양식이 아니오?"

귀가 위로 바짝 곤두섰다. 후다닥 입에 있던 열매들을 퉤 뱉고 포대에서 빼꼼 얼굴을 꺼내 소리가 난 곳을 쳐다보자 저번 회의가 끝날 무렵 갑자기 등장했던 바윗덩어리가 멀뚱하게 나를 쳐다보고 있었다. 자라라고 했었나. 눈을 가늘게 뜨고 자라를 관찰했다. 거북이와 닮은 게 영 기분 나빠…. 거북이와의 경주에서 패배 후 나는 한동안 길을 지나다 거북이 등껍데기와 닮은 바위만 봐도 꼭 두 발로 콩 밟고 지나갔었다.

"그런데, 자네는 왜 본인이 그런 게 아니라고 사실대로 말하지 않았소? 여우가 다람쥐의 양식을 먹는 걸 내 똑똑히 보았소."

그걸 다 보고 있었단 말이야? 그럼 왜 그때 말하지 않았지! 가늘게 떴던 눈을 위로 크게 치켜떴다. 그러나 자라에 대한 원망도 잠시 억울한 상황에 우물쭈물하던 내 모습을 누군가가 봤다는 사실에 화끈 얼굴이 달아올랐다. 그냥…! 난 원래 친구들 도와주는 거…, 이런 도토리 줍는 거… 그런 거 되게 좋아해. 자라는 횡설수설하는 나를 꿰뚫듯 빤히 바라봤다. 들켰나 봐. 친구들에게 무시당하는 모습을 외지인에게 들켰단 사실에 자라도 나를 무시할까 싶어 서러워진 마음이 들어 쫑긋 섰던 귀가 픽 쓰러졌다.

"거북이를 아시오?"

그러나 내 예상과는 달리 그의 입에서는 익숙한 이름이 흘러나왔다.

거북이? 잘 알고 말고, 근데 갑자기 걔는 왜? 자라에게 묻자 그는 난데없이 함께 바다로 가자며 내 두 앞발을 덥석 잡았다. 거북이가 당신께 높은 벼슬을 주고 싶다며 당신을 꼭 용궁으로 모셔오라고 나를 여기로 보냈소. 거북이가? 나를? 눈을 똥그랗게 뜬 내가 별 반응이 없자 자라는 곧장 말을 이었다. "같이 용궁으로 가면 이렇게 억울하게 누명을 쓰고 괴롭힘당하는 일은 없을 것이오. 산속 동물들에게 복수하고 싶지 않소? 아주 높은 벼슬이오. 금괴 사이에서 잠을 자고, 더우면 부채를 부쳐주고, 추우면 바닥을 뜨끈하게 데워 지져주고, 먹고 싶은 요리를 평생 먹을 수 있소." 그는 '노오옾은 벼슬, 뜨끄은하게, 펴어엉생'이라고 말을 길게 늘이며 내 표정을 살폈다. 용궁이라…. 금괴 위에서 팔자 좋게 늘어져 부채질 받는 나를 상상하자 격하게 쫑긋거리는 귀는 막을 수 없었지만 내 시선 속 도토리 하나하나에서 친구들의 얼굴이 아른거렸다. 우리 산을 지켜주는 든든한 호랑이와 모두의 엄마 같은 반달가슴곰, 밤에는 살짝 시끄럽지만 엉뚱한 모습이 귀여운 고라니와 예쁜 돌멩이를 모으며 집 꾸미기를 좋아하는 청설모, 결벽증 너구리와 무엇이든 알려주는 척척박사 부엉이 아저씨…. 떠나고 싶지 않았다. 바다에는 친구들이 없잖아, 난 산에서 친구들이랑 함께 살고 싶어. 도토리를 오도독 씹으며 앞발을 탈탈 털었다. 비록 지금은 이렇지만 시간이 지나면 다시 전처럼 사이가 좋아질 거야. 나는 산이 정말 좋아. 안 갈래. 자라는 부드럽지만 단호한 내 거절에 잠시 생각에 잠기더니 결심한 듯 입맛을 쩝 다시며 돌아섰다. 어쩔 수 없군. 여우에게 한번 물어봐야 겠구먼…. 여우?

도토리를 씹어 먹다 깜짝 놀라 혀까지 씹은 내가 빼액 소리를 질렀다.

그놈의 여우 때문에 거북이와의 경주에서도 지고 친구들 사이에서 겉도는 것도 억울한데, 그놈이 먹어치운 다람쥐의 열매와 도토리를 온종일 줍느라 허리가 아파죽겠는데, 그놈이 금괴 사이에서 잠을 자고, 더우면 부채를 부쳐주고, 추우면 바닥을 뜨끈은하게 데워 지져주고, 먹고 싶은 요리를 펴어엉생 먹을 수 있는 용궁으로 간다고? 나 대신 금괴 위에서 늘어진 여우를 상상했다. 그건 안 될 노릇이었다. 난 산속 친구들을 배신하지 않지만 여우는 그러고도 쌀 놈이야. 그건 절대로 안 돼. 그래, 어차피 내가 내일 당장 사라져도 친구들은 아무도 모를 거야. 아니, 게으른 토끼가 없어졌다고 좋아할지도 몰라. 내가 갈게, 내가 용궁으로 갈래!

큰소리를 떵떵 치며 말했지만 작아지는 산을 보며 줄곧 불안한 마음이 샘솟았다. 그때마다 자라는 어찌 알았는지 내 앞발을 꼭 잡아주면서 안심시키듯 이제 곧 만나게 될 바닷속 풍경을 그려주었다. 거북이와 꼭 닮은 외모에 영 정이 안 갔는데 나쁘지 않네. 그가 그려주는 아름다운 바닷속을 상상하며 걷다 보니 어느새 바닷가에 다다랐고 부드러운 모래 알갱이들이 뒷다리를 기분 좋게 간지럽혔다. 마음이 붕 뜨는 느낌이 들었다. 자라는 이제 바닷속으로 들어가야 하니 자신의 등에 올라타라고 말했지만 이게 웬걸. 파도가 무척이나 거셌다. 반달 가슴곰보다, 아니 호랑이보다도 더 키가 큰 파도는 철썩거리면서 내 털을 흠뻑 적셨다. 난 잠수도 오래 못하고 이 집채만 한 파도는 너무 무서운데 어떡하지 발을 동동 구르자 바닷가 옆에 난 쑥을 뽑아 든 자라가 성큼성큼 다가오더니 내 콧구멍에 그것을 푹 꽂아 넣고는 내 앞발을 거칠게 잡아 바다를 향해 내달렸다.

거센 파도를 온몸으로 맞으며 바다 밑으로 들어오자 막상 파도 밑 바닷속은 살짝 일렁이기만 할 뿐 잠잠했다. 자라의 손에 이끌려 얼떨결에 들어오게 된 나는 그의 등 위로 재빠르게 올라타 바닷속을 구경하기 시작했다. 어디를 봐도 끝이 보이지 않는 새파란 광야 같은 바닷속은 자라에게 전해 들은 것보다 훨씬 더 아름다웠다. 나뭇잎이 바람에 흩날리듯 이름 모를 물고기들은 떼를 지어 흩날렸고 투명한 해파리들 사이를 요리조리 지나가자 그들은 나에게 손을 흔들었다. 자라의 입에서 나온 공기방울을 앞발로 톡 하고 터트리자 퐁 하며 터지더니 여러 개의 작은 방울들이 보글보글 끓었다. 마치 하늘 위를 나는 것 같았다. 이건 뭐야? 왜 이렇게 다리가 많아? 저건 뭐야? 여긴 뭐 하는 곳이야? 내가 살게 될 용궁은 어디야? 자라의 반질반질한 민머리를 꼭 붙잡고 궁금한 게 많은 꼬마 아이처럼 한참을 물었다. 나의 질문에 하나하나 대답하며 오랫동안 헤엄치던 자라는 빨갛고 커다란 대문 아래에서 드디어 멈춰 섰다.

자라의 등 위에서 내려온 나는 대문 앞 큰 바위에 붙어있던 별을 주워 이리저리 머리에 붙여 보았다. 이거 되게 귀엽다…. 대문을 지키고 있던 이와 익숙하게 대화를 끝마친 자라는 나를 보며 들어가자 손짓했고, 그를 따라 쭈뼛쭈뼛 들어온 용궁 안에는 생전 처음 보는 바다 생물들이 있었다. 그들은 나를 보고 마치 커다란 손이 그들을 갈라놓은 것처럼 반으로 갈라졌다. 집게발을 가진 이는 나와 눈이 마주치자 입고 있던 갑옷 안으로 눈을 쏙 숨겼고 매끈하고 부드러워 보이는 피부를 가진 이는 높은 초음파로 소리를 질렀다. 캐스터네츠를 닮은 이들은 요상한 소리를 내기도 했다. 나 또한 그들이 보기엔 이상할 큰 귀를 열심히 쫑긋대며 자라가 코에 꽂아준 쑥을 더 안쪽으로 밀어 넣고는 조금씩 앞으로 나아갔다.

"오랜만이구나."

거북이었다. 거북이는 마치 이 용궁 안 모든 바다 생물들을 본인이 거느리는 듯 제일 높은 곳에 서 있었다. 그는 이제 그 자리가 제자리인 양 뒷짐을 지고 나를 내려다봤다. 그러게. 오랜만이네. 간지럽지도 않은 뒷머리를 긁적이며 말했다.

"자라에게 미리 들어서 알겠지만, 용왕님께서 현재 자네의 간이 몹시 필요하다네. 직접 용궁까지 와주어서 정말 고맙네. 내 자네의 공은 먼 후손까지도 널리 알려 …."

산에서와는 확연하게 달라진 거북이의 말투와 분위기에 감탄하며 그를 염탐하다 뒤늦게 정신이 들었다. 간? 내 간? 어떤 간을 말하는 거지? 무슨 영문인지 묻기 위해 자라를 찾았지만 어느새 신하들 틈 저 뒤에서 빼꼼 고개를 내밀고 나를 쳐다보는 그의 모습은 분명히 뭔가 단단히 잘못되었음을 뜻했다.

"내 간이 필요하다고?"

거북이는 처음 듣는다는 표정의 나를 보고 자라에게 미리 듣지 않은 거냐며 설명이 필요하다는 눈으로 자라를 찾았다. 간이라니! 아이고! 나는 저 민머리들한테 인생 종 칠 사주로구나! 거북이와 자라가 대화를 하는 사이 동그란 눈알을 재빠르게 굴려 신하들 사이사이 도주로를 찾았다. 달리기에 자신 있는 내가 온 힘을 다해 뛰면 다시 산으로 도망칠 수 있을 거라 생각했다. 도망가기 위해 다리를 움직였지만 튼튼하고 빠르던 두 다리는 앙증맞게 아장거렸다. 모래주머니를 달아 놓은 것만큼이나 무거웠다. 바닷속에서의 나는 산에서의 거북이만큼이나 느릿느릿 굼떴다. 이 속도로 도망을 치면 대문도 빠져나가지 못하고 잡힐 게 뻔한데. 이거 진짜 까딱하다가는 손도 못 쓰고 죽겠구나. 잔꾀를 잘 부리는 여우라면 지금 어떻게 했을까? 내가 여우라고 생각해 보자… 간이라… 간…. "나 간 없는데?" 빌어먹을 거북이와 자라, 그리고 신하들이 쥐 죽은 듯 잠잠해졌다. 간이 없다고? 응. 안 가지고 왔어. 그게 말이 되는 소리냐? 거북이 물었다.

"어떻게 바닷속까지 소문이 났는지는 모르겠지만 거북이 네가 용궁으로 떠난 뒤로 내 간이 아주 귀한 약재로 쓰이기 시작했어. 인간들은 물론이고 친구들도 내 간을 탐내서 깊은 숲속에 숨겨뒀지. 밤마다 달빛을 쐬어주고 가재들이 사는 깨끗한 물에 잘 닦아서 말려놨는데 워낙 급하게 바다로 내려온지라 지금은 없어. 내가 그 어떤 토끼보다 관리를 잘해서 다른 토끼들의 간보다 훨씬 더 약효가 좋을 텐데, 날 다시 산으로 데려다주면 빨리 가서 가지고 올게."

거북이는 자라에게 그런 것도 확인하지 않고 무턱대고 데리고 오면 어떡하냐며 호통을 쳤고 어서 다시 토끼를 육지로 데리고 가 간을 가져오라고 말했다. 슬금슬금 옆으로 다가와 내 눈치를 살피는 자라의 머리통을 세게 갈겨주고 싶었으나 꾹 참고 어서 가자고 말하며 그의 등 위에 올라탔다.

## 6. 꽃게

육지 동물들은 내장을 마음대로 탈부착할 수도 있구나. 토끼라는 이의 말을 들으며 도대체 육지는 어떤 곳일까 궁금했다. 그는 정말이지 괴상하게 생긴 생물체였다. 그의 귀는 얼굴보다 컸으며 툭 튀어나온 앞 이빨은 무엇이든 끊을 수 있을 것처럼 단단해 보였다. 토끼를 처음 본 신하들은 그 괴상한 모습에 그가 어디로 움직이든 자석의 같은 극처럼 멀어지며 가까이 가기를 꺼렸지만 그런 신하들 중에서도 토끼에게 유난히 관심을 가지는 이가 있었는데, 그건 바로 나였다.

놓고 왔다는 간을 가지러 다시 육지로 향하는 토끼와 자라를 따라 배웅하며 다음에 오면 용궁에 들어가기 전 바로 맞은편의 '집게발 미장원'에 한번 들러 달라 말했다. "값은 싸게 받을 테니 꼭 한번 오시오." 하며 악수를 하니 손바닥까지도 빼곡하게 박혀있는 그의 털들은 나를 절로 웃음 짓게 했다. 다듬을 머리칼이 없어진 바다 생물들로 인해 집게발이 쓸모없어진 것 같아 우울해하던 중 갑자기 나타난 토끼는 하늘이 내려준 선물 같은 소울 메이트 같았다. 그렇지만 출발하려는 그들을 다급하게 멈춰 세운 건 내가 아니라 거북이었다. 멍청한 자라를 다시 혼자 육지로 보내려니 마음이 편치 않다며 한 마리 더 육지로 가라는 거북이의 말에 나는 일말의 고민도 없이 자신 있게 집게발을 번쩍 들었다.

그들은 육지로 올라가는 내내 아무런 대화도 하지 않았다. 올 때도 이랬나? 내가 어색한가? 눈치가 보이는 것도 잠시 눈앞에서 동그란 토끼의 꼬리가 살랑대자 집게발을 조심스레 들고 살살 쓰다듬었다. 초면에 실례라는 걸 알았지만 도저히 참을 수가 없었다. 털이 참 부드럽소. 대답 없는 그의 동그랗고 풍성한 꼬리는 기분이 좋아 봉싯대는 건지 물살에 흔들리는 건지 알 수 없었다.

육지에 도착하자 새하얀 모래사장이 눈부시게 빛을 내며 날 반겼다. 물기가 하나도 없는 모래를 처음 보는 나는 서걱서걱 그림을 그려보기도 하고 부드러운 바람에 흩날리는 모래의 모습을 관찰해보기도 했다. 자라의 등 위에서 폴짝 내려온 토끼는 머리부터 꼬리까지 몸을 부르르 털더니 코 안쪽 꼽혀있던 쑥을 흥 풀어내고 저 멀리 보이는 산을 향해 달리기 시작했다.

육지를 더 구경할 새도 없이 토끼를 좇아 달렸다. 그는 바닷속에서의 모습과는 달리 정말 재빨랐다. 과연 빠르다 소문이 날 만 하구나. 얼마나 그를 따라 달렸을까. 가쁜 숨을 내쉬며 금방이라도 쓰러질 듯한 자라와 나를 비웃기라도 하는 듯 토끼는 어느새 여유롭게 다리를 꼬고 바위에 앉아 귀를 파고 있었다. “간은 어디 있소? 어서 가져오시오. 해가 떨어지기 전에 다시 돌아가야 하오.” 자라가 헥헥거리는 숨을 겨우 붙들며 말하자 토끼가 픽 웃었다.

“몸속에 있는 간을 빼놓고 다니는 천치가 어디 있다니?”

토끼는 바위 옆에 떨어져 있던 동그란 갈색 알맹이를 주워들곤 커다란 앞 이빨로 껍데기를 까 투투 뱉었다. 오도독오도독 씹어 먹으며 웃음 짓는 토끼를 보며 상황을 파악한 자라는 또다시 빈손으로 용궁에 돌아가게 되면 거북이가 나를 수라상에 올릴 것이라고 말하며 어린아이처럼 주저앉아 엉엉 울기 시작했다.

서럽게 우는 자라를 한참 바라보던 토끼는 결심한 표정으로 뒤로 돌더니 똥을 누기 시작했다. 갑작스러운 그의 모습에 자라가 눈물을 뚝 그치고 뒷걸음질 쳤다. 이게 육지의 위로 방법인가? 눈물을 그치게 하는 데에 아주 효과적이군. 눈물을 그친 자라는 코를 틀어막고 화를 내기 시작했다. 토끼는 화를 내는 자라의 말을 들은 체 만 체 하며 자신의 동그란 똥들을 줍더니 조그만 자루에 담아 자라에게 내밀었다.

"지난번에 산을 돌아다니는 인간들이 하는 말을 몰래 들은 적이 있는데 이게 그렇게 몸에 좋대. 들고 다니면서 수시로 먹는다 하더라고. 그러니까 그만 울고 이거라도 가져가. 나한테 거짓말을 한 게 괘씸해서 절대 도와주지 않으려고 했는데, 네 사정이 딱해서 바다 구경한 셈 치고 도와주는 거야."

토끼의 말을 들은 자라는 코를 훌쩍이며 기어들어가는 목소리로 고맙다 인사했지만 어쩐지 께름칙한 표정으로 묵직한 자루를 받아든 그는 용궁으로 향하는 내내 육지로 올 때와 마찬가지로 아무런 대화도 하지 않았다.

거북이는 자라와 내가 용궁에 도착했다는 소리를 전해 듣고 버선발로 달려 나와 토끼의 간부터 찾았다. 자라의 손에 들린 자루를 뺏어 들듯 열어 본 그는 바닷물에 녹아 형태를 잃고 구린내만 폴폴 풍기는 찌꺼기가 들은 수상한 자루에 얼굴이 새빨개져서는 천천히 고개를 들면서 감히 용왕님의 수라상에 올라갈 보약으로 장난을 치는 거냐며 처음 보는 무서운 표정으로 자라를 호되게 나무랐다.

용궁 근처에 얼씬도 거리지 말라는 거북이의 명령과 함께 쫓겨난 자라는 그날 이후 다시는 바다에서 그 얼굴을 볼 수 없었지만, 아직도 용궁으로 돌아오기 위해 하천과 못을 떠돌며 토끼를 잡으려고 애를 쓰고 있다고 한다. 토끼의 똥이 정말 약이었는지, 아니면 자신을 속인 자라를 끝까지 골려주기 위한 그의 계략이었는지는 내가 다시 육지로 가게 된다면 그를 만나 직접 물어보고 싶다. 그리곤 풍성하고 보드라운 그의 털을 내 집게발로 꼭 한번 다듬어 볼 테다.

# 다시 어둠

"아, 어떡할 꺼냐구요! 시에서 책임을 져야지! 내가 유기묘 집으로 들였다니까, 그것도 두 마리를? 나 봐요. 내가 뭐가 있어? 나 기초 수급자예요. 가진 거 없는 내가 이런 좋은 일 하면 시에서 도움을 줘야 할 거 아냐, 내가 뭐가 있어서 고양이를 먹여 살려요? 응? 말해봐요들!"

허름한 'ㅇㅇ시 유기동물보호소'의 접객용으로 보이는 소파에 앉아 한껏 격양된 소리를 내며, 삿대질을 해대며, 가슴을 탕탕 내려쳤다. 나를 쳐다보는 여러 눈빛에서 한껏 어쩔 줄 몰라 하는, 그와 반대로 이젠 이런 일에는 진력이 이는 듯한 분위기가 풍겨 나왔다. 모두들 배 나온 걸 자랑하듯 내밀고 있는 통통한 몸매와 오래된 사람임을 여실히 보여주는 옷차림을 한 아줌마와 아저씨들이 대다수였다. 이들은 기초수급자라고 밝혔지만 비싸진 않아도 꽤나 아래위로 잘 맞춰 입은 나를, 사내아이 둘을 낳아 벌써 둘 다 초등학교 고학년인데도 아가씨와 다를 바 없는 뼈대부터 다른 내 몸매를 보고 다들 부러워할 터였다. 나는 고개를 더 쳐들어가며 그 시선을 느끼며 더 또박또박 길고 크게 소리를 내었다. 이 소란은 그들이 나한테 무엇인가를 주고 그것이 내가 합당하게 받아내야 할 것이라 느껴지게 해야 끝내리라.

희번덕거리는 눈매의 통통한 아줌마가 날 보고 쏘아붙였다.

"유기묘를 집으로 들였으면 걔에 대한 건 다 책임을 지고 맡겠다는 거지, 뭐 바깥에 나와 있는 애들 보호하는 시설에 나와서 왜 그러는 거예요? 시설에 신고하고 맡기거나 하면 되는걸."

"뭐라고요? 지금 내가 괜히 찾아온 거네. 응? 그렇죠?"

"선생님 사정이야 지금 들어서 처음 아는 거고, 우리가 미리 알 턱이 있나요. 그래도 여긴 바깥 돌아다니는 애들 도와주고 하는 데라서 뭐 도와드리고 싶어도 해드릴 게 없어요."

그곳에 있는 모든 사람이 찾아와 나에게 한마디씩은 해줄 것처럼 긴 시간이 오갔다. '먹히질 않나?'라는 생각이 짧게 들었지만, 그들에겐 없고 나에게 넘치는 건 시간이라 계속 고개를 빳빳하게 들었다. 줄 게 없긴 뭐가 없어. 다 어찌 저찌 돌리면 나오는 거지. 그들에게서 짜낸 듯한 민원인용 예의와 지쳐가는 표정이 문득문득 얼굴에 어릴 때 나는 더 허리를 깊숙이 쇼파에 뉘었다. 그리고 비죽 내보이는 민원인 미소. 결국 그들이 먼저 지치겠지.

"아유, 안녕히 가시요오."

연거푸 허리를 숙이는 반듯한 머리를 가진 남자의 인사를 뒤로하며 차에 올라탔다. 그에게서 풍기는 오랫동안 빨지 않은 섬유의 냄새에 살짝 얼굴을 찌푸려 보이며 눈을 내리깔았다. 그가 실어준 차 뒷자리의 묵직한 고양이 사료 세 포대에서는 쿰쿰하고 고소한 냄새가 풍겼다.

"네!"

받은 인사와는 대조적인, 짧고 가볍게 턱을 까딱이는 인사를 건네며 최대한 어리고 경쾌한 소리를 내었다. '나는 밝은 사람이니까.'

나는 그들이 가진 것보다, 그보다 더 괜찮게 보이는 사람이었다. 만나는 사람마다 모두 다 나를 물어봤다. 기초수급자임을 밝히는 나의 당당함에 대해 궁금해하고, 바닥이라고 생각했던 구질구질한 삶의 밑바닥 사람이 왜 이렇게 아는 지식이 높은지도…. 악바리, 거친 아줌마일 거라 예상하는 그 이미지에 반전인, 머리부터 발끝까지 군살 하나 없는 몸매나, 사근사근 아양을 섞어 대하는 나의 에티튜드에 대해 다들 몇 마디씩은 꼬박 칭찬을 들려주었다.

유기동물 보호소의 생면부지 사람들에게 큰 소리를 내어 얻은 고양이 사료 세 포대는 이른 저녁부터 새벽까지 이어지는 엄마의 부재를 채워주는 새끼 고양이들을 집에 더 있게 하기 위한 방법이었다. 어떻게든 아껴 고양이 사료야 살 수 있겠지마는 좁고 짐 많은 내 집에 풀풀 날리는 고양이 털들을 걷어치우면서 턱밑까지 차오른 힘듦을 어디든 풀고 싶었다. 누구한테 악다구니를 쓰고 뭔가를 얻어내야 속이 풀리는 건 병으로 계속 누워있던 전남편한테 늘상 하던 일이었다. 그마저도 남편과 이혼을 하고 시댁으로 보내버리니 이 차오른 울분을 누구한테 풀어야 할지 몰랐다. 그러다 그 화가 턱까지 쌓인 어느 날이 되면 애들한테 쌓인 스트레스는 애들 담임에게, 교무실의 누군가에게 전화를 걸어 풀어댔고, 삶의 곤궁함으로 쏟아지는 과호흡은 내 사정을 빤히 조회할 수 있는 어느 어느 사회복지과, 어느 센터에 찾아가 악다구니를 써대야 풀렸던 터였다. 오늘도 도통 보이지 않는 새끼고양이 한 마리를 장롱과 벽 사이 틈에서 팔을 한껏 뻗어 끄집어내고는 우리하게 아파 오는 어깨를 쓰다듬으며 혼자 방에서 발을 동동 구르며 욕을 한 바가지 내보냈다. 그러고는 여지없이 찾아오는 과호흡이랄지, 울분의 외침이라 할지 모르는 이것을 넘기며 한참 천장을 바라보았다.

“끄흐흑, 컥, 끄윽, 컥.”

남이 듣기에 부끄러운 이 소리를 얼굴 밖으로 내야만 했다. 그래야 나를 둘러싼 이 거무스레한 장막 아랫단이 조금이라도 들썩여 바깥 공기가 안으로 들어와 숨통이 트이는 것 같았다. 이 가쁜 들숨과 날숨이 이젠 지겹도록 지겹고 힘겨웠다. 지구 상의 어느 누군가 나 같은 소리를 내며 숨을 쉬는지, 그 사람도 나와 같은 상황이련지 스멀스멀 밀려드는 외로움에 빠져 눈물이 주욱 하고 흘러내리던 때였다. 그러다 문득 떠오른 곳, 이곳에 부지런히 차려입고 찾아왔다. 내가 큰 소리를 낼 수 있는 곳, 내 악다구니를 들어주고 나를 위한 호위 비슷한 무엇인가를 얻어낼 수 있는 이곳엔 나 같은 사람들의 이야기를 들어주는 공직의 누군가가 항상 일어나 맞이해주었다. 비록 나를 대하는 그들의 목소리, 표정, 그리고 발걸음까지 그 모든 것이 무겁고 때로는 무섭고, 그 차가움에 몸서리가 쳐질지언정 말이다.

***

콧노래가 나오는 주말 늦은 아침, 그제 충전된 바우처 카드를 가방에 챙겨 넣으며 한껏 멋을 부렸다. 아랫단에 비즈가 박힌 프릴 청미니스커트와 달라붙는 하얀 티를 입고 잠에 취해 눈을 못 뜨는 아들들을 향해 쏘아붙였다.

“야, 너네는 어제 힘들다며 학교 안 가고 쉬더니, 오늘은 쌩쌩해야 될 거 아냐?”

어제는 아프고 힘들다며 학교에 못 가겠다는 아이들을 다그치질 못해 등교 시간이 지나 걸려온 담임들 전화에 죄송하다고 응답을 했었다. 학기가 시작하고도 몇 번이나 이런 일이 반복된 탓에 학기 초에 그냥 몸이 약하고 부모 닮아 선천적으로 아침 컨디션이 안 좋고 기타 등등의 이유를 대며 자주 결석을 시켰다. 그러고도 학교에서 우수하단 소리를 듣는 아들들에게 돈 빼고 여느 바랄 것 없는 가정임을 무작정 되새기고 있었다. 부러워할 거 하나 없고, 너희들 배우고 싶은 거 있으면 어떻게든 어느 곳에서 무료로 가르치는 프로그램이 있을 테니 무조건 해보자고, 너희들 여기저기 보내고 거기서 듣는 아들들 똑똑하다 소리에 엄마는 힘내고 사는 거니, 너희들도 엄마에게 잘하는 모습을 보여줘야 한다고 아들들 귀에 질리도록 되새기고 되뇌었다.

다그치는 말투를 끝으로 내 눈치를 살피며 일어난 아이들에게 '내 사랑', '우리 아가'와 같은 말들로 어르며 세수만 하게 하고는 차에 올라탔다. 오늘은 시내 큰 마트로 가서 충전된 바우처 카드로 돈을 왕창 긁을 수 있는 날이었다. '저런 차림에 어떻게 저렇게 많이 사?' 이런 눈빛을 받지 않으려 머리부터 발끝까지 잔뜩 힘을 주고 큰아들은 카트를 끌게 하고, 작은아들은 엄마 옆에 꼭 붙어 있게 하고는 상품들에 주는 눈길마저 신경 쓰며 천천히 마트를 돌았다. 옆 읍면 단위 지역들의 사람들도 오는 마트라 주말마다 시장통과 다를 바 없는 그곳에서 내 아래위를 훑어보고, 그 옆의 아들들을 쳐다보는 시선들을 따라가다 그들의 눈과 마주치고 있잖으면 민망해진 그들의 눈이 이내 흔들리며 주변의 물건 더미를 향하게 하는 장소였다.

"아휴, 살 게 왜 이렇게 많아. 카트도 무겁네. 이리 내. 엄마가 끌게."

카트를 다 채우고도 모자라 그 위에 조심조심 쌓아야 하는 순간에 큰 아들의 손을 치우고 카트를 밀었다. 워낙 많은 사람이 오가는 마트라 빽빽해진 카트에 욕을 한 사발 부어주고 싶지만 보는 눈이 많으니 '어우 씨.'라는 말조차 할 수 없었다. 사뿐사뿐 여유 있는 발걸음으로 카트 옆부분을 잡고 끌어주는 아들들을 좌시하며 행복해 보여야 하는 나였다. 그마저도 이 많은 짐을 허름하고 오래된 차에 실을 땐 아들들을 다그쳐 빨리 싣고 주차장을 나오고만 싶었다. 하차감이라는 새로운 신조어에 하나도 맞지 않는 내 차이지만 네일샵에 앉아 페디 받을 돈이 없어 세일할 때 파는 가짜 발톱을 붙이는 게 진력이 나는데 언제 몇천을 모아 차를 산단 말인가? 이렇게 뒤집을 수조차도 없는 현실은 대체 어떻게 해야 풀린단 말인가?

"어우, 씨. 드럽게 무겁네."

카트에 켜켜이 쌓아 올려 봐온 장거리들을 집에 도착해 현관 앞에 내려놓고 아들들의 손에 있던 비닐들도 옮겨 쥐었다. 내가 그 아무리 상스러운 말을 해도 우리 아들들은 이런 험한 말들을 뇌리에 새길지언정 입 밖으로는 내질 않았다. 전남편을 닮아 착함이 뼛속까지 들고, 밖의 사람들에게 이 말 저 말 하지 않아 엄마의 부끄러운 낯낯을 타인에게 전하지 않는 묵직한 내 아들들….

몇 개의 봉투에서 신선식품을 골라 냉장고 구석에 밀어 넣고 몸을 돌리자 집안의 모습이 한눈에 들어왔다. 간신히 구분되는 거실과 주방, 그리고 이때껏 유아용 그네가 달려 있는, 참 치워버리고 싶은데 할 사람이 없어 포기하고 있는 짐으로 가득 찬 작은 방, 곳곳에 검은 때와 빨간 물곰팡이가 서린 구식의 화장실. 여기저기서 받은 아이들 책과 옷과 오만 잡동사니가 이리저리 쌓여 있는 집안의 구석구석들. 우울증이면 집을 못 치운다던데 그러한 건가 싶다. 나 같은 현실에 우울증에 걸리지 않으면 대체 누가 우울증에 걸린다는 건지 모르겠다는 생각에 고개가 떨궈지고 가슴이 컥 막히는 기운에 몸서리쳤다. 비즈 박힌 청 치맛단이 부르르 떨렸다. 다시금 찾아오는 가쁘고 막히는 심호흡, 폐에 가득 찬, 이 꽉 막힌 검은 공기에 아들들 모르게 짧고 깊은숨을 '하' 하고 내쉬며 주방에서 두세 걸음뿐인 현관으로 바쁘게 향했다.

"엄마 일하고 올게. 밥 먹고 먼저 자고 있어."

"언제 와? 조심하고."

일찍 오길 바라는 질문의 대답을 바라지 않고 먼저 말을 끊어버리는 둘째에게 "알았어."라는 응답을 하고 박음질이 회색으로 변해버린 하얀 샌들을 신고 옆의 걸음쇠를 걸지 않은 채 서둘러 나왔다. 아이들은 엄마가 차려준 햇반 두 개와 볶음 김치, 참치캔으로 저녁을 먹고 적당히 티브이나 게임을 하다가 잠들 것이었다. 밤마다 이 테이블, 저 테이블 술과 안주를 서빙할 때마다 손님들이 따라주는 술을 먹고 잔뜩 취해 집으로 들어오면 아들들은 바닥에 까는 요까지 말아쥐고는 곤하게 자고 있었다. 정말 어쩌다 한 번씩 있는 저녁 약속에 가서 늦게 들어오는 엄마를 기다리다 아들들이 스스로 자는 걸 몇 번 확인한 뒤 잡은 일자리였다. 낮에 하는 일을 하면 해의 밝은 빛에 머릿속 몇 년째 커지지 않는 종양이 나를 내리누르는지 아프기도 하고, 때마다 나오는 정부지원금이 줄어들 것 같아 4대 보험 따윈 상관없는 알바 자리를 잡을 수밖에 없었다. 그리고 내 장점을 내보일 수 있어 매일 내 마음이 충족되는 이곳이 꽤 좋았다. 오늘은 또 어떤 손님에게 예쁘다 소리를 들을까. 그런 말들을 해주는 사람이 꽤 괜찮았으면 좋겠다는 생각을 하는 내 발걸음이 조금은, 경쾌해졌다.

***

'달그랑' 종소리가 울리는 문을 열고 칸막이 테이블들을 지나 주방으로 향했다. 어느 테이블에 어떤 손님이 앉아 있는지 훑으며. 술을 마시기엔 이른 시간이라 두어 테이블만 차 있는 한적한 술집이었다.

'이 손님 또 왔네.'

나를 흘깃 올려다보는 시선을 느끼며 애써 그쪽으로 돌아가는 고개에 힘을 주며 가던 앞을 응시했다. 주방에 들어가 한쪽에 청재킷을 벗어놓고 입고 있는 짧은 치마와 길이가 비슷한 앞치마를 맨 뒤 안주를 준비하고 있는 사장 언니에게 괜히 몸을 기울이며 아양을 떨었다.

"언니이, 나 왔어."

"어. 왔어? 쩌어기 맥주 한 병 추가."

늘 그렇듯 붉은 염색의 부스스한 펌 머리를 이리저리 들어 올려 풍성하게 보이게 묶고, 쪼글거리는 얇은 입술엔 오렌지빛의 립스틱을 곱게 바른 사장 언니가 내가 기댄 몸을 거절하는 듯 어깨를 들썩했다. 눈짓으로 3번 테이블을 가리키는 사장 언니는 흘깃 눈동자를 옆으로 돌리며 장난기 서린 미소를 지었다.

"어, 저 오빠 또 왔네?"

큭 하고 웃음이 나며 저절로 말려 올라가는 어깨를 사장 언니는 손으로 내리누르며 얼른 가보라는 손짓을 했다.

"들어올 때부터 알고 있었으면서. 모르는 척하긴."

맥주 한 병을 들어 쟁반에 올리고는 살랑이는 뒷치맛단을 느끼며 그가 있는 테이블에 다가갔다.

"맥주 나왔습니다."

올려다보는 시선을 느끼며 맥주를 내려놓고는 뒤돌아서는 찰나 손목을 잡는 단단한 힘이 느껴졌다.

"잠깐 여기 앉아봐. 나…. 말 좀 들어줘."

이런 플러팅이 이젠 익숙해질 만도 한데 그간 봐왔던 배불뚝이 아저씨들과는 달라서인지 가슴이 두근댔다.

"아이, 바빠질 텐데에."

못 이기겠다는 듯이 눈을 흘깃하며 옆으로 앉고는 나를 잡아끈 손을 감싸 왼쪽 허벅지 위까지 잡고 가선 다리 위로 툭 내려놓았다. 내 다리로 떨어지던 그의 손이 허공에 잠시 멈칫하다 허벅지 옆쪽으로 가선 토닥이는 손짓을 하더니 곧 뒤로 가 허리를 강하게 감쌌다.

"왜 이래?"

앙칼진 소리를 내었지만 팡 하고 터지는 미소를 숨길 수는 없었다. 이리 자연스럽고 해맑은 미소가 나오는 건 얼마 만이었던가.

"아, 이 오빠, 취했네."

"아, 좀 같이 가자. 응?"

잡아끄는 손을 내치지 못하고, 기대는 몸을 밀어내지 못했다.

강인한 몸에 감싸는 동안 전남편의 허상이 어른거렸다. 까무룩 정신이 꺼져가며 아들들의 모습이 보였고 이내 눈이 감겼다.

***

전남편은 선비 같은 사람이었다. 깡마르고 하얀 몸에 사람 참 착하게 보이는 가늘은 미소로 늘 나를 보았다. 늘 덜 마른 것 같은 꿉꿉한 체크 셔츠를 입고 떨리는 손가락으로 내 손을 조심스레 잡고는 늘 앞서 듯 걸어가는 나를 조용히 따라오기만 했다. 우락부락한 얼굴로 늘 손찌검하던 아버지랑은 정반대의 사람. 딸은 아빠 같은 사람을 좋아한다던데 그 말과는 정반대여야만 했다. 남편을 인사를 시키러 간 그날 우리는 처참하게 내쫓겼다. 뱃속에 첫아이를 품고서.

볼멘소리라도 하면 사정없이 뺨을 내리 갈기는 아버지란 사람. 그 사람과는 반대인 이 사람을 아버지 앞에 앉히니 아버지는 늘 그렇듯 커다란 손을 들어 나를 향해 내리꽂았다. 철썩. 그리고 깡마른 그의 얼굴에 다가가는 커다란 손. 철썩.

말랐던 우리 둘은 그렇게 뺨을 한 대씩 얻어맞고는 쓰러지는 몸을 일으켜 세우려 바닥을 손으로 짚어야 했다. 그때 알아봤어야 했는데. 맞고도 꿈쩍 않는 단단한 사람을 만났어야 했는데. 그랬다면 아들 둘을 낳고 곧이어 쓰러졌던 전남편의 긴 간호를 하지 않았어도 됐었는데….

***

전남편은 만나기 시작한 지 며칠이 되어도 손 하나를 잡질 못했다. 그 답답함에 못 이겨 내 손끝 언저리에서 멈칫거리는 그의 손을 잡아끌어 어깨에 올리면 놀란 손은 바들바들 떨렸고 이내 어깨 끝을 감싸며 잠자코 그곳을 지키고 있었다. 어쩔 줄 몰라 정면만 응시하는 그의 옆 모습을 올려다보며 참 올곧고 바른 사람이라 생각했다. 변덕이라는 걸 모르고, 여태 만나왔던 남자들같이 히죽거리며 대충 상황을 넘기는 모습을 찾아볼 수 없는 사람이었다. 벤치에 앉아 먹던 콘 아이스크림에도 굵은 목소리를 다듬어 가며 나와 먹어서 기쁘다고 말하던 사람, 콘 과자 끝에서 뚝뚝 떨어지는 녹은 아이스크림을 거꾸로 물어 먹을 줄도 모르고 표정만 굳혀 난감해만 하던 그 사람을 보면 늘 피식하는 웃음이 터져 나왔다. 가늘고 긴 손가락 끝으로 얼굴을 만져주고 내 허리를 감싸 안아 줄 때 그 사람의 나만을 향하던 곧은 눈빛은 혼자 있어도 계속 생각이 났다. 그 시간이 언제 올까. 언제쯤이면 데이트라는 밖에서의 과정을 거치지 않고 그가 나를 바로 안아줄까? 휘몰아치는 시간을 보내고 이대로 안겨서 딱 죽었으면 좋겠다는 느낌은 언제쯤 가물해지고 희끄무레해질까? 남편을 보내고도 한참 지난 뒤의 오늘, 이대로 딱 죽었으면 좋겠다는 감정이 되살아나 또다시 남편과 만나던 그 시간을 추억했다. 남편을 향한 그리움은 언제쯤 순간 걷어지는 물안개처럼 그렇게 지나갈까….

남편과 첫 아이를 품은 상태로 살림을 차리고 우리는 잠시 신혼의 단꿈에 젖어있었다. 세상의 모든 풍경이 그땐 필터를 씌운 것처럼 몽환적으로 보여 현실의 어려움을 몰랐다. 생활비가 부족해 두부 한 모만 구워 간장을 찍어 먹어도 맛있었고 행복하기 그지없었다. 그렇게 둘째 아이까지 생기자 남편은 어느 순간 매일 숨차했고 기침을 해댔다. 그리고 계속 누워있게 되었다. 남편의 긴 병환은 지난했고 아들 둘은 빠르게 자랐다. 돈을 바싹 긁어모아 들어갔던 좁은 신혼집에 우리 넷은 여전했다. 돌봐야 할 사람이 셋씩이나 되어 비록 지방의 작은 대학이었지만 법대 나온 여자라는 타이틀을 달고도 번듯한 직업을 가질 수 없었다. 더구나 내 뇌에 자리한 종양을 발견하고는 온몸을 엄습해오던 죽음에 대한 불안감에 발 빠르게 기초수급자를 자처할 수밖에 없었고 빠듯하게 살아내었다. 순응하지 않는 말엔 다짜고짜 손을 올리던 아버지 밑에선 "네." 하면 돈이 나왔지만 아버지 몰래 한 결혼 후의 현실은 그렇지 않았다. 해가 갈수록 짙어지던 남편의 병색에 언젠가는 잠들어 깨어나지 못하는 아빠를 아이들이 볼까 싶어 내보낼 수밖에 없었다.

***

일을 끝내고 새벽이 다 돼갈 즈음 가게 셔터를 내리고 뒤를 돌아보면 그가 술기운에 벌게진 얼굴로 차에 기대어 나를 기다리고 있었다. 사장 언니와 웃음기 띈 얼굴로 안부의 눈짓을 주고받고는 매번 그의 팔짱을 꼈다. 유흥가 상점들 사이의 주택 골목 2층에 그가 혼자 사는 집이 있었고 그 집에서 그의 품에 안겨있는 느낌이 단단하고 포근해 아들들이 잠결에 실눈을 뜨며 엄마를 찾고 있는 걸 아는데도 밀어낼 수가 없었다. 아는 형과 함께 작은 체육관을 운영한다는 그 사람은 가게를 여느라 모은 돈을 다 쏟아 침대와 옷장이 전부인 이 작은 집에 살 수밖에 없다고 했다. 그래도 꼬깃하고 오래된 이부자리가 널려있는 우리 집보다 단출하고 단정한 그의 집이 좋았고, 어쩌다 간혹 낮에 만나는 날이면 나를 데리러 오는 그의 덩치만큼이나 큰 SUV 차가 좋았다. 얼마 만인지도 모르는 설레는 이 마음이 벅차고 행복했다.

사장 언니는 그냥 만나기만 하라고, 돈이 많고 나이도 많은 사람을 자기가 안다며 꽤 괜찮은 사람을 소개시켜 주겠다고 했지만 그 말이 제대로 들리질 않았다. 작은 침대에 곧 떨어질 것같이 둘이 엉겨 있어도 누가 나를 사랑해 준다는 게, 필요로 해준다는 게 이리 마음이 충만한 일인 걸 느끼는 게 정말 오랜만이었다. 동이 터오는 새벽녘 그의 집에서 나오며 소박한 아침 밥상을 차려 내놓고 아들들이 기다리고 있는 집으로 향했다. 내가 있어서 그의 삶이 유지되고 그의 자존감이 올라가는 느낌이 꽤나 짜릿해 어깨가 저절로 펴지는 것 같았다. 낮에 만나 그의 팔짱을 끼고 거리를 걷는 날이면 어느 커플보다 못지않은 그럴듯한 모습에 내 입꼬리는 저절로 위를 향했다.

***

아들들과 그와 함께 보내는 시간이 많아졌다. 몸뿐만 아니라 마음까지 유약했던 남편의 아내로, 친정 시댁 할 거 없이 도움 하나, 조언 하나 받지 못했던 엄마로 이 생활을 견뎌왔던 나에게 그는 행복한 가정만을 꿈꿔왔다며 아들들은 이렇게, 저렇게 키워야 한다며 의지가 되는 말을 건넸다. 나의 착한 아들들은 낯선 남자 어른과의 만남을 거부하지 않고 '삼촌'이라 따르며 그가 사주는 옷, 신발, 가방 같은 것들을 신줏단지 모시듯 아껴가며 입고 신었다. "삼촌 어때?"라고 묻는 말에 "어, 좋아."라고 말하는 짧은 응답을 엄마의 재혼을 허락해 주는 양 기분 좋아라 하며 아들들을 끌어안았다.

'너희들처럼 착한 자식은 없어. 너희에게 행복하고 단란한 가정을 줄게.'

그날, 하교한 아들들을 데리고 나갔다. 집 앞 분식점 떡볶이와 오뎅 간식을 사주고 가게 앞을 지나가던 아들 친구를 불러 핫도그를 건네주고는 그가 준 카드로 계산했다.

"삼촌이 사주는 거야. 다음에 뵐 때 감사하다고 말해. 이제 먹는 것들은 삼촌이 이 카드로 계산하래."

아들들의 얼굴에 반색하는 표정이 드러났다. 삼촌이 사주는 것들, 삼촌이랑 가는 나들이, 그리고 식비 계산까지. 이제 우리 생활이 친구들의 집과 다름없어지는 것들을 느낀 탓일까. 삼촌이 온다며 집 안의 여기저기 널브러진 옷가지들과 잔짐들을 싹 치우는 엄마의 모습과 그 결과로 점점 깔끔하게 바뀌어 가는 집이 새삼스러워진 아들들은 이제 곧잘 자기들 짐을 정리했다. 마치 처음부터 늘여놓은 짐들은 엄마 탓이었다는 듯이 아들들은 아침에 들어와 보면 정리해놓은 그 상태 그대로를 유지했다. 그가 우리 집에 처음 오기 전 아들들과 힘겹게 떼어내었던 그네 봉의 뻥 뚫린 나사 자국을 목공풀로 말끔하게 채워 놓고 투명해진 풀 자국을 집 몰딩의 옥색과 어울리게 연두색 매직으로 꼼꼼하게 칠해 놓은 건 둘째 아들이었다.

"그런데 저기 말이지. 삼촌이랑 같이 살게 되면 너희들끼리 자야 해. 알지?"

갓 10대에 들어선 아들들에게 제대로 된 가정의 모습을 보여주거나 성교육 한번 해준 적 없지만 그들 나름대로 교육 속에서 터득한 바에 따라 이 모습을 자연스레 받아들여 주길 바랐다. 구체적으로 원래 가정은…

하며 전형적인, 그러나 우리 셋 모두가 바라왔던 그 이상향을 말해 주지 않아도 그와 함께 살면 다 큰 아들들은 부모의 공간에 불쑥 들어오는 걸 조금은 어려워해야 하지 않는가에 대한 개념을 알고 있길 바랐다.

"알어."

짧게 대답하는 큰 녀석과 그 옆에서 고개를 끄덕이며 포크로 남겨진 떡볶이를 푹푹 찔러대는 둘째 아이가 있었다. 그래. 엄마 없이도 너희들끼리 밤에 잘 자니까 내가 괜히 물어봤던 게지. 우리 장한 내 아가들.

아이들의 숙제와 잠자리를 봐주고 집을 나왔다. 알바 시간이 끝나면 데리러 오겠다는 그의 문자에 그 기쁜 순간을 바라마지 않는다는 표현을 잔뜩 해놓고 엉덩이를 들썩이며 나오던 차였다. 굽이 높아 조심히 내디뎌야 하는 샌들을 신고 동그란 맨홀 위를 지나가려는데 구멍 하나에 샌들 뒷굽이 쑥 빠졌다. 휘청거리며 몸을 가까스로 세우고 얼른 샌들을 벗어 살펴보니 밝은 베이지색 굽에 회색 상처가 쭉 그어져 있었다.

그를 만난 뒤로 말끔하고 단정해 보이는 그의 차림과 어울리게 보이려고 적잖은 소비를 했었다. 때가 보이는 하얀 샌들은 진작에 벗어 던지고 스팽글이 박힌, 싸 보이는 청재킷과 청치마는 따로따로라도 단 한 번도 입지 않았다. 살짝 달라붙는 하얀 바지와 니트 민소매티, 밝은 베이지색 샌들. 오늘 입은 차림처럼 곧 골프라도 치러 갈 것처럼 입어야 그와 어울리는 듯싶었다. 브랜드 매장에서 골라 사 입은 건 아니지만 내가 입으면 군살 없이 긴 다리의 몸이 받쳐줄 텐데 그런 고민 따위는 하지 않았다. 적어도 지금 사는 이 소도시에선 나와 그만한 사람이 없는 것 같았다.

가게 마감 시간까지 시간이 더디 갔다. 휘청대다가 살짝 삐끗해선지 계속 욱신거리는 허리를 부여잡고 가게 문을 나서자 그가 보였다. 두 팔을 그의 어깨 위에 얹으며 애교를 섞어 입을 내밀며 말했다.

"나 오는 길에 하수구 구멍에 신발 굽 빠진 거 있지. 굽 다 까였어."

"어, 그러네. 안 다쳤어? 괜찮아?"

이런 사소한 말들이 다 좋았다. 샌들 굽이 까진 일까지 일일이 말할 수 있는 것. 이런 시시콜콜한 일들을 나눌 친구가 여태 없었다. 친구가 있었다 한들 이런 말들까지 나눌 마음이 들었던 적도 없었고 그러지도 않았을 것이다. 하지만 그런 시간을 같이 보내던 남편이 아프고 난 뒤에 제대로 된 일상을 다른 사람과 나눠본 적이 없어 이런 일들이 퍽이나 오랜만이었다. 몇년만의 시시콜콜한 수다의 후련함과 설렘이 남편과의 시간들처럼, 다시 이 세상에 필터를 씌운 것처럼 다가왔다.

어딘가로 전화를 걸거나 직접 찾아가 언성을 높이던 그날들도 꽤 멀어진 기억이 되었다. 한숨과 화가 턱까지 받쳐 오르던 그런 날들이 왜 그랬을까 싶었다. 이젠 마음에 좀 걸리는 일이 있어도 그에게 애교 섞인 말투로 와다다 쏟아내도 되었고, 현실적인 어려움엔 그의 카드로 그가 불필요하다는 허락을 굳이 받아내어 긁었다. 막역하지만 존중받고, 서로를 이용하지 않는 사이인 게 좋을 것이었다. 가게로 마중 나온 그에게 한달음에 다가가 몸을 기대며 단단한 품에 얼굴을 가로저었다.

"보고 싶었어. 3일 만에 보잖아. 술 조금밖에 안 마신 것 같은데 너무 어지럽네."

“이제 가게 그만둬. 나랑 같이 살게.”

새벽 두 시였다. 아들들이 곤히 자고 있을 거라며 집에 들어가기 마땅찮은 시간임을 말하며 그가 손을 잡아끌었다.

살짝 스치는 남자의 땀 냄새에 골반 어디 즈음이 붕 떠오르고 그 기운이 배꼽 주변까지 순식간에 퍼져 나갔다. 완연히 꽃피운 20대의 몸마냥 달뜨고, 어지러운 술기운 때문인지 곳곳의 네온사인이 부옇게 일렁이며 다가왔다. 귓가에 큰 바람이 이듯 그의 마지막을 알리는 터지는 듯한 숨결 안, 담배의 냄새가 꽤 달큰하다고 생각하며 까무룩 잠이 들었다.

꿈인 걸 알면서 깨어날 수가 없었다. 가슴 언저리에 놓여있는 그의 팔이 무거워서인지 눈을 내리누르는듯한 종양의 통증 때문인지 고개를 돌리지도, 손 하나 까딱할 수도 없었다. 집이었다. 현관의 터질듯한 많은 짐을 비집고 들어가니 아들들은 거실 이곳저곳 놓여있는 잡동사니를 피해 낮잠을 자고 있었고, 안방에서는 퀴퀴한 냄새가 검은 아지랑이를 피우며 흘러나왔다. 무슨 기운인지 단박에 알아차릴 수 있었다. 전남편의 냄새. 크게 신음하며 돌아눕는 끄응 하는 소리가 귀에 꽂혔다.

‘하, 안 되는데. 다시 돌아가면 안 되는데.’

발걸음을 떼지 않았는데 누워있는 그 옆에 내가 서 있었다. 장롱은 들어찬 이불로 완전히 채 닫히지 않았고 옷을 접어 보관하는 서랍장은 제 기능을 상실하고 반쯤은 텅 비어있었다. 그 앞 빨래와 건조를 마친 옷들이 쌓여 무더기를 이루고 있었다. 양말, 속옷, 수건, 낡아 빛바랜 옷. 좁은 방은 그러고도 모자라 반쯤 닫힌 종이상자들과 그 아래 정체 모를 가구에 빙 둘러 있었다. 그리고 발치 아래 전남편이 누운 뒷모습. 앙상한 몸을 가리는 구깃한 티는 반쯤 올라가 있고 허리와 등을 구분 짓는 언저리에 바로 그것이 보였다. 검고 빨간 구멍. 그 구멍에서 코를 찌르는 냄새와 검은 연기가 피어올랐다. 저것 때문이었어, 저것 때문에. 저 욕창….

숨이 턱까지 차오르며 '끄윽' 하는 소리가 입에서 터져 나왔다. 곧이어 내리쳐지는 숨결이 들이마시는 숨을 컥 하고 막으며 덜덜 떨리는 손은 가슴께로 가 옷깃을 부여잡고 명치 부근을 탕탕 쳐댔다.

"끄윽, 컥, 끄헉, 끅."

누워있는 남편을 내려볼 때마다 차오르는 이 호흡, 그를 더 이상 견딜 수 없었다.

***

그와의 합가는 순조롭게 진행되었다. 가게 일을 그만두고 아들들이 학교를 간 시간에 계속 짐을 치우고 버렸다. 책상을 사서 아이들의 방을 꾸며 주었고, 그새 커버린 고양이들은 아이들이 없는 사이에 유기동물센터에 머쓱한 얼굴로 가져다주었다. 학교와 돌봄센터를 마치고 온 둘째 아이의 눈자위가 벌게졌지만 삼촌을 받아들이려면 어쩔 수 없다는 걸 아는 양 묻질 않았다. 갑자기 핸드폰이 울려 보니 돌봄 선생님이었다.

"어머니, 아이들이 전학 갈지도 모른다고 해서요. 다른 동이면 그쪽 돌봄센터로 연계해 드릴 수 있을 것 같아 전화 드렸어요."

"무슨 소리세요?"

"아 아이들이 삼촌이랑 같이 살게 되었다고 하길래. 집을 옮기냐고 물었더니 그럴 것 같다고 해서요. 이사 준비를 하신다길래…."

"아니에요. 애들이 왜 그런 소리를 했지? 같은 학교에서 졸업시키려구. 졸업할 때까진 쭉 여기서 살 거예요."

"이사 안 가시는구나. 맞아요. 그게 좋아요. 같은 학교 쭉 다니는 게 낫죠. 저야 안 가면 너무 좋아요. 착하고 뭐든 잘하니까 다른 애들한테도 좋은 영향이고."

서둘러 아이들 칭찬으로 마무리하려고 하는 그 말 속에 어떤 말이 숨겨있는지 마음에 와 박혔다. '재혼을 하는 것 같은데 왜 너의 형편은 나아지질 않냐?'라는 비아냥으로 들렸다. 이미 몇해 전 센터에서 첫째 아이가 다친 일로 서로 언성이 높아졌었다. 그 길로 시청에 가 돌봄 교사를 바꾸라며 고래고래 소리친 전적에 집까지 찾아와 고개 숙여 사과받은 기억이 있는 선생님이었다. 통화를 마무리하기 전, 가슴에 뜨거운 분이 차올라 숨이 고르지 않았지만 애써 무시하고 가슴을 쾅쾅 치며 달래야 했다. 이제 누가 봐도 행복해 보여야 하니까 나의 심성은 안정되어 보여야 했다. 이전과 똑같다는 소리를 들으면 안 되지. 안 되고 말고. 전화를 끊고 숨을 몰아쉬어도 가슴이 뛰었다. 마음속 한켠 '턱' 하고 걸리는 그 무언가에 짜증이 몸을 휘감았다. 알고 있었다. 정상의 가정이 된다는 설렘 속에 드라마틱한 반전이 일어나지 않아 새로운 넓은 집이 아닌 그대로를 살게 된다는 불쾌함과 짜증, 앞으로도 헤쳐나가야 할 막막하기만 한 노력, 빰을 내리치던 아버지가 했던 말이 귀 끝에 쟁쟁히 되살아나 맺혔다.

"애비 만나 먹고 살기 편했지? 상팔자 꼬아버리는 나쁜 후라질 년."

며칠 동안 잠을 자다가도 발끝에서 가슴으로 모여드는 아버지의 그 말이 생각나 벌떡 일어나 냉수를 들이키고 끄어억대는 호흡을 해야 했다.

***

햇볕이 쨍하니 살짝 더위가 느껴지는 오전이었다. 재혼인 나를 위해 그의 일가친척들을 식당으로 모셔 점심 식사로 결혼식을 대신하기로 했다. 아이들은…, 아이들은 집에 있기로 했다. 옆에 끼고 있을 수도 없는 상황일 것이고 워낙 커버린 내 아이들의 대답을 들으려는 냥, 어른들의 수도 없는 질문에 상처가 될까 봐서였다.

거울 속에 비친 폭신한 침구가 깔린 퀸사이즈 침대를 계속 바라보며 머리를 말리고 화장을 했다. 몸에 꼭 맞는 블라우스의 단추를 잠글 때도 내 시선은 침대에 단정히 깔려 있는 포근한 이불에 머물러 있었다. 장롱에 침대 하나 겨우 집어넣었지만, 집에 침대가 생기고 거실에는 번듯한 TV장, 작은 소파가 생기자 아이들은 낯빛을 밝히며 가구들의 끝을 손바닥으로 쓰다듬으며 자리를 움직였다. 단정한 침구에 나도 자꾸만 시선이 갔다. 그래, 저거면 됐어. 더 이상 바닥에 깔린 이불들을 발로 걷어가며 다니지 않아도 되니까. 내 생활이 그로 인해 변하는 거니까.

시끌벅적한 식당 안에서 눈꼬리를 내려뜨리고 입가의 미소를 잃지 않으려 노력했다. 아들 둘 딸린 여자임을 밝혀야 했고, 그의 먼 식구들은 '아들 둘 혼자 키우느라 얼마나 고생이 많았누.' 하며 말뿐인 공치사를 들려주곤 뒤로는 수군댔다. 그는 그 분위기를 누그러뜨리기 위해 '제가 이 사람 집에 들어가서 얹혀살아요.'라며 어느 쪽으로도 기울지 않는 결혼임을 설명하기 위해 땀을 뻘뻘 흘리며 애를 썼다.

지금 느끼는 숨 막힘은 그의 일가친척이 내보내는 불편함이 나에게 전해진 게 아니었다. 며칠 전부터 여실히 느끼는 뭔지 모를 짜증과 막

막함에 계속 깊은숨을 들이쉬어 호흡을 길게 해야 숨이 쉬어지는 중이었다. '괜찮다, 이만하면 달라진 거야.'와 '앞으로 어떻게 헤쳐나가야 하지?'를 반복해서 생각해야만 하는 상황이었다. 지금 내가 '행복하다.'라는 말을 하기 위해서는 내 얘기를 들은 남들이 '와! 인생 폈네!'라는 말을 할 정도여야 내가 온전한 숨을 쉴 수 있을 것 같은 느낌이었다. 남들이 보기에 우리는 겉만 멀쩡한 사람들이었고 새하얗게 질리는 앞날을 가진 부부일 뿐이었다. 어제 그의 전화만 아니면 지금 내 목과 가슴을 옥죄어오는 블라우스의 단추가 조금은 편해졌을까. 그가 살던 월세방의 얼마 안 되는 보증금은 그대로 체육관 빚을 갚는 데 썼다는 전화에 "아, 그랬어요?"라며 대답을 하곤 마구 두근대는 가슴께를 손바닥으로 누르며 얼른 화제를 돌렸다. 내일 누가 오는지, 나는 어떻게 하고 있어야 할지 모르겠다는 등의 말을 하고 너무 신경 써서 두통이 온다며 전화를 끊었다. 아침부터 답답하다고 생각한 블라우스를 얼른 벗어 던지고 싶은 충동이 일었다. 무작정 밖을 향해 달려나가고 싶은 마음을 누르려 엄지손톱으로 검지 끝을 온 힘을 다해 꾸욱 눌렀다. 아픈 느낌도 들지 않는 손끝이 질려 노랗게, 그리고 하얗게 그리고 빨갛게. 핏방울이 스타킹을 신은 단정한 발 위에 투두둑 떨어졌다.

"아이쿠, 새댁 손에 피 나네!"

"휴지 어디 있어? 휴지!"

***

"불편했을 텐데 고생했어. 집에 가서 푹 쉬자. 저녁엔 애들이랑 맛있는 거 먹으러 나가고."

눈썹 언저리의 통증에 눈이 반쯤만 떠진 것 같았다. 어떻게 지났는지 모를 칠겁 같은 시간의 기억들이 장면, 장면으로만 떠올랐다. 열심히 웃음 짓고 "네." 하며 상냥한 목소리를 내었을 뿐이었다. 드디어 끝이 났다고 생각하자 발끝의 감각이 소스라치도록 생경했다. 그에게 몸을 기대어 한발 한발을 내딛고 단단한 몸에 기대는 피부의 느낌에 코끝의 신경도 되살아나는 것 같았다. 운동이 아닌, 진땀을 흘린 그 냄새였지만 달큰한 그 향기에 어깨에 기대어 있는 얼굴을 가까스로 떼어 그의 목덜미에 묻었다. 오소소 돋은 살의 느낌이 코끝과 입에 닿았다. 이제 괜찮아. 이제 괜찮아를 계속 되뇔 참이었다.

현관문을 열고 좁은 타일 바닥 위 아이들의 신발을 옆으로 치우며 구두를 벗었다. 뒤따라 들어오는 그는 안중에 없었다. 아들들을 한 명씩 꼭 끌어안고 자동으로 나오는 사랑한다는 말을 여지없이 뱉고 화장실로 향했다. 옥색의 몰딩, 도배 장판 하나 바꾸지 않은 채, 줄눈의 검은 때와 구석구석 들려있는 장판의 끝이 까만…. 그대로인 집에 그와 함께 들어왔다. 세면대에 몸을 기울이며 무게중심을 내려놓고 시신경을 내리누르는 통증에 고개를 떨구었다. 물을 틀자 '프흣' 하며 웃음인지 울음인지 모를 무언가가 입에서 터져 나오고 있었다. 이어지는 격한 들숨과 날숨.

"끄흐흑, 컥, 끄윽, 컥."

들이킬 때마다 꺼억 대는 깊은 이 숨을 앞으로 몇 번을 더 쉬어야 할지 아득한 정신으로 헤아릴 뿐이었다.

# 마지막 기억

## 1. 구명

분명 비가 내리는 날이었다. 추적추적 내리는 빗줄기 속에서 나는 홀로 쓰러져있었다. 아무도 없는 황량한 산속에서. 어떻게 된 건지 기억이 나지 않는다. 그저 언제부터 내린지 모르는 비에 온몸이 젖어있었다. 오른쪽 볼에는 땅바닥의 한기가 느껴졌다. 그래, 나는 비가 고인 바닥에 쓰러져 있었다. 정신을 차린 뒤에 서둘러 일어나려 몸을 계속 뒤척였다. 그러나 몸이 말을 듣질 않았다. 분명 머리로는 움직이고 있었지만, 손가락 하나조차 움직이지 않았다. 물속에 빠진 것처럼 몸이 붕 뜨는 느낌이었다. 숨을 제대로 쉴 수가 없을 만큼 답답하고 괴로웠다. 그나마 희미하게 뜬 눈마저도 뵈는 게 없었다. 바닥에 튀는 큰 빗방울이 흙먼지와 섞여 안개처럼 맺혀 있었다. 세차게 내리는 비와 젖은 땅바닥은 차갑게 느껴졌다. 빗줄기에 꺾인 풀과 넝쿨들은 거세게 흔들리기만 했다. 서늘한 바람이 수풀 사이로 불었다. 떨리는 나뭇가지, 흔들리는 나뭇잎, 귓속에 울리는 스산한 울음소리. 세차게 내리는 빗소리도 조용하게 느껴졌다. 움직이지도 않는 몸의 떨림이 느껴졌다. 불안해선지 아니면 추워서인지. 나는 알 수 없었다.

찰나의 시간이 지나고, 몸이 움직일 것 같은 느낌이 들었다. 희미한 신음 소리를 내며 몸을 겨우 움직였다. 그러자 등 뒤에서 갑자기 따가운 느낌이 들었다. 아프다. 아니, 단순히 아픈 것이 아니었다. 불에 달군 철로 등가죽을 세차게 때리고 내장까지 후벼 파는 느낌이 들었다. 수십 개의 바늘을 온몸에 하나하나 박은 것 같았다. 정신이 아득해질 만큼 저리고 따갑고 쓰라렸다. 목구멍까지 차오르는 욕지거리를 내뱉고 싶었다. 그러나 그럴 힘도 없었다. 정신을 차려보니 온몸이 비명을 지르며 성한 곳이 하나 없었다. 팔이 부러진 것 같았다. 발목도 꺾여있는 듯했다. 어딘지도 모르는 곳에서 피가 뿜어져 등줄기를 타고 흐르고 있었다. 그 핏줄기는 내 몸 바로 아래에서 흙탕물과 섞여 검붉게 흐르고 있었다. 말 그대로 몸 전체가 성한 곳이 없었다. 움직일 힘이 나질 않았다. 등가죽의 피가 따뜻하게 느껴지면서도, 세찬 빗줄기 속에 누운 나는 추워서 떨고 있었다. 아니, 정녕 추워서 떠는 것인지도 모르겠다. 점점 감각은 무뎌지고 고통은 옅어져만 갔다.

계속되는 고통 속에서 정신이 아득해질 즈음, 저 멀리에서 허여멀건한 물체가 보였다. 사람의 형체 같았다. 그것은 휘날리는 바람 속에서 우두커니 서 있었다. 나는 있는 힘껏 목소리를 쥐어짜내려고 했다. 그러나 그 세찬 비속에서도 입술은 메말라갔다. 그저 신음에 가까운 소리가 목구멍에서 조금씩 흘러나오기만 했다. 그마저도 빗소리에 묻혔을 것이라, 그리 생각했다.

그 물체는 흩날리는 빗발 속에서도 가만히 있었다. 그냥 내 운은 여기서 끝인가 보다. 홀로 살기 위해 도망친 것에 대한 천벌인가 보다. 흐릿하게 뜬 눈도 이젠 스르르 감겼다. 아무것도 느껴지지 않고, 그저 고요하기만 했다. 체념이나 포기랄 것도 없었다. 그저 모든 게 점차 흐릿하게 희미해져만 갔다. 고통도, 기억도, 의지도. 생의 마지막에 남아있는 것들도 점차 바스러져만 갔다. 그냥 이렇게 죽는구나 싶었다.

그때였다. 자박자박, 조용한 발걸음 소리가 들렸다. 희미하게.

## 2. 아이들

다시 정신을 차렸을 땐, 어느 컴컴한 동굴 안이었다. 어찌 된 일인지, 나로서는 전혀 알 수 없었다. 잠시 뒤 온몸의 감각이 점점 살아나며 격통도 함께 커져 갔다. 내 온몸이 비명을 지르기 시작하더니 전신이 쑤시고 저릿했다. 머리는 깨질 듯이 아프면서 정신이 몽롱했다. 불쾌한 이명이 머릿속을 흔들었다. 남아있던 고통이 몸 안을 맴돌며 다시금 내가 크게 다쳤다는 것을 알려줬다. 얼마 동안 나는 그저 깨어있기만 한 상태에서 온전히 고통스러워하는 것밖에 하질 못했다.

그렇게 얼마나 지났을까, 조금이라도 정신이 돌아왔다. 비록 눈에 이물이 들어가 어느 것 하나 보이지도 않았고 몸 하나 까딱할 힘도 없었지만, 무언가를 느낄 감각이 조금 남아있었다. 바닥에 깔린 멍석 자루가 까슬까슬하게 손끝에서 느껴졌다. 축축한 곰팡이 냄새가 따뜻한 습기와 함께 비구[1]를 타고 들어왔다. 뒷머리와 동굴 바닥 사이엔 부드러운 천이 놓여있었다. 등과 어깨, 오른팔과 발목이 굵은 나무대와 함께 천으로 고정되어있었다. 그러나 움직이지도 않는 몸으로 할 수 있는 거라곤 아무것도 없었다.

1 비구: 코와 입을 아울러 이르는 말

시간이 얼마나 지나고 간신히 눈을 뜰 수 있었다. 흙먼지가 남아있던 탓인지 왼눈이 쉽게 떠지지 않았지만, 오른눈을 가늘게 뜨면 그나마 희미하게 보였다. 그렇게 해서 보이는 건 사방이 막혀있는 동굴밖에 없었으니. 그마저도 그리 크지 않아 저 내부까지 한눈에 들어오는 정도였다. 한 편의 길이가 어림잡아 30척[2] 정도로 되어 보이는, 큰 사랑채 정도로 넓은 방이었다. 굴의 가장 안쪽에는 몇 개의 작은 독과 자기가 놓여있었다. 무엇이 들어있는지는 모르겠지만, 그것들에서 무겁고 강한 향이 나와 굴 내부에 퍼졌다. 내 옆의 작은 촛불에선 흐릿한 빛이 났다. 떨어진 촛농의 양을 보니 불을 붙인 지 그리 오래되어 보이진 않았다. 굴의 양옆에는 조그마한 구멍이 2개씩 나 있었는데, 바람이 통하도록 뚫어놓은 것 같았다. 햇볕이 들어오는 작은 구멍들과 문처럼 보이는 나무판자 외에는 입구가 보이지 않았다. 흔히 볼 수 있는 굴이 아닌, 누군가 살기 위해 만들어놓은 듯한 굴이었다. 다른 것은 알 수 없었지만, 그저 단 하나는 확신할 수 있었다. 누군가 나를 구하고 치료해줬다는 것. 그때였다. 문인지 나무판자인지를 밀어내는 소리가 바로 옆에서 들려왔다. 누군가의 목소리와 함께.

"끄응 … 차! 후우, 어라? 깨어나셨네? 이봐, 정신이 들어?"

젊은 여자의 목소리였다. 들리는 목소리로 미루어 보건데, 방년[3] 근처의 나이라 생각되었다. 그녀의 발자국 소리가 점점 가까워가는 것이 느껴졌다. 가는 목소리와 다르게 둔탁한 발소리가 나는 것이 무거운 망태기를

2 척: 도량형 단위. 1척은 약 30.3cm

3 방년: 스무 살을 전후한 여성의 나이

이고 있는 듯했다. 그녀는 내 바로 옆에 멈추어 섰다. 고개를 벽에 기대어 올려다보았다. 여자치고 큰 키에 비싼 비단옷을 입고 있었다. 약재 냄새가 그녀의 온몸에서 풍겼는데, 그와 동시에 따뜻한 흙과 같이 포근한 느낌이 들었다. 누군지는 알 도리가 없으나, 일단 대화라도 시도해보고자 있는 힘껏 목소리를 냈다. 그러나 목청에서 올라오는 건 힘없고 얇은 쉿소리였다.

"여긴 … 어디오."

"어어, 무리하지 말고. 당신, 며칠 동안 누워만 있었어. 그동안 물이나 미음을 떠먹여 주긴 했다만, 당장은 손 하나 까딱하기 힘들 거야."

분명 알아듣지 못한 눈치였다. 그도 그럴 것이 신음 소리와 별반 차이도 없었으니. 여자는 내 옆에 지고 있던 망태기를 내려놓았다. 둔탁한 소리가 귀 바로 옆에서 들려왔다. 먼지가 조용하게 피어오르며 작게 바람이 일었다. 망태기는 누가 봐도 육중하고 속이 꽉 찬 듯했다. 그 여자는 그것을 뒤적거리며 무언가를 꺼내 들었다. 놋그릇과 작은 함이었다. 잠시 뒤, 여자가 함에서 무언가를 꺼내 놋그릇에 붓더니 내 입가에 그것을 가져다 대었다.

"자, 입 벌려요. 재작년에 말린 백지를 연하게 달인 물이에요. 일단 체질에 맞는지 보게 조금만 마셔 봐요."

여자는 조심스레 내게 약초물을 권했다. 그녀가 누군지는 알 수 없었지만 거절할 수는 없었다. 움직일 수조차 없으니 일단 시키는 대로 하는 수밖에. 천천히 그녀가 내게 주는 물을 마셨다. 처음에는 조금 매운 맛이 나 입 안이 얼얼했다. 그래도 목을 축이니 조금 나아진 듯했다. 약초물을 다 마신 뒤, 여자는 놋그릇을 내려놓고 다시 망태기를 뒤적거렸다. 잘 보이지 않았지만, 찧는 소리를 들어보니 아마 절구와 공이 같았다. 얼마 동안이나 그녀는 묵묵히 내 옆에서 무언가를 찧고만 있었다. 아무 말도 하진 않았지만 적어도 내게 악의는 없는 것 같았다. 점차 통증이 가라앉으며 조금이나마 정신이 들었다. 목도 축였으니, 입을 조금이라도 열 수 있지 않을까 싶었다.

"여긴… 어딘가."

말 비스무리하게 소리라도 낸 게 어딘가? 이번에도 알아듣지 못하면 어쩔 수 없다 생각했지만, 그 여자는 내 말을 듣고 무신경하게 대답했다.

"뭐, 입을 떼자마자 한다는 말이 그 말이에요?"

"미안하네. 수순[4]이 틀렸군. 도와줘서 고맙네."

"진즉에 그럴 것이지. 내 이름, 비희예요. 지비희. 앞으론 이름으로 부르라고. 산 중턱에 쓰러져있던 건 기억나요? 한 보름 정도 지났었는데, 우리 애들 중 한 명이 업고 왔어요. 그동안 돌본 것도 우리 애들 덕이니, 나중에 인사나 전해요."

"그래, 알겠네."

머리가 울리고 정신이 아득하여 다는 알아듣진 못했지만, 그저 알았다는 듯이 얼버무렸다. 그녀도 내 상태를 대강 눈치챘는지, 별다른 신경을 쓰지도 않은 듯했다. 잠시 뒤, 찧던 소리가 멈추고 그녀가 바로 옆으로 가까이 다가왔다.

"이거 강향[5]이라고, 들으면 알려나? 약연[6]으로 가루를 내어 환부에

---

4 수순: 정하여진 기준에서 말하는 순서

5 강향: 강진향. 타박상이나 어혈 및 외상 출혈에 지혈 및 진통 작용이 있는 약초

6 약연: 약재를 가루로 빻거나 즙을 낼 때 쓰던 옛날 의료기구

바를 거예요. 워낙 많이 다쳐서 아직은 많이 아플 거예요. 상처에 좋은 것이니 쓰라려도 참아요."

비희는 조심스레 상처를 압박하던 천을 풀었다. 딱딱하게 굳은 피가 천과 함께 떨어져 나갔다. 그녀는 상처를 보며 주위를 물수건으로 천천히 닦아내었다. 그리곤 유난히 아픈 부분에만 즙을 천천히 개어 발라주었다. 따갑고 쓰라린 느낌이 강했지만 이내 통증이 덜어졌다. 젊은 처자치고는 이상하리만치 능숙한 솜씨였다. 그 후로 몇 가지를 더 처방하더니 그녀는 자리를 정리했다. 안구의 이물도 씻어주어 왼눈도 뜰 수 있었다. 형체가 희미하게 보이는 정도였지만 그래도 괜찮았다.

"조금은 괜찮아졌죠? 저기 구석에서 달인 탕약을 가지고 올게. 혹시 어디 불편한 거 있으면 말하고. 내 이름 기억하지?"

"비희라고 했던가."

나는 천천히 몸을 일으켜 세웠다. 다리는 전혀 말을 듣지 않았고, 오른팔조차 팔을 고정한 나무대를 움직일 힘도 없었기에 왼팔로만 일어났다. 비희는 애써 일어서려는 나를 보곤 움직이지 말라고 만류했지만 나에겐 그럴 시간이 없었다.

"지금 여기가 어딘가."

"일어나려 무리하지 마요. 나중에 알려줄 테니 일단은 누워서 쉬어요."

"내가 이곳에 온 지는 얼마나 된 거지? 하루 빨리 돌아가야 하네. 내겐 여기에서 머물고 있을 시간은 없어."

"당신, 지금 움직일 수 있는 형편이 아니야. 보름 만에 정신을 차렸으면서 어딜 간다고 그래. 일단은 당신 몸부터 돌보고 나중에 얘기합시다."

"하지만…."

"당신 지금 나가면 죽어. 조용히 내 말 들어요."

그녀는 내 말을 단호하게 잘랐다. 고개를 올려 그녀를 보니, 조금은 화가 난 듯했다. 비희는 한숨을 크게 쉬더니 말을 이어갔다.

"여기가 어딘지는 당장은 말해주진 못하지만 꽤 깊은 산속이야. 금수도 많고, 길도 없어 산 아래로 내려가는 것도 험해. 병자가 혼자 나갈 수 있는 곳이 아니야. 그러니 빨리 가고 싶다면, 어느 정도는 낫고 가요. 자기 몸을 간수할 수는 있을 정도로만."

"… 알겠네."

비희는 진심으로 내가 걱정된다는 듯이 말했다. 그녀가 무슨 의도인지는 알 겨를이 없었지만, 확실히 그녀의 말이 맞는 것 같다. 몸도 성치 않은데, 성급하게 성으로 돌아가기보다 차라리 이곳에서 시간을 보내는 게 좋을 것이다. 비희는 내가 그녀의 말에 수긍했다고 생각했는지 곧 물건을 챙기고 다시 자리를 떠났다. 흐릿하게나마 뒷모습이 보였는데, 어딘지 모르게 굳세고 당찬 느낌이 들었다. 비희가 문밖으로 나가자마자 나는 눈을 감았다. 약의 기운 때문인지 고초[7]를 겪어선지, 그저 기운이 없고 고단했다. 고통에 잠조차 청할 수는 없는 형편이었지만 그렇다 해서 할 수 있는 건 없었다.

그렇게 두 식경[8] 정도가 지났을 때였다. 문 바깥에서 비희의 목소리와 함께 떠들썩한 소리가 들려왔다. 아까 말한 아이들과 같이 있는 듯

7 고초: 괴로움과 어려움을 아울러 이르는 말

8 식경: 밥을 먹을 동안이라는 뜻으로, 20~30분 정도의 잠깐 동안을 이르는 말

했다. 소리로 미루어보아 대여섯 명은 있는 것 같았다. 잠시 후 문이 열리고 아이들이 안으로 들어왔다. 잠에 들진 않았지만 왠인지 모르게 나는 눈을 감고 자는 체를 했다.

"비희 누나, 그럼 안에서는 공놀이해도 돼?"

"안 된다고 내가 몇 번을 말하니."

"큰언니, 저녁은 언제 먹어?"

"조금 있다가. 들어가서 놀고 있어."

"저 아저씨랑 얘기해도 돼? 나 물어보고 싶은 거 많은데."

"저 사람은 자고 있으니 괜히 건드리지 마. 언니 간다. 사고 치지 말고 구석에서 조용히 놀아. 해선아, 네가 애들 잘 돌봐."

"…."

멀어져가는 비희의 목소리와 함께 곧 문 닫는 소리가 났다. 이내 굴 안쪽은 여러 아이들의 목소리로 금방 소란스러워졌다.

"소하야, 망백아, 이리로 오거라."

"싫어~ 오빠 또 재미없는 사냥 얘기하려고 그러지? 나는 해선 언니랑 같이 이량이 돌볼 거야. 언니야, 내가 이량이 업을게. 등에 업혀줘."

"…."

"천명 형, 이리 와 바라. 비희 누나 몰래 고을 가서 갖고 온 거야. 형이 제일 먼저 고르게 해줄게. 대신 비희 누나한테는 비밀로 해줘. 해선 누나랑 소하도 이리 와."

"망백아, 잘했다. 그래도 혼자 가면 위험하니, 다음엔 나도 같이 가자."

안 그래도 작은 굴에 애들까지 자리를 차지하니, 시끄럽게 여기저기서 목소리가 울렸다. 그 때문에 머리가 어지러워지면서 약간의 두통이 찾아왔다. 소란스러운 분위기가 거슬리긴 했지만 그래도 가만히 인내해야겠다고 생각하며 다시 잠을 청했다.

그러다 나를 향해 오는 발소리가 들렸다. 인기척이 가까이서 느껴졌지만, 나는 그저 눈을 감고 가만히 있었다. 잠시 뒤 이마를 덮고 있던 수건이 걷히고 자그마한 손이 사뿐히 내려앉았다. 부드럽고 따뜻했다. 왜인지는 모르겠지만 분명 익숙한 감촉이었다. 앞이 보이진 않았지만 무언가 머뭇거리는 느낌이 들더니 곧 이마 위의 손을 치웠다. 그리고는 조심스레 수건을 물에 적셔 내 이마에 덮어주었다. 그리곤 팔과 허리 쪽의 비어있는 공간에 두꺼운 피륙[9] 같은 걸 깔아주었다. 누군지도 모르는 그 아이는 조심스레 내 상태를 살피더니, 그대로 자리를 떠났다.

이마 위에 덮인 물수건은 물을 다 쥐어짜지 못한 느낌이 들었다. 미처 머금지 못한 물이 뺨을 타고 조금씩 흘러내렸다. 수건도 제대로 펴서 올려주지 않아 두껍고 거친 감각이 조금 남아있었다.

아니, 사실 그리 나쁘지 않았다. 이마 위에 얹힌 수건이 적당히 시원하고 좋았다. 덕분에 두통도 조금이나마 나아진 듯했다. 등 뒤에 깔린 피륙도 편안했다. 어느새 굴 안을 가득 메우던 아이들의 목소리가 사그라들었다. 나는 조용히 잠에 들 수 있었다.

9 피륙: 아직 끊지 아니한 베, 무명, 비단 따위의 천을 통틀어 이르는 말

## 3. 소하

"아저씨는 성함이 어떻게 되세요?"

"성은 '남'이고, 이름은 '천진'이야. 남천진."

"그렇구나. 저는 소하예요. 지소하. 큰언니가 지어준 이름이에요. 아! 비희 언니가 큰언니에요! 맑고 깊을 소(橚)에 강 하(河) 자를 쓴대요. 이렇게요. 성은 큰언니랑 똑같아요! 아직 쓸 줄은 모르지만…."

"글재간이 좋구나."

"제 이름은 써야 할 줄 안다고, 큰언니가 가르쳐줬어요! 언니는 아는 게 많아서 저희한테 많이 가르쳐줘요!"

처음 정신이 깼을 때로부터 일주일 정도 지났다. 그동안 매일을 잠에 취하거나 뜬눈으로 쓰라린 고통을 인고하며 보냈다. 그나마 비희가 처방해준 약제나 조석[10]에 챙겨준 약선이 몸에 잘 맞는 것 같아 다행이었지만, 아직 몸을 겨누기는 힘들기에 한동안 굴 안에서 꼼짝도 못 했다. 특히 등과 다리의 상처가 심해 시간이 많이 필요하다고 한다. 그나마 손이라도 움직일 수 있으니 당분간은 굴 안에 쉬면서 소일거리를 도와주었다. 굴에서 나무를 깎거나, 약초를 고르거나, 아니면 지금처럼 나

10 조석: 아침과 저녁을 아울러 이르는 말

물을 다듬거나.

"비희랑은 가족이니?"

"가족이에요! 큰언니, 해선 언니, 천명 오라비, 망백, 이랑 모두 가족이에요! 다른 아이들까지 스물이 넘어요! 천명 오라비는 우리가 육친이 아니라서 가족이 아니라고 하는데. 큰언니는 우리가 가족이라고 했어요!"

"대단한 다솔식구[11]구나."

"맞아요, 모두 큰언니가 잘 챙겨줘서 그래요! 그래서 우리 큰언니 성이 '지'니까, 다른 아이들도 성을 따라 쓰기로 했어요. 아, 한 사람만 빼고요! 해선 언니만 성을 '유' 자를 써요."

"해선 언니?"

"머리카락이 길고 고운 언니요! 우리 중 큰언니 다음으로 나이가 많아요. 큰언니는 가끔 무서운데 해선 언니는 착해서 좋아요. 해선 언니는 말을 안 하지만 글은 쓸 수는 있대요. 그래서 큰언니랑은 글로 대화한대요."

굴에서의 생활은 그리 나쁘지 않았다. 아니, 말만 굴이지 실상은 황토로 쌓아 올린 방과 같았다. 양옆에 뚫린 여러 창으로는 볕이 드나들고, 입구를 판문[12]으로 막아놨으니 거진 방이라 해야지.

그리고 항시 비희나 아이들 중 한 명이 곁을 지켜 돌봐주었기에 그리 외롭지도 않았다. 처음에는 외부인이면서 위중한 환자이다 보니 아이들이 나에게 다가오는 걸 꺼리는 눈치였다. 그러나 어느 정도의 시간을

11 다솔식구: 많은 식구를 거느림. 또는 그런 식구

12 판문: 널빤지로 만든 문

함께 보내니 지금처럼 대화하는 시간이 점차 많아졌다.

"아저씨는 연세가 어떻게 되세요?"

"내년이면 이립[13]이란다."

"우와, 엄청 오래 사셨네요. 저는 이제 13세인데. 빨리 크면 좋겠어요."

"어린 것이 더 좋지 않니?"

"큰언니나 해선 언니가 곱게 봐줘서 좋긴 한데…, 큰언니는 아직 나이가 차지 않았다고 절 데리고 다녀주질 않아요. 잡일을 하거나 아이들 돌보는 거 말고는 할 게 없어요."

비희가 돌보는 아이들은 스물이 족히 넘는다고 한다. 그리고 그중 절반은 눈자라기[14]나 등업이[15]인데, 대부분이 버리더기[16]라고. 부모도 버린 자식들을 거두어 돌본다니, 당최 그녀는 비범한 건지 무모한 건지 모르겠다. 해선과 소하같이 머리가 굵은 아이들이 비희를 돕는다고는 하다만 요즘과 같은 난국에는 득 될 것 하나 없을 터인데.

"아저씨! 머위는 뿌리도 쓴다니까! 그렇게 막 두면 큰언니한테 혼나요!"

"아이고. 알겠다, 알겠어."

"안 되겠다. 이리 와보세요. 아니, 내가 가야 되는구나. 자, 봐요."

저 멀리서 머위를 다듬던 소하가 자리를 털고 일어나 터벅터벅 걸어왔다.

"머위 잎은 쌈으로, 줄기는 나물로 먹어야 하고, 뿌리는 약재로 쓰이

---

13 이립: 서른 살을 달리 이르는 말

14 눈자라기: 아직 꼿꼿이 앉지 못하는 어린아이

15 등업이: 아직 걷지 못하여 등에 업혀 다니는 아이

16 버리더기: 낳아서 키우지 못하고 내버린 아이

니 버리면 안 된대요. 일단 머위 잎이랑 줄기를 이렇게 떼어서…."

소하는 내가 여기에 지내며 가장 많은 시간을 보낸 아이이다. 비록 내가 아플 때만 잠시 나를 돌봐주고, 그 외의 나머지 시간에는 비희가 맡긴 일을 처리하긴 했지만. 그럼에도 소하는 잠깐이라도 대화를 나눠보면 어떤 아이인지 훤히 보였다. 마치 냇가의 물처럼 맑고 호기심이 많은 아이. 거기에 더해 기운이 넘치고 총명한 편이었다. 내게 말하는 것들이 모두 비희나 해선을 보며 어깨너머로 배운 것이라고 하니.

"그런데 아저씨는 어쩌다 다치게 되었어요?"

"글쎄, 잘 기억나진 않는데…. 아마 산에서 굴렀던 것 같다."

"아하, 그래서 '벽꼬리'로 데려온 거구나."

"벽꼬리?"

"아, 여기 동굴 이름이에요. 밖에서 보면 큰 절벽 아래에 꼬리처럼 툭하고 튀어나와서 망백이 이름을 '벽꼬리'라고 지었어요. 그럼 아저씨도 큰언니처럼 약초를 캐고 다녔어요?"

"그건 아니고 사냥을 나왔다가 봉변을 당했단다."

비희는 항시 해선이나 천명을 데리고 다닌다고 한다. 먼 길을 나갈 때면 길눈이 밝은 망백이란 아이도 같이 간다고. 어디를 다니는지는 알지 못하나, 아마 약초를 캐거나 일을 나가는 모양이다. 그럴 때마다 소하가 남아 여기에 있는 유아들을 돌본다. 평소에는 해선이 다른 아이들을 돌보는데, 그것도 소하가 보고 따라 한다더라. 나이도 어린 것이 제법 영리하고 사려 깊다고 생각되었다.

"아저씨는 어디서 살아요?"

"묵주 성에서 왔어."

"우와, 성에서 살다가 왔어요? 태어나서 저는 성안에 들어가 본 적이 없어서 부러워요. 비희 언니랑 망백만 달포[17]에 한번 성에 가기는 하는데, 저는 데려간 적이 없어요."

"성에 가보고 싶니?"

"조금은…."

"…."

그리 부러워하지 않아도 된다. 이렇게 말을 하려다 말았다. 아마도 소하는 바깥 형편에 대해 잘 모르기에 부러워하는 것일 테니. 잠깐의 정적 후에 소하가 다시 입을 열었다.

"그냥 다른 사람들이 어떻게 사는지 궁금해서요. 근데 꼭 성에 가보지 않아도 괜찮아요. 우리 가족은 여기에 있으니까."

소하는 조금 아쉬운 듯한 표정을 지으며 말했다. 그래서 어떻게 이야기를 해야 할지 조금은 막막했다. 비희는 아이들에게 내 이야기를 최대한 삼가라고 단단히 당부했으니. 이름이나 거처를 밝히는 것은 정도는 상관없지만, 그 외엔 적당히 지어내라고. 본래 내 사정에 대해서도 말할 생각이 없던 터라 비희에게 알겠다고 했다. 지금 생각해보면 이는 모두 나와 아이들을 배려해서 해준 말 같다.

"천진 아저씨는 그러면 글도 잘 아세요?"

"조금은 읽고 쓸 줄은 알지."

"우와. 아저씨 대단하시네요. 우리 중에서는 큰언니랑 해선 언니밖에

17 달포: 한 달이 조금 넘는 기간

글을 모르는데. 아, 맞다. 아저씨 그거 아세요? 해선 언니도 성에서 살다가 나왔다는데. 어디였더라. 묵주 성은 아니었고. 아마도….”

우지직. 그때였다. 굴에 달아놓은 문짝이 쾅 소리를 내며 열렸다. 안 그래도 좁은 굴에 요란한 소리가 울려 퍼졌다. 나와 소하는 화들짝 놀라며 동시에 떨어질 듯한 문짝을 쳐다보았다. 눈부시게 퍼지는 햇살 사이로 모습을 드러낸 건 비희였다.

“큰언니! 무사히 다녀오셨어요?”

“잘들 있었어요? 어디 얼마나 했는지 봅시다. 이야, 꽤 많았을 텐데 모두 잘 다듬어놨네. 잘했어, 소하야. 남형, 몸은 좀 어때요?”

“움직이는 건 조금 괜찮아졌는데 아직은 갑갑하군. 등허리의 둔통[18]이 어제보다는 조금 심해졌어.”

“좀 봅시다. 흠. 약효가 떨어진 건가. 아침에 지어준 약제는 괜찮은 것 같아요?”

“그건 몸에 맞는 것 같더군.”

비희는 조심스레 내게 다가와 조심스레 이마를 맞대었다. 미열이 조금 남아있는 듯했다. 그녀는 곧 굴 안쪽의 물수건과 놋그릇을 집어 들었다.

“잔열이 남아있으니, 오늘은 그만하고 이만 쉬세요. 소하야, 개천에 가서 물 좀 떠오너라. 망백이 근처에 있으니 같이 갔다 와.”

“네~, 언니.”

그릇을 받은 소하는 기쁜 듯이 하던 것을 멈추고 열린 문밖으로 뛰

18 둔통: 둔하고 무지근하게 느끼는 아픔

어나갔다. 그도 그럴 것이 하루 종일 굴에 틀어박혀 볕도 쬐지 못했으니. 비희는 소하가 멀어져가는 모습을 바라보다 조심스레 내게 말을 건넸다.

"남형. 나랑 얘기한 것들, 잘 지켰어요?"

"음, 별다른 얘기를 하진 않았어. 짧게 얘기해봤는데도, 왜 아이들에게 괜한 얘기를 꺼내지 말라 했는지를 알겠더군."

그 말을 들은 비희의 눈빛은 희미하게 흔들리고 있었다. 그녀는 다행이라는 듯 잠시 한숨을 쉬었다. 잠깐 그러더니 나를 조심스레 올려다보며 슬며시 미소를 지었다. 그리곤 말을 이어갔다.

"소하가 나이도 어린 것이 호기심도 많고 영리하죠?"

"그래서 걱정이었나 보군. 내가 비록 저 녀석에 대해 잘 알지는 못하지만 또래에 비해서는 뛰어난 것 같아. 태생에도 운이 따라줬다면 좋았을 텐데."

그저 가볍게 던진 빈말은 아니었다. 계속되는 전란으로 나라가 혼란스러운지 벌써 십수 년째. 남자는 병조[19]에 끌려가고, 집안에는 대부분 노인과 아녀자뿐만이 남게 되었다. 그로 인해 농사도 짓지 못하니 비축해둔 식량도 점차 바닥을 보였다. 조세를 거두지 못해 지방의 관아도 점차 가난해지자 한양의 관리들에게 조력을 요청하였으나 받아들여지지 않았다. 지방은 힘이 없었기에, 날로 불만을 쌓는 것 외에는 달리 할 수 있는 게 없었다. 그래서 이를 보다 못한 군관들은 뜻을 모아

19 병조: 조선 시대에 육조 가운데 군사와 우역에 관한 일을 맡아보던 관아

역란[20]하였고 지방의 성을 차지했다. 그리고는 병졸을 이끌고 주변의 다른 성을 침략하고 약탈했다. 이로부터 내쟁[21]은 끊이질 않았고, 땅은 황폐되어 흉년과 기근도 계속되었다.

물론 아이들 또한 이에 예외는 아니었다. 남녀에 상관없이 누구든 태어난 지 다섯 해가 되면 밭을 갈고, 충년[22]이 지나면 관아에 끌려갔다. 사람이 부족하여 어린것도 노역을 나가야 했고, 그조차도 못하면 굶거나 버려졌다. 그러나 그도 모두 강제되어 엽전 한 푼조차 주질 않았고 힘없는 상민들만 죽어갔다. 이 때문에 성에는 도둑이 활개를 치고, 바깥으론 도적이 산재[23]했다. 산지옥 같은 성안에서의 삶에 비하면, 감자와 약초를 캐고 아이들을 돌보는 게 차라리 좋을 테다.

"뭐, 할 수 없죠. 지금은 방도가 없으니, 기다리다 보면 저 아이한테도 언젠가 기회가 닿을 테니."

"그랬으면 좋겠군."

잠시 동안의 침묵 뒤에 굴 밖에서 발걸음 소리가 들려왔다. 소리의 주인은 입구 앞에서 멈추더니 작은 고개를 빼꼼 내밀었다. 아까 나간 소하였다.

"큰언니! 저 아저씨한테 잠깐 할 말이 있어 다시 왔어요!"

소하는 오자마자 비희의 눈치를 보듯 말하곤, 나에게 조심스레 다가왔다. 그리고는 비희에게 안 들릴 정도로 작은 목소리를 내며 내 귀에

20 역란하다: 정부나 지도자 따위에 반대하여 내란을 일으키다

21 내쟁: 한 나라나 같은 집단 안에서 서로 싸움. 또는 그렇게 하는 싸움

22 충년: 열 살 안팎의 어린 나이

23 산재하다: 여기저기 흩어져 있다

속삭였다.

"아저씨. 혹시 나중에 저한테 글 좀 알려주실 수 있어요?"

그 녀석은 멋쩍은 듯한 웃음을 내비치며 나를 바라보았다. 아마 소하에겐 바쁜 비희나 다른 아이들에게는 말하기 어려웠던 부탁. 그러면서도 태생이 호기심이 많았기에 놓지 못했던 미련. 어쩌면 어린것이, 한편으로 대견하게 느껴졌다. 그래서인지 나도 모르게 홀린 것처럼 속삭이듯 말했다.

"그래, 알았다."

내 대답을 들은 소하는 볼에 깊은 볼우물[24]을 나타내며 밝게 웃었다. 천진난만한 모습이 꽤나 기뻐 보였다. 조용히 옆에 있던 비희는 우리의 대화를 듣진 못했지만, 아마 어떤 대화였는지 눈치챈 모양이었다.

"약속했어요, 아저씨! 꼭이요!"

"소하야, 얼른 가서 물이나 떠와라. 남형한테 아직 열이 나잖니."

"아이참, 알겠어요! 그럼 얼른 다녀올게요! 아, 맞다. 이건 아저씨한테 주는 답례예요."

소하는 다시 내 곁으로 와 작은 두 손으로 내 손을 잡더니 무언가를 가볍게 쥐어 주었다. 검붉게 잘 익은 오디였다. 나에게 오디 몇 알을 조심스레 쥐어 준 소하는, 곧 비희의 심부름을 하러 나갔다. 나는 가벼운 발걸음으로 뛰어가는 소하의 등을 바라보았다. 저 작고 여린 아이가 별것도 아닌 일에 기뻐하는 모습이 어찌 그리 기특한지, 그리고 어쩌면 저렇게 밝고 맑은지, 어느 순간 비희도 나와 같이 소하의 등을 바라보

---

24 볼우물: 볼에 팬 우물이라는 뜻으로, '보조개'를 이르는 말

고 있었다. 아주 작은 그 등이 숲에 가려 멀어질 때까지, 우리는 아무 말도 하지 않았다. 왜 비희가 소하, 아니, 아이들을 맡았는지 조금은 이해가 가는 순간이었다.

"참으로 기특한 아이죠?"

"그래."

"다른 아이들도 그렇지만, 소하도 참 대견한 아이에요. 아, 맞다. 남형한테 전할 것을 잊고 있었네."

비희는 잠깐 굴의 한 편에 있는 상자에 다가갔다. 그러더니 상자에서 무언가를 꺼내더니 내게 가져왔다. 가지런히 정리한 내 옷가지와 도검, 그리고 작은 주머니였다.

"남형을 데려왔을 때 정리한 것들이에요. 찢긴 옷가지는 모두 꿰어놓았고, 물건들도 주머니에 넣어놨어요. 한번 확인해보세요."

비희는 내게 조심스레 물건을 건네주었다. 나는 받은 것들을 무릎에 천천히 올려놓고 확인해보았다. 옷은 예전에 흘렸던 핏자국이 모두 지워지진 않았지만, 비희의 말대로 찢긴 부분이 하나도 보이지 않았다. 도검도 깨끗이 닦아놓아 녹슨 부분이 없이 깨끗했다. 비희가 건넨 주머니에는 허리춤에 찼던 은장도와 몇 개의 귀품이 있었다. 기억을 더듬어가며 천천히 확인했다. 다행히 대부분이 잘 보관된 상태로 있었다. 그런데 단 하나. 없어선 안 될 물건이 보이지 않았다. 나는 조심스럽게 비희에게 물어보았다.

"혹시… 감색 주머니에 있던 작은 옥가락지를 보지는 못했소?"

"옥가락지? 그런 건 없었는데?"

## 4. 벽꼬리에서의 나날

한동안 나의 하루는 큰 이변 없이 똑같이 흘러만 갔다. 아직 거동이 불편하여 매일을 동굴 속에서 보냈기 때문이다. 밤새 약간의 둔통에 시달리며 간신히 잠에 들면 점심 즈음에 깨어났다. 그리고 깨어있는 대부분의 시간은 망백이나 소하와 함께 보냈다. 비희는 하루에 2, 3번 정도 찾아와 내 상태를 확인하곤 했는데, 가끔은 그림자조차 보이지 않은 날도 있었다. 이전에 한번 성에 간단 말을 한 적이 있으니 아무래도 주기적으로 가는 듯했다. 소하가 비희는 대부분 천명이나 해선과 함께 다닌다고 했는데 그 때문인지 그 둘과는 거의 대면한 적이 없었다. 식사는 소하나 망백에게 도움을 받아 치렀는데, 주로 찐 감자나 어죽 등을 먹었다.

망백은 14세의 체구가 작은 소년인데, 꾀가 많고 행동이 날랜 아이다. 비희나 소하의 말에 따르면 근방의 길을 잘 알고 나무를 잘 타며 눈썰미가 좋다고 한다. 그래서 내가 먹는 대부분의 식재는 망백이 준비해주었고, 소하는 그것에 약간의 약재를 곁들여 요리해주었다. 둘은 그 외의 시간에 굴 안에서 여러 소일거리를 도맡아 했는데, 가끔은 나도 도와주곤 했다. 등과 다리 쪽의 상처가 모두 아물지는 않았지만, 팔과 어깨의 상처는 대부분 나았기에 적잖게 도움이 될 수는 있었다.

그러다가 한 번씩 저녁에는 동굴에 모든 아이들이 모여 식사를 할 때가 있었다. 이때는 거의 보지 못한 해선과 천명도 함께했다. 허나 둘은 비희와 함께 굴의 한쪽 편에서 셋이서만 조용히 식사를 해서 여전히 한마디도 나누어보지 못했다. 그들이 말하는 내용을 얼핏 들었을 때 비희의 일이나 그녀가 돌보는 아이들에 관한 내용이었다. 그러한 진지한 대화를 할 때, 나는 저편에서 망백, 소하와 잡다한 이야기를 하며 식사를 했다.

"천진 아저씨, 이거 어죽 좀 드세요."

"고맙다, 망백아."

"오늘 송사리는 제가 잡았어요. 개구리는 망백이 잡았는데, 쟤 완전 날래요! 이만한 바위도 들고, 한 손으로 두 마리씩 잡아요! 오늘 식사도 사실 대부분 망백이 준비한 거예요. 근데요, 쟤는 가끔 바보같을 때도 있어요. 아까 개울에서 개구리 잡다가 넘어졌는데, 물에 홀딱 젖은 모습이 완전 개구리 같았어요."

"아니거든! 이상한 말 하지 마라!"

"애들아, 조용히 하고 식사해라. 아저씨 머리 아프겠다."

소하나 망백이 때때로 소란을 피울 때면, 항상 비희가 먼저 나서서 말리곤 했다. 그러면 둘은 잠시라도 가만히 있었지만 곧 언제 그랬냐는 듯이 혼난 것을 잊고 떠들었다.

"너 때문에 나도 혼났잖아, 이 개구리야."

"네가 훨씬 많이 떠들었거든? 그리고 계속 너라고 하지 마. 내가 너보다 1살 많으니 오라버니라 불러!"

"치. 아저씨, 얘 진짜 웃기지 않아요? 나랑 얼마 차이도 안 나면서 항상 자기가 오라버니라고 해요."

"야, 소하야. 그것보다 이것 좀 봐라. 너 이거 뭔지 아니?"

"아, 뭐야! 징그러워! 이거 동물 내장 아니야? 어디서 가지고 왔어?"

"아까 비희 누나, 천명 형이랑 같이 나갔다 올 때 챙겨왔다. 도랑 옆에 고라니 시체가 있더라. 아마 검은 개들한테 물려 죽은 것 같아. 남아있는 살은 거의 없었는데, 내장이랑 가죽이 쓸만해서 챙겨왔어. 이건 오줌보인데 비희 누나한테 부탁해서 챙겨왔다. 내가 신기한 거 보여줄게. 이봐라."

망백은 고라니 오줌보에 입을 대고 있는 힘껏 숨을 불어넣었다. 그러더니 오줌보 안에 숨이 가며 조금씩 부풀어 올랐다. 손바닥 크기였던 오줌보가 어느새 망백의 얼굴보다 커지며 점차 둥근 모양이 되었다. 망백은 계속 숨을 불어넣다 더 이상 커지지 않을 때쯤에 오줌보의 끝을 잡아 손으로 묶어버렸다.

"야, 소하야. 받아봐!"

"우와, 신기하다. 엄청 미끄러워. 근데 이거 깨끗이 씻은 거지?"

소하와 망백은 먹던 그릇도 내려놓고 오줌보를 던지고 주고받으며 놀았다. 소하나 망백이 오줌보를 손으로 칠 때마다, 그것은 천천히 공중에 뜨고 내려갔다. 그러다가 오줌보가 바닥에 떨어져 먼지와 흙이 묻었는데, 더러워지자마자 망백과 소하는 오줌보를 발로 차고 놀았다.

"잘 받아봐, 소하야. 왜 이리 못 차니."

둘은 오줌보로 얼마나 재밌게 놀았는지, 어느새 작은 구멍이 나서 안에 있던 숨이 빠져 있었다. 오줌보는 천천히 작아지더니 처음의 손바닥 정도의 크기로 줄어들었다.

"에이, 터져버렸네."

"괜찮아 소하야. 이 오라버니가 또 갖고 올게. 그때는 더 오래 놀자."

"소하야, 망백아. 오줌보 다 갖고 놀았으면 이리 갖고 오거라. 오늘 밤엔 나갈 수 없으니, 다른 것들과 모아두었다가 한 번에 버리자. 어디에 놓아야 하는지 알지? 떠다 놓은 물로 손도 잘 씻고."

"네~."

비희는 소하와 망백이 가지고 놀던 오줌보를 치우도록 했다. 둘은 오줌보를 가지고 굴의 한쪽 편에 있는 작은 항아리에 넣었다. 그리고는 차마 먹지 못한 음식들도 모아 함께 버렸다. 그동안 나는 자리를 정리하는 비희에게 조심스레 다가갔다.

"어디 도와줄 것이 있는가?"

"환자는 무리 말고 쉬세요. 도움이 필요하면 말할게. 지금은 이것들은 치워야 해서."

"혹시… 오늘 나가지 못하는 이유가 있는가?"

"아까 망백이 말하던 검은 개들 이야기를 들었지? 떼를 지어 묵주, 한라, 와패, 만광을 돌아다니는 놈들이에요. 아마 아시겠지만, 놈들은 사납고 흉폭하기가 그지없으니 되도록 덤벼들지 않는 게 좋아요. 여기까지 오는 일은 드물긴 하다만, 그래도 조심해야 돼요. 아마 오늘 아침에 온 듯하니, 내일 밤에는 다른 곳으로 갈 거야."

검은 개들, 성에서 분명 들은 적이 있었다. 익히 들어본 이름은 늑대개 혹은 귀신개라는 이름이었다. 비희가 말했던 것처럼 무리를 지어 여러 성을 떠돌아다니는 놈들. 그들이 가진 곧게 선 검은 털과 날카로운 송곳니,

커다란 발톱은 그놈들의 상징과도 같았다. 그 탓에 많은 이들이 늑대로 혼동하기도 했지만 분명 그것들은 개였다. 늑대만큼 크고 사나운 개, 그것들은 언제나 몰려다니며 여럿이 함께 사람이나 짐승을 공격하고 산채로 뜯어먹었다. 검은 안광을 빛내며 붉은 피를 뚝뚝 흘리는 그들의 모습은 가히 범과도 견주어 볼 만했다. 그러한 모습을 한 화공이 나무 위에서 그들을 보며 화폭에 담았는데, 그 탓에 그들은 더욱 유명해졌다. 오죽하면 그 화폭을 따라 한 수많은 가작들조차 없어서 못 팔 정도였으니까. 어떤 이들은 그 모습을 보기 위해 성곽에 시체를 걸어두어 유인하기도 했었지만, 모습을 보인 적은 한 번도 없다고 한다. 혹자는 그들이 낮에는 절대 모습을 보이지 않는다 하여 귀신개라는 이름을 지어주었다고 한다.

"그놈들은 분명 밤에만 움직이지 않소? 그래서 귀신개라 부르는 것으로 알고 있는데. 헌데 오늘 아침에 이곳으로 오다니, 익히 들어서 알고 있는 것과는 많이 다르군."

"최근 들어 사정이 많이 바뀌었어요. 얼마 전에 그들의 우두머리가 달라져서 그런지 이전과는 많이 다르더라. 그래도 다행히 근방에는 사냥감이 많지 않아 오래 머물진 않을 거예요."

"우두머리가 바뀌다니?"

"제가 봤어요! 검은 개들의 새로운 우두머리!"

어느새 일을 마친 망백과 소하가 내 곁에 와서 말을 꺼냈다. 둘 다 손에 흙이 묻어 있었지만, 둘은 그런 것에는 개의치 않았다. 아마 나와 비희의 대화를 듣고 흥미를 느껴서 빠르게 온 듯했다. 특히 망백은 또렷한 눈빛으로 신난 듯이 그것들에 대해 떠들어대기 시작했다.

"예전에는 검은 눈에 덩치가 엄청 크고 느린 녀석이었어요. 그런데 1달 전부터 붉은 눈을 가진 놈이 우두머리가 된 것 같았어요. 덩치는 조금 작지만 훨씬 날래고 영리한 느낌이었어요. 그놈은 오른쪽 옆구리에 커다란 흉터가 있어서 알아보기 쉬워요. 저는 '바우라'라고 불러요. 저번에 천명 형도 같이 멀리서 봤었는데, 형이 멀리서 활을 쏘려고 하는 걸 제가 말렸어요. 그리고…"

"오라비…, 다음에는 그러면 안 된다."

조용히 곁을 지키며 이야기를 듣던 소하가 어느새 걱정스러운 얼굴로 말을 꺼냈다. 항시 밝게 웃는 아이였는데, 심히 겁에 질린 모습이었다. 망백도 소하가 걱정하는 것을 눈치챈 것인지 말을 멈추었다. 그리고 소하의 손을 조심스레 잡으며 달래주었다.

"소하야, 괜찮다. 그래 봤자 범도 아니고 개인데, 그리 겁먹지 않아도 돼. 내가 길 하나는 잘 외고 있으니 놈들이 아무리 몰려와도 나만 믿고 따라오면 걱정 없다."

"알겠어. 그래도 조심해. 괜히 위험한 일 하지 말고."

망백은 무서워하는 소하를 아무 말 없이 꼭 끌어안았다. 그리고는 소하를 데리고 굴의 저 구석으로 데려갔다. 망백은 소하를 감싸 안으며, 괜찮다고 연신 위로를 건네주었다. 나와 비희는 그 둘의 모습을 가만히 지켜보았다. 아주 짧은 시간이 흐르고 비희는 천천히 말을 이어갔다.

"어찌 되었든, 남형도 조심하라고. 우리 곁에 있으면 별일이야 없겠지만. 혹여나 무슨 일이라도 생기면 안 되니까."

"걱정해줘서 고맙네."

"걱정은 무슨."

비희는 헛웃음을 지으며 자기 할 일을 계속했다. 나는 자리를 털고 일어나 소하와 망백에게 조심스레 다가갔다.

"소하야, 아까 안색이 좋지 않던데…. 지금은 괜찮아졌니?"

"아, 괜찮아요, 아저씨. 그냥 조금 피곤했나 봐요."

망백은 소하의 곁에서 한 손으로 그 아이의 손을 잡아주고, 다른 손으로는 등을 다독여주었다. 소하는 내 얼굴을 보더니 어색한 미소를 지었다. 아까보다는 안색이 좋아졌지만, 괜찮다는 말과는 달리 눈이 붉게 충혈되고 볼에는 눈물 자국이 채 마르지 않고 남아있었다. 소하의 몸은 미세하게 떨리고 갈 곳을 잃은 듯한 손은 불안하게 모여 있었다. 그럼에도 애써 내색하지 않으려는 것은… 분명 괜히 걱정을 끼치고 싶지 않은 마음일 것이라. 그리 생각되었다.

"오늘도 일이 많았지? 네가 수고가 많았다, 소하야. 밤이 늦었으니 이만 쉬고 얼른 자자꾸나."

"아니에요, 아저씨. 오늘도 글 공부를 하고 싶은데, 부탁드려도 될까요?"

"아저씨, 저도 소하랑 같이 배울 수 있어요?"

어찌 된 일인지 글에는 전혀 관심도 없던 망백이가 글을 배우고 싶다고 먼저 말을 꺼냈다. 아마 소하가 걱정되어 곁에 있기 위해 말한 것 같다.

"그래… 정 그렇다면 망백도 같이 배우자. 망백아, 가서 책과 지필을 가지고 오겠니?"

"예, 아저씨. 소하야, 조금만 기다려."

***

"해구상욕(骸垢想浴)하고 집열원량(執熱願凉)이라. 앞의 구절은 몸 해(骸), 때 구(垢), 생각할 상(想), 목욕할 욕(浴). 뒤의 구절은 잡을 집(執), 더울 열(熱), 바랄 원(願), 서늘할 량(凉). 몸에 때가 끼면 목욕할 것을 생각하고, 뜨거운 것을 집으면 시원한 것을 원한다는 말이다. 이는 더러운 것을 버리고 깨끗한 것을 원하는 게 인간의 마음이며, 모든 …"

"으… 하암…"

아주 작은 하품 소리가 정적을 깨고 나지막이 들렸다. 그 소리가 들리자마자 나와 소하는 곧바로 고개를 돌렸다. 망백은 조금 부끄러워하는 표정을 지으며 멋쩍은 미소를 지었다. 우리는 그런 망백을 웃으며 쳐다보았는데, 소하도 내색은 안 했지만 꽤 피곤한 듯 보였다. 그러고 보니 비희와 해선도 저 한쪽 편에서 자리를 깔고 잠들어있었다. 그리고 천명은 어느새 나갔는지 보이지 않았다. 아마 꽤 늦은 시간인 듯했다.

"오늘 공부는 이만 마무리하고 잘까?"

"네, 아저씨. 오늘도 감사해요."

"으, 소하야. 나 머리가 아프다. 너무 열심히 했나 봐. 너는 매일 밤에 이렇게 공부한 거야?"

"열심히 하긴! 꾸벅꾸벅 조는 거 다 봤거든? 진짜 망백은 바보야, 바보."

"야, 내가 오라버니라고 부르랬지!"

"쉿! 언니들 자잖아. 조용히 말해! 히히. 아저씨, 내일 또 부탁드릴게요!"

소하와 망백이 서로 장난을 치고 있는 것을 보니 검은 개들의 이야기는 까맣게 잊은 것 같았다. 둘은 곧 자리를 정리하고 비희와 해선이

자고 있는 구석으로 갔다. 침구를 펴고 촛불이 닿지 않는 어둑한 곳에 앉아 작게 이야기를 나누고 있었는데, 그 모습이 애틋하게 느껴졌다.

'나도 얼른 자야겠군.'

아이들과 같이 봤던 책과 지필을 정리하고 잘 준비를 했다. 그리고 머리맡의 촛불을 끄니 아이들이 있는 곳에서 아주 작게 말소리가 들려왔다.

"아저씨, 잘 자요!"

나는 아이들에게 인사를 건네고 조용히 잠을 청했다. 피로가 쌓였는지, 어느새 나는 아늑한 밤에 취해 스르르 잠에 들었다.

***

"이봐."

잠을 자던 와중 어디에선가 나를 부르는 목소리가 들려왔다. 굵고 낮은 목소리가 인기척이 하나 없는 어둠 속에서. 나는 조용히 눈을 떠서 고개만 돌려 주위를 살펴보았다. 주변이 온통 어두워서 아무것도 보이지 않았다. 잘못 들은 건가 싶어 나는 다시 눈을 감고 잠을 청했다. 그때, 어둠 속에서 커다란 손이 나와 내 어깨를 잡았다. 그러더니 그 목소리가 더욱 가까이에서 들려왔다.

"일어나."

순간적으로 나는 너무 놀란 나머지 소스라치며 일어났다. 내 옆에는 커다란 무언가가 서 있었다. 어둠 속이어서 잘 보이지 않았지만 그것은 사람의 형체를 하고 있었다. 내가 잘 보이지 않는다는 것을 아는 눈치였는지, 곧 그것은 부싯돌로 촛불을 켰다. 아주 작은 촛불에 불씨가 붙자 곧 주변이 조금 환해졌다. 허리춤까지 내려오는 긴 머리카락과 단정하게 입은 옷, 허리에 찬 도검과 옷 위로 선명하게 드러나는 몸태, 나를 깨운 건 천명이었다. 그는 왼손에 촛대를 들고, 오른손은 검 자루를 만지고 있었다. 천천히 고개를 들어 그의 표정을 바라보았을 때, 나에 대한 왜인지 모를 적의와 경계가 적나라하게 드러나고 있었다.

"할 말이 있으니 나가서 이야기하지. 따라 나와."

천명은 잠을 자고 있는 아이들을 훑더니, 나에게만 들릴 정도의 아주 작은 목소리로 말을 했다. 무슨 영문인지도 모른 채 얼이 빠져 있던 나는 아무런 말도 하지 못했다.

"뭐해? 따라 나오라고."

"아…, 잠시만. 옷을 걸치고 나가지. 먼저 나가시게."

"문밖에서 기다리지. 얼른 나오는 게 좋을 거야."

천명은 발소리조차 나지 않을 정도로 조용하게 걸으며 촛대를 문앞에 두고 밖으로 나갔다. 6척 가까이 되는 커다란 덩치에도, 그는 마치 물이 흐르는 듯이 고요하게 움직였다. 나는 서둘러 옷을 챙겨입으며, 저번에 비희에게 받은 은장도와 도검을 챙겼다.

'무슨 연유로 나를 부른 것인지는 모르겠지만…. 아마 좋은 일은 아닐 것이다. 아무런 준비도 하지 않고 나가는 것은 어리석은 짓이겠지.'

나는 잠시 생각하다가 도검을 내려놓았다.

'하지만… 도검을 가져가면 오히려 그의 화를 돋울 것이다. 병자인 내가 가져가도 쓸모가 없어. 일단은 그의 이야기를 들어보는 것이 좋을 것이야.'

나는 조용히 은장도를 품속에 챙겼다. 그리고는 벽에 기대어 일어났다. 다리가 아직 온전치 않아 절뚝거리며 문을 향해 걸어갔다. 그리고는 고요히 잠을 자는 아이들을 뒤로 한 채 나는 '벽꼬리'의 문 앞에 섰다.

생각해보면 비희와 아이들에게 구해진 이래 밖으로 나오는 것이 처음이었다. 어디인지도 모르는 곳에서 일면식도 없는 아이들에게 도움을 받다니. 생각해보면 참으로 기이한 운명이라 생각되었다. 조금 떨리는 마음으로 문고리를 잡고 문을 열었다.

시원한 바람이 불었다. 눈앞에는 그림자가 드리운 넓은 숲과 그 사이사이로 보이는 별들이 수놓인 하늘이 있었다. 어둠이 발아래에 깔려 있고, 형체만 보이는 나무들의 그림자가 바람에 아른거리고 있었다. 저 멀리서는 올빼미와 귀뚜라미 소리가 나지막이 들려왔다. 잠든 작은 짐승들의 잔잔한 숨소리가 나뭇잎과 함께 흔들렸다. 시원한 바람이 밤이슬을 따라 물 냄새를 머금고 나무들 사이로 스쳐 지나갔다. 높이 뜬 초승달은 수많은 별 무리 사이에서 은색의 빛줄기를 아름답게 쏟아내고 있었다. 숲에 내리는 달빛은 폭포처럼 은은하게 빛났다. 고요하고 잔잔한 정경에 마음이 뺏겨, 나는 넋을 놓고 쳐다보고 있었다. 오랫동안 알지 못했던… 그런 아름다움이었다.

"이쪽이야."

밖으로 나온 내 옆에는 천명이 '벽꼬리' 옆에 기대어 서 있었다. 그는 내가 나온 것을 보고 조용히 나에게 손짓을 했다. 따라오라는 의미였다. 그리고는 천명은 말없이 숲속으로 깊이 들어갔다. 나는 그렇게 한 치 앞도 보이지 않는 어둠 속으로, 조용히 그를 따라갔다.

## 5. 천명

"이 정도면 충분히 온 것 같은데… 이렇게 긴밀히 할 이야기란 게 도대체 무엇인가?"

그렇게 일각[25] 정도를 걸어가니 높게 솟아오른 어느 절벽 아래에 도착했다. 한없이 높은 절벽은 어둠에 가려져 그 끝이 보이질 않았다. 천명은 말없이 내 쪽으로 몸을 틀었다. 앞이 잘 보이지 않아도 그가 나를 바라보고 있다는 것이 느껴졌다. 그는 아무 말도 하지 않았다. 잠깐의 정적 뒤에 선선한 바람으로 숲이 흔들렸다. 그 틈새로 내려온 달빛이 절벽 아래에 서 있는 천명을 비추었다. 그의 표정은 어딘가 슬프고, 비장하게 보였다. 천명은 심호흡하듯이 한숨을 쉬고, 바람에 흔들리듯이 말을 꺼냈다.

"천명, 내 이름은 애들한테 들어서 이미 알고 있지? 당신에게 몇 개 물어볼 게 있어. 잘 생각하고 답하는 게 좋을 거야. 자, 이거 당신 것이지?"

천명은 품속에서 물건 하나를 꺼내어 내게 보여주었다. 잘은 보이지 않았지만, 달빛에 그 물건의 형체가 무엇인지 조금은 알 수 있었다. 길고 얇은 무언가. 그의 손에 들린 건 붉은 깃털이었다. 천명의 말대로,

25 일각: 약 한 시간의 4분의 1, 곧 15분 정도를 이르는 말

이전에 옥가락지와 함께 잃어버린 내 물건이었다. 나는 그의 물음에 아무런 대답도 하지 않았지만, 천명은 이미 내 대답을 알고 있는 것 같았다. 그는 화가 난 듯 손을 움켜쥐며 깃털을 부서뜨렸다. 곧이어 천명은 확신에 찬 목소리로 내게 소리쳤다.

"역시, 당신 와패성의 장수였군!"

천명의 말대로였다. 나는 아이들에게 구해지기 전에 와패성을 이끌고 있던 장수 중의 한 명이었고, 그것이 그가 격노한 이유였다.

와패는 전란과 더불어, 현재의 어지러운 정세를 만든 원인이다. 본래 와패는 전란 이전에는 주변의 성 중에서도 가장 규모가 크고 사람도 많아 발길이 끊이질 않는 곳이었다. 늘 보부상이 활개를 치며 밤낮이고 할 것 없이 조용할 틈이 없었던 곳. 그러나 전란 이후로 나라가 혼란스러워지며 사람들의 발길이 끊기며 제일 먼저 곤경에 처한 곳. 경사지고 척박한 토지는 농사를 짓기 힘들었으며, 장사치가 대부분이었던 주민들은 당장 내일 먹을 것조차 구하기 힘들어졌다. 그에 더해 주위의 성들과도 점차 교류가 줄어들며 서서히 식량난에 빠지게 되었다. 결국, 와패의 관리들은 주민들을 관군으로 끌고 가 다른 성을 침격하기로 결정하였다. 이 뜻은 주민들과도 통했기에, 십수 년간 한라, 만광, 묵주 등 주위의 성과 전쟁을 벌였다. 현재에 이르러서는 와패는 주위의 성들과 전쟁을 벌이고 있으며, 이미 몇 채의 성은 빈터와 성곽만이 남게 되었다. 이로 인해 수많은 이들의 원망과 분노는 와패로 향했다. 그리고 그 중심에는 전쟁을 이끈 붉은 깃털을 단 장수들이 있었다.

"다시 한번 말하지. 잘 생각하고 답해. 만약 그리하지 않는다면, 연명하기 힘들 것이야."

"… 그리하겠네."

천명은 부서진 깃털 조각을 바닥에 던져버렸다. 그리고 천명은 왼손으로 검을 빼 들었다. 달빛이 그의 검을 비추며 어두운 숲속에서 홀로 은빛으로 빛났다. 천명은 끓어오르는 분노를 참으며 말을 이어갔다.

"먼저 당신이 누구인지부터 말해."

"나는 남가의 차남이자, 와패성의 장수인 남천진이라 하네. 열넷에 관아로 끌려가 노역을 시작했고, 10년 뒤인 스물넷부터 관군으로 쓰이기 시작했네. 장수로서 인정받아 붉은 깃털을 단 지는 1년도 채 되지 않았고. 이 정도면… 답이 되었는가?"

"어떻게 장수로 인정을 받은 것이지?"

"나는 본래 형리[26] 아래에서 노역을 하며 독습[27]을 했던 처지라, 무에 재능이 없었네. 한라, 능후, 만광 등 … 관군으로 들어가 여러 전투에 참여했지만, 별다른 공적도 쌓질 못했어. 붉은 깃털을 달고 장수가 된 건 단순히 관아에서 오래 지냈기 때문이야."

천명은 이후로도 나에게 몇 가지를 더 물어보았다. 어떤 전투에 얼마나 많이 참가했는지, 그동안 얼마나 많은 이들을 해친 것인지, 때로는 답하기도 어려운 물음도 몇 가지가 있었지만, 애써 태연한 척을 하며 대답했다. 그러던 중 말문이 막힌 순간이 단 한 번 있었다.

"8년 전, 와패에서 남관을 공격했을 때 무슨 일이 있었는지 아느냐?"

---

26 형리: 지방 관아의 형방에 속한 구실아치, 법률·형옥·소송 등 형조의 형전에 관한 일을 맡음

27 독습: 스승 없이 혼자 배워서 익힘

"남관…?"

전혀 생각지 못한 말이 천명의 입에서 나왔다. 남관, 와패의 주변에 있던 규모가 작은 성 중 하나였고, 몇 년 전 전쟁으로 인해 함몰되어 사라진 성이었다. 당시에 남관의 주민들은 대부분이 죽었고 살아남더라도 노예로 끌려갔는데, 이 때문에 현재는 빈 성곽과 터만이 남아있었다. 그 남관이 설마 천명의 입에서 나올 줄은 꿈에도 생각지 못했기에, 나도 모르게 그에게 반문했다.

"8년 전에 사라진 그곳을 자네가 어떻게 …."

천명은 침묵했다. 숲의 그림자 사이로 보이는 그의 얼굴에는 결연한 표정이 드러나 있었다. 어딘가 슬퍼 보이기도, 또 원한에 사무친 것 같은 그의 낯빛을 보다가 나는 잠시 생각한 뒤 입을 열었다.

"미안하지만…, 그때의 일은 내가 아는 것이 없어. 앞에서 이미 말했던 것처럼, 나는 본래 형방[28]에서 노역을 하다가 관군으로 들어가게 되었으니…. 처음 전투에 나선 것도 5년 전이고, 그 이전의 일은 알 도리가 없네. 자네에게 무슨 사정이 있는지는 잘 모르지만…."

"푸른 깃털을 단 장수."

내 말이 다 끝마치기도 전에 천명이 나의 말을 가로챘다. 마치 내가 하는 말이 변명처럼 들리기라도 한 듯이, 그는 무겁고 매섭게 말했다.

"푸른 깃털을 단 장수와 그와 연루된 자들에 대해 아는 대로 말해."

"그를… 어떤 연유로 알려 하는 것이지?"

28 형방: 조선 시대에 각 지방 관아에 속한 육방(六房) 가운데 형전(刑典)에 관한 일을 맡아보던 부서

"당신은 알 필요 없어."

"무언가 원한이 있는 것이냐?"

"그것 또한 알 필요 없다."

"만일 내가 대답하지 않는다면?"

"입을 열 때까지 고형을 당하거나 혹은 죽거나. 둘 중 하나겠지."

"지금 나 혼자 연명하려고 동관[29]이나 상사의 이름을 팔라는 것이냐?"

"처음에 얘기했을 텐데, 잘 생각하고 답하라고."

"정말이지 네놈은 무례하기 짝이 없구나!"

처음에는 어이가 없었다. 새파랗게 젊은 사내놈의 말에 내 목숨이 휘둘리는 것이. 그의 겁박에 지레 겁을 먹고 물음에 답해야 한다는 것이. 그럼에도 애써 참고 그의 말에 수순했다. 비참하게 죽을 운명이었던 내가 생각지 못한 곳에서 아이들을 만나 연명하게 되었기에. 은혜에 보답하기 위해 미약하나마 도움이 되고자, 별 탈 없이 지내며 때가 되었을 때 조용히 이곳을 떠나고자 천명의 말에 따른 것이다. 하지만… 동관의 이름을 팔아서까지 은혜에 보답하고 내 목숨을 이어가야 한다면 그것은….

"나를 모욕하는 것이 아니냐! 아무리 내가 갚을 수 없는 빚을 지었다지만, 그를 다른 이들의 목숨과 안전으로 답하는 게 이치에 맞는 것이야? 그렇게까지 비참하게 연명해야 하는 목숨이라면 차라리 나를 죽여라!"

고요한 숲에 분노가 메아리치며 울렸다. 얼마 만에 이렇게 큰 소리를

29 동관: 한 관아에서 일하는 같은 등급의 관리나 벼슬아치

내지르는지, 숨이 가쁘고 폐가 바늘로 찔린 것처럼 고통스러웠다. 그럼에도 견딜 수가 없었다. 천명뿐만 아니라, 스스로에 대해서도 화가 났기 때문에. 무능력하고 죽어 마땅한 처지인 내가 홀로 살아남아 이렇게까지 목숨을 이어가야 한다니. 얼마나 처량하고 원통한가.

스스로의 자책이 천명을 향한 분노로 나타났다. 천명은 소리치는 나를 조용히 바라보았다. 그는 아무런 움직임도 없었지만, 그와는 반대로 싸늘하고 살기 어린 눈빛을 보냈다. 천명은 천천히 칼을 들어 나에게 다가왔다. 그의 칼이 가만히 있는 나의 목을 겨누었다.

"몇번이나 다른 이들을 공격하며 수천, 수만의 사람들을 해한 와패의 장수인 네놈이 할 말이냐? 자신의 신의와 인연은 그토록 중요하게 생각하면서 타인의 것을 그리 쉽게 짓밟으며 살아간다니. 너야말로 뻔뻔하고 가증스럽기 짝이 없군."

"뭘 안다고 떠들어! 수많은 이들의 목숨을 짊어진 무게를 네놈 따위가 아느냐? 눈앞에서 가족과 친우가 죽어가는 고통을 네가 아는가? 스스로의 손을 더럽히면서까지 소중한 이들을 지키고 싶은 마음을 네가 아는가? 행여 전쟁에서 다른 이들을 해하고 그들의 터전을 짓밟은 것이 잘못됐다 하더라도, 그로 인해 와패의 주민과 내 가족들이 연명할 수 있었다. 만약 내가 아니었더라도 누군가는 행했을 일이야. 이는 당연한 이치고 마땅한 처사였다!"

"그 일로 훨씬 많은 이들이 다치고 죽어도 괜찮다는 것이냐! 당신들의 이기와 욕망 때문에 스러져간 이들은 한없이 많다. 네놈이야말로 그들의 한과 슬픔을 조금도 모르면서 어찌 그따위 행태를 보이고도 그리 자랑스럽게 말하는 것이야!"

"그래야… 내 가족을 지킬 수 있었다."

"전부 변명뿐이다."

천명은 칼을 쥔 손에 힘을 주었다. 내 목에 닿은 칼날을 잠시 빼더니 머리 위로 올렸다. 나를 죽이려는 것이다.

"애들은 당신이 해가 뜨기 전에 도망친 것으로 알 것이야. 실망하고 허탈해하겠지만, 그 또한 잊혀지겠지. 아이들의 노력이 헛수고가 되어 안타깝군."

나는 눈을 감았다. 떨리는 숨을 참고 벅차게 뛰는 가슴을 애써 외면했다.

끝이리라, 생각되었다.

***

"아아… 아!"

그때였다. 어둠이 깔린 수풀의 저 어딘가에서 다급한 목소리와 함께 뛰어오는 발소리가 들렸다. 그것은 말이라기보다 비명에 가까웠고, 그 마저도 목을 쥐어짜는 듯한 느낌이었다. 악에 받친, 울부짖음에 가까운 그 소리, 분명 언젠가 들어본 적이 있는 소리였다.

그러나 나는 그 소리가 그저 착각이라 생각하여 지그시 눈을 감고 있었다. 고통조차 느끼지 못하고 죽은 것이라 생각되었다. 귀에 들리는 이 소리들은 환청이고, 내가 느끼는 감각은 실재하는 것이 아니다. 그렇게 얼마나 시간이 흘렀을까, 조금은 이상한 느낌이 들었다. 볼 아래로 흐르는 땀방울과 흥건한 손이 느껴졌다. 다리가 슬슬 저리고 아팠다. 죽은 것이 아닌가, 생각하며 조용히 감았던 눈을 떴다.

눈앞에는 해선이란 아이가 천명을 가로막고 서 있었다. 그녀의 흰옷은 땀으로 흥건하게 젖어있었고, 군데군데 찢겨있었다. 그녀의 손에는 금방 생긴 잔상처가 있어 피와 땀이 섞여 함께 떨어지고 있었다. 그리고 그녀의 앞에는 천명이 당황한 듯한 표정을 지으며 서 있었다. 나는 옆으로 잠깐 비켜서 둘을 바라보았다. 해선은 입을 꾹 다문 채 동그란 눈으로 천명을 뚫어져라 쳐다보고 있었다. 조금 화난 듯한 눈빛이었다.

"해선 누나, 이건…."

천명은 조심스레 입을 열었다. 그러자 해선은 아무 말도 하지 않은 채로 갑작스레 풀썩 쓰러졌다.

"해선 누나! 해선 누나!"

해선이 땅바닥에 쓰러지기 전에, 천명은 해선을 빠르게 감싸 안았다. 그녀를 품에 안으며 연신 해선의 이름을 불러대었다. 내가 앞에 있었다는 사실조차 잊은 듯, 천명의 얼굴에는 그저 난처하고 당혹스러운 기색이 역력했다. 천명이 연거푸 해선의 이름을 부르자, 해선은 조용히 그의 품에서 입을 열었다. 그녀가 무슨 말을 하는 건지 들리지 않았다. 그저 천명의 다급한 목소리만이 들려왔을 뿐이다. 천명은 해선과 알 수 없는 대화를 하다가, 갑작스레 나를 올려다보았다. 내가 있었다는 사실을 그제야 깨달은 듯했다.

"다음에… 다시 이야기하지."

그 말을 뒤로한 채 천명은 해선을 등에 업었다. 천명의 등에 업힌 해선은 정신을 잃은 듯했다. 천명은 해선과 함께 보이지도 않은 어둠 속으로 빠르게 사라졌다. 아마도 '벽꼬리'로 가는 것 같았다.

빠르게 사라진 둘을 바라보며, 나는 홀로 정신을 차리지 못한 채 멍하니 있었다. 죽음을 결연하게 받아들인 순간에, 알 수도 없는 일들이 너무 급박하게 흘러나간 느낌이었다. 그저 멍하니, 그 자리에서 가만히 서 있었다.

하아, 거친 한숨을 나오며 다리에 힘이 풀렸다. 나는 그 자리에서 풀썩 쓰러졌다. 발아래에 있던 나뭇가지와 나뭇잎이 깔리는 것이 느껴졌다. 어느새 땀으로 젖었던, 흥건하던 손이, 볼에 흐르던 땀방울이, 빠르게 뛰던 가슴이. 모두 식어있었다.

'당최 무슨 일이 ….'

천천히 심호흡을 했다. 무슨 일이 벌어졌던 것인지, 앞으로 어떻게 해야 할지 생각에 잠겼다. 이대로 '벽꼬리'에 돌아가기에는 천명이 걱정스러웠다. 오늘이 아니더라도, 언제든 그는 나를 해칠 수 있을 것이다. 설령 그리하지 않는다고 하더라도 불편하고 불안한 나날을 보내게 될 것이다. 그렇다고 홀로 이곳을 떠나기에도 무리가 있었다. 어딘지도 모르는 험한 산길을 밤길에 내려가다니. 다치고 지친 몸을 이끌고 가는 것은 여간 쉬운 일이 아닐 것이다. 이러지도 저러지도 못하는 곤란한 상황 속에서 나는 갈피를 잡지 못했다.

그때, 눈앞에 은빛으로 빛나는 물건이 눈에 띄었다. 천명의 칼이었다.

"언제 이걸 떨어뜨린 것이지…."

나는 조심스레 그것이 떨어진 곳으로 기어갔다. 한눈에 봐도 날카롭게 잘 벼려진 검. 나는 그것을 천천히 들어 올렸다.

'이러나저러나 지금의 상태로는 활로를 찾기 어렵다. 차라리 내가 먼저 천명을….'

아니다. 그리해서는 안 된다. 아이들의 도움으로 건진 목숨인데, 감히 내가 그들을 해칠 생각을 하다니. 배은망덕하고 더러운 마음, 인면수심인 스스로의 추악함이 부끄러워졌다. 돌이켜 생각해보면 천명의 말도 틀린 것은 아니기에. 사정이 어찌 되었든, 전쟁터에 나가 수많은 이들을 해친 것은 분명 사실이니. 칼자루를 쥔 손에 힘이 빠졌다.

'돌아가자. 아이들이 있는 곳으로.'

조용히 돌아가는 것이 응당 맞는 것이라고, 그리 생각되었다. 조용히 천명의 검을 챙기고 자리에서 일어났다.

"남형, 여기서 뭐 하고 있어?"

갑자기 뒤에서 익숙한 목소리가 들려왔다. 너무 놀란 나는 고개를 돌려 목소리가 들려온 곳을 바라보았다. 팔짱을 낀 채로 나무에 기대어 서 있는 비희였다.

"밤에 잠도 안 자고 어디를 돌아다니고 있어? 몸도 성치 않은 사람이. 자다 일어났는데, 천명이랑 둘이 자리에 없으니 놀랐잖아요."

비희는 나를 내려다보며 나의 기색을 살펴보았다. 큰 잘못을 저지른 것처럼, 나는 그 자리에서 가만히 얼어붙어 있었다. 비희는 나와 주변을 전체적으로 훑어보며 무슨 일이 있는지를 파악하는 것 같았다. 그 때였다. 잘그락. 내 품에서 무언가 바닥에 소리를 내며 떨어졌다. 내가 챙겨온 은장도였다. 비희는 그것을 쳐다보다가 조용히 주워 내게 주었다. 그리고 잠시 후, 아무 일이 없었던 것처럼 그녀는 한숨을 크게 쉬며 말했다.

"천명은 해선을 데리고 '벽꼬리'로 돌아갔어요. 해선이 실신해서 업고 오던데, 아마 둘을 찾으러 여기저기 뛰어다녔나 봐요. 안 그래도 몸이 허약한 아이인데, 늦은 밤중에 불도 없이 돌아다니다니. 어지간히 걱정되었나 봐."

비희는 내게 말을 하며 조용히 다가왔다. 나는 나무에 기대어 서 있었는데, 그녀는 내 팔과 다리를 조심스럽게 어루만졌다. 상태는 괜찮은지, 별다른 이상은 없는지를 보는 듯했다.

"남형도 왼쪽 팔과 손바닥에 잔상처가 조금씩 났네. 수풀을 헤치다가 난 상처 같은데, 이 정도면 곧 나을 거예요. 돌아가면 약을 발라주겠지만, 앞으로는 알아서 잘 조심하고."

비희의 말을 듣고 보니, 손바닥이 조금 미끄럽고 아린 느낌이 들었다. 정신이 팔려 미처 알아차리지 못한 듯했다. 나는 비희의 말을 듣고 가만히 있다가 조심스레 말을 걸었다.

"자네가 보기엔… 내가 돌아가도 될 것 같나?"

그 말을 들은 비희는 내 얼굴을 뚫어져라 쳐다보았다. 잠시 동안 아무 말도 하질 않더니, 곧이어 헛웃음을 지으며 입을 열었다.

"뭐, 그럼 이 밤중에 갈 곳이라도 있어요? 빨리 들어가기나 해요, 짐승이라도 만나면 어쩌려고."

그녀는 뒤돌아서 내게 빨리 따라오라는 듯이 손짓했다. 그럼에도 내 발은 쉽게 떨어지질 않았다. 비희는 그런 내 마음을 아는 듯이, 사뭇 진지하게 말을 꺼냈다.

"얼른 와, 남형. 천명이가 신경 쓰이기야 하겠지만, 그리 걱정할 필요도 없어. 그 아이가 가끔은 거칠게 말하고 매섭게 행동하지만, 은근히 남을 잘 돌보는 착한 아이야. 실상 말만 저렇게 하지, 다른 이를 해친 적도 없어. 지금은 단지 … 복수와 원한에 눈이 멀었을 뿐이야."

그때 저 멀리서 동물의 울음소리가 메아리치며 들려왔다. 늑대의 울음소리 같았다. 그 소리를 들은 비희는 내 손을 잡고 나를 데려갔다. 나는 그녀의 손을 뿌리치지 못하고, 그녀의 뒤를 따라갔다.

"복수와 원한이라 함은, 혹시 남관과 관련된 일인가?"

"어, 맞아요. 그걸 들었나 보네."

비희는 잠시 침묵하며 길을 걸어갔다. 그러다가 곧이어 말을 이어갔다.

"천명은 본래 남관 수령[30]의 아들이야. 심성이 고운 부모 아래에서 풍족한 삶을 살며 자랐지. 천명도 무에 뛰어난 재능도 있고, 머리도 비상해서 여러모로 앞날이 기대되었나 봐. 헌데 8년 전에 와패가 남관을 공격하고 모든 걸 잃은 거야. 재산과 가택은 불에 타서 재가 되어 사라지고, 부모도 눈앞에서 죽고."

"…."

나는 아무 말도 하지 않고 그저 듣기만 했다. 죄스럽고 부끄러운… 조금은 복잡한 심정이었다. 비희는 그런 것에 개의치 않은 듯이 말을 이어갔다.

"푸른 깃털을 단 장수가 그랬다더군. 눈앞에서 부모를 베고, 불을 지

---

30 수령: 고려·조선 시대에 각 고을을 맡아 다스리던 지방관들을 통틀어 이르는 말

른 것이. 방문의 틈 사이에 숨어서 부모의 마지막을 눈에 담은 거야. 상처 입은 시중의 도움으로 빠져나갔지만, 결국 혼자만 살아남았어. 길바닥에 쓰러져 있던 걸 나와 해선이 발견하지 못했다면 아마 천명도 죽었겠지."

"…."

"그래서 용서할 수 없나 봐, 그 푸른 깃털을 단 장수를. 모든 것을 빼앗겼으니, 원망의 대상이 필요한 거야. 악착같이 살아남은 것도 그 때문일 거야."

그저 조용히 비희의 뒤를 따라갔다. 앞이 잘 보이지 않아, 손으로 주변을 더듬으며 걸었는데, 거친 나무껍질과 가시 돋은 넝쿨의 감촉이 느껴졌다. 상처가 나서 그런 것인지, 조금 아팠다.

"뭐야, 남형. 표정이 왜 그리 어두워?"

앞장서 가던 비희는 잠시 고개를 돌려 나를 쳐다보았다. 내 마음을 읽는 듯한 느낌이 들었다.

"이리 어두운데 내 표정이 보이나?"

"그냥 그런 느낌."

"…."

"남형."

"… 말하게."

"여태껏 말은 안 했지만 당신을 발견하고 업고 온 것은 천명이야. 붉은 깃털을 달고 있는 걸 보고서도, 당신이 와패의 장수인 걸 알면서도 그는 당신을 살려줬어. 지금에서야 당신과 대화한 것도, 아마 상처가 나을 때까지 기다린 것이야."

"내가 와패의 장수인 걸… 자네도 알았나?"

"내가 바보야, 그것도 모르게?"

비희는 헛웃음을 지으며 다시 말을 이어갔다.

"아까도 말했지만, 천명도 다른 아이들도 모두 착하고 강한 아이들이야. 불운을 겪었어도, 불행하진 않아. 그러니 저 아이들을 걱정하지도, 동정하지도 마요. 그리고 때가 되면 부디 건강하게, 무사히 떠나요."

"그리하지."

비희와 대화하다 보니 어느새 벽꼬리에 도착했다. 비희는 문앞에 잠시 멈춰 섰다. 문을 천천히 열며 그녀는 속삭이듯 말했다.

"일주일 뒤에 옥가락지를 찾으러 가요. 같이 바람이나 쐴 겸. 우리도 갈 곳이 있으니."

나는 말없이 고개를 끄덕였다.

***

그날 나는 꿈을 꾸었다.

눈앞에 한 소녀가 있었다. 그 소녀는 곱고 흰 피부와 아름답고 고상한 얼굴을 가지고 있었다. 그러나 소녀의 얼굴에는 피와 눈물만이 흐르고 있었다. 그녀는 누군가를 부르짖으며 울고 있었다. 구슬프고 가엾게.

# 6. 아이들

"아저씨, 아저씨, … 남천진 아저씨!"

이른 아침, 나를 부르는 소리와 주변의 어수선한 분위기와 함께 잠에서 깨었다. 지난번 밤에 천명과 대화한 이후로 벌써 일주일 정도가 흘렀다. 그동안 나는 천명과 해선을 전혀 마주하지 못했다. 그 둘은 그 일이 있었던 다음날 아침부터 자리를 비웠기 때문이다. 그동안 나는 이전과 같이 벽꼬리 안에서만 생활하며 잡일을 도와주거나 비희의 치료를 받았다. 그러다 보니 시간도 금세 지나갔다. 그러다 어젯밤에 천명과 해선을 포함한 모든 아이들이 돌아오긴 했지만, 둘과는 여전히 대화할 기회가 없었다. 평소보다 이른 아침에 부스스 눈을 떴을 때, 눈앞에 보이는 건 망백과 소하였다.

"아저씨, 일어나세요. 우리 곧 나가야 해요."

내 몸을 조심스레 잡고 흔드는 아이들 덕분에, 금방 잠이 깨었다. 정신을 차리고 보니, 해선과 천명을 포함한 모든 아이들이 벽꼬리 안에 있었다. 망백과 소하는 이미 나갈 채비를 마친 듯 자기들끼리 떠들고 있었다. 다른 한편에서는 천명과 비희가 해선의 옷깃을 조심스레 정리해주고 있었다.

"비희야."

"오, 남형. 일어났네?"

"다들 나갈 준비를 하는 것 같은데, 도와줄 게 있는가?"

"별거 없어요. 오늘 남형이랑 같이 나가는 겸, '벽꼬리'는 정리하고 '나무기와'라는 곳에 갈 거야. 이미 짐을 조금씩 옮겨놓았고 크게 준비할 것도 없으니, 일단은 다 같이 나가기나 합시다. 얼른 옷이나 입어요."

"그렇군. 나도 얼른 준비하겠네."

나는 서둘러 잠자리를 정리하고 옷매무새를 다듬었다. 그리고는 천천히 내 물건을 하나씩 챙겼다. 도검, 은장도, 그리고 아이들이 챙겨준 여벌의 옷들. 그동안 아이들은 이미 나갈 준비를 마치어 나를 기다리고 있었다.

"남형, 준비 다 됐어요?"

"그래. 곧 나가지."

나는 아이들을 따라 문밖으로 나갔다. 나는 잃어버렸던 은가락지를 찾기 위해. 아이들은 '나무기와'라는 곳으로 가기 위해. 비희가 문을 열자 햇살이 목엽의 사이사이로 건너오며 우리들의 앞에 쏟아져 나왔다. 우거진 상록 사이로 펼쳐진 숲과 은은하게 퍼지는 풀냄새가 기분 좋게 느껴졌다. 가까이서 들려오는 새소리와 아름답게 꽃이 핀 산, 아니 숲의 풍경은 산뜻하고 시원하게만 느껴졌다.

"남형, 잘 걸을 수 있지? 오래 걷지는 않겠지만, 나은 지는 얼마 되지 않아서 힘에 부칠 수도 있어요. 더군다나 아무도 다니지 않는 산이라 길도 없고. 풀숲을 헤치며 우리만 따라와야 하니 조심해요. 힘들거나 무슨 일이 생기면 말하고."

나는 고개를 끄덕였다. 비희는 그렇게 말하고는 싱긋 웃으며, 아이들과 함께 숲의 한가운데로 걸어 들어갔다. 선두에는 짐을 거의 들지 않는 망백과 소하가 걷기 시작했다. 그리고 그 뒤를 비희와 내가, 마지막에는 해선과 천명이 함께 걸어왔다. 온 사방이 평지여서 걷는 것은 그리 어렵지 않았지만, 초래[31]을 헤치며 가는 것은 조금 까다롭게 느껴졌다. 망백과 소하는 하반신이 거의 수풀에 가려져 잘 보이지도 않았는데, 어떻게 길을 찾는지도 모를 만큼 빠르게 나무 사이로 걸어 들어갔다. 망백은 이따금 소하와 장난을 치며 걸었는데, 그럼에도 거리는 쉽게 좁혀지지 않았다. 아마도 뒤따라오는 우리의 눈치를 살피며 걷는 것 같았다.

"우와, 소하야! 이것 봐라!"

"우와! 이게 뭐람. 벌레 아니야?"

"아니다. 이게 바로 매미 옷이야. 매미가 여름이라 이곳에 벗어두고 간 거야. 신기하지?"

"야, 망백아, 소하야! 옆길로 빠지지 말아라!"

"그럼 매미는 어디로 간 거야? 여기로 이 옷 찾으러 다시 오는 거야? 이렇게 아무 곳에 두었다가 잃어버리면 어떡하려고 그러지."

"매미는 자기 옷 둔 곳도 잊었을지 몰라. 소하야, 네가 이거 가져갈래?"

"그래도 되는 거야? 매미가 찾으러 오면 어떡해?"

"소하야, 이거는 매미 허물이라는 건데, 매미가 불편해서 버리고 간 거야. 여기 보면 허물이 찢어져 있지? 우리가 옷이 해지거나 찢어지면

---

31 초래: 풀이 무성한 숲

버리는 것처럼 매미도 똑같은 거란다."

"큰언니! 진짜 가져가도 돼?"

"그럼. 대신 조심해서 챙기고 앞에 잘 보며 걸어라. 넘어지지도 말고."

아이들은 마치 마실에 나온 것처럼 명랑하게 떠들어대었다. 그렇게 얼마 간을 걷다 보니 곧 비탈길이 나왔다. 아까보다는 나무가 드문드문 나 있었고, 바닥에는 나뭇잎과 돌들이 많이 깔려 있었다. 그늘진 곳엔 땅의 한기가 시원하게 느껴졌고, 숲의 나뭇잎에는 햇살의 온기가 서려 있었다. 크고 작은 풀들이 땅속 깊이 박혀있었고, 물기를 머금은 흙은 부드럽게 바스라졌다. 높고 푸른 나무들 사이로 은은한 물 냄새와 투박한 나무의 향내가 퍼져나갔다. 어딘가에 물이 가까이 있는 듯한 느낌이었다.

소하와 망백은 내리막을 따라 빠르게 뛰어 내려갔다. 마치 떨어지는 듯했지만, 다치거나 부딪히는 곳 하나 없이 날래게 내려가니 신기하게만 느껴졌다. 비희는 내 눈치를 살피며 적당히 거리를 두며 내려갔고, 맨 뒤에서는 해선과 천명이 따라오고 있었다. 30보 정도의 거리가 떨어져 있었는데, 아무래도 짐이 많은 천명이 해선을 챙기며 내려오기까지 해서 그런 듯했다. 가끔 뒤를 돌아보면 둘은 정겹게 대화하고 있었다.

"해선 누나, 무거우면 이리 줘. 몸도 성치 않은데 무리하지 말고."

"아아."

해선은 무언가 마음에 안 드는 듯이 미간을 조금 찌푸리며 천명을 바라보았다. 그리고는 고개를 저으며 싫은 티를 내었다.

"하. 알겠어, 대신 힘에 부치면 언제든 건네줘."

"…."

그녀는 천명에게 눈웃음을 보이며 밝게 웃었다. 그러나 천명은 그런 해선이 계속 신경 쓰였는지, 뒤따라오는 그녀를 곁눈질로 보며 돌보았다.

"누나, 여기는 많이 가파르니 조심해서 내려와. 내 손 잡아."

그리고 앞에서는 소하, 망백이 항시 떠들며 걸어갔는데, 가끔은 비희가 그 사이에 말을 건네곤 했다.

"얘, 망백아, 저기 저거 보이니?"

"응? 저 노란색 털? 저거 말하는 거야, 비희 누나?"

"응, 그거 맞아. 짐 좀 잠시 내려두고, 저것 좀 가지고 올래?"

"으악! 이게 뭐야. 엄청 이상하게 생겼는데? 먹는 거야?"

"근래에 날이 안 좋더니, 버섯이 금방 자라네. 이건 동충하초라는 건데, 약재로 쓰는 거야. 한번 먹어볼래?"

"싫어!"

"큰언니! 망백 오라비! 저기 앞에 개울!"

아이들을 따라 산비탈을 내려가니 곧 작은 개울이 나왔다. 산 위에서부터 흐르는 물줄기가 조그마한 못에 모이더니, 곧 산비탈을 따라 아래로 다시 흐르고 있었다. 못은 큰 방 하나 정도의 크기였고, 깊이는 그리 깊지 않아 보였다. 물이 깨끗하여 물 아래로 헤엄치는 송사리들이 훤히 보였고, 물 아래로 먼지나 이끼는 거의 없었다. 못 주변을 둘러싼 나무들은 못 아래에 겹겹이 그늘을 만들어 시원한 느낌을 주었다. 그 나무들은 덩굴에 휩싸여 있었는데, 그 사이사이로 열매가 보였다. 개울 옆에는 넓고 납작한 바위가 있었는데, 망백과 소하는 그 바위에 짐과 웃옷을 벗어두고 곧장 뛰어 들어갔다. 첨벙! 아이들이 물에 뛰어

듦과 동시에 물이 사방으로 튀었다. 아이들은 밝은 웃음을 지으며 서로 물장난을 쳤다. 조금 늦게 도착한 나와 비희도 짐을 내려놓고 잠시 아이들이 노는 것을 구경하였다.

“남형, 우리 여기서 잠시 쉬다 갈까요?”

“그러지.”

“뭐야, 얼굴에 근심이 가득해 보이는데?”

“아니야, 괜찮네. 단지….”

“옥가락지 때문에 그렇죠?”

“자네는 항상 내 마음을 읽는 것처럼 말하는군.”

“얼굴에 다 쓰여있으니까 알지.”

나는 너스레를 떨며 이야기를 하는 비희에게 헛웃음을 지어 보였다. 비희의 말대로 아직 찾지 못한 옥가락지가 신경 쓰였다. 잃어버린 것도 벌써 몇 달 전의 일이니, 지금 가더라도 찾기는 어려울 것이라고. 애써 급하게 가지 않아도 된다고. 지금까지는 그리 생각하며 지냈지만, 막상 가슴속에 품고 있는 심정은 조금 달랐다. 한시라도 빨리 찾고 싶다는 마음이, 내가 쓰러졌던 그 장소에 직접 가보고 싶다는 생각이 앞섰다. 그렇게 복잡한 마음을 정리하지도 못한 채로 서 있을 때, 저 멀리서 놀고 있는 소하가 큰 목소리로 우리를 불렀다.

“큰언니! 여기 엄청 시원해! 얼른 들어와!”

“어, 금방 갈게!”

비희는 큰 목소리로 외치더니 나를 올려다보며 싱긋 웃었다. 그리고는 속삭이듯이 말했다.

"당장은 마음이 급하겠지만, 곧 찾을 수 있을 테니 지금은 쉬어둬요. 몸이 나은지도 얼마 되지 않았잖아. 일단은 너무 걱정하거나 무리하지도 말고, 바람이나 쐬면서 편안히 있어요. 정 힘들면 우리가 도와줄게요."

비희는 그렇게 말하고는 잔잔하게 발걸음을 옮겼다. 바스락거리는 풀과 나뭇잎 밟는 소리가 차분하게 평온하게 들려왔다. 그녀의 움직임은 마치 꽃잎이 너풀거리는 듯이 가벼워 보였다.

'비희의 말이 맞다. 뜻대로 되지는 않겠지만, 여태껏 생각해왔던 것처럼 마음을 정리하자. 당장 마음을 먹는다고 해서 해결될 일도 아니니, 편안히 기다리자.'

"해선 누나, 여기에 내려둬."

그렇게 마음을 정리하고 있을 때, 어느새 뒤에서 천명의 목소리가 들려왔다. 둘은 자신들의 짐을 내려두고, 옷매무새를 정리하였다. 천명은 해선의 옷에 붙은 나뭇잎과 흙을 털어주었는데, 마치 사이좋은 오누이 같았다. 둘을 멀거니 쳐다보고 있을 때, 저 멀리서 소하와 망백이 내 곁으로 뛰어왔다.

"아저씨! 남천진 아저씨! 이리 와보세요! 여기에 매실 좀 따줄 수 있어요?"

곧이어 둘은 내 양손을 잡고 비희가 발을 담그고 있는 개울 쪽으로 나를 끌고 갔다. 망백과 소하의 손 모두 물에 젖어있었는데, 부드럽고 시원하게 느껴졌다. 둘은 나를 개울 앞쪽까지 끌고 왔다. 이미 개울에 들어가 발을 적시고 있던 비희는 아이들에게 끌려오는 나를 보며 싱긋 웃으며 말했다.

"뭐야, 너희들. 이렇게 남형을 귀찮게 만들래?"

"아저씨! 저기 저 위에 손이 닿으세요?"

소하는 비희의 잔소리를 무시하듯이 나를 꼭 잡고 올려다보며 말했다. 소하가 가리킨 곳은 작은 개울 위에 있는 산과수[32]였다. 개울 위에 줄지어있는 나무에는 수많은 매실과 다래가 있었다. 나무를 휘감은 수많은 넝쿨과 수풀이 무성하게 보였고, 그 사이에는 산딸기 같은 것도 보였다. 그러나 열매가 너무 높은 위치에 있어 쉽사리 손이 닿지 않을 것 같았다.

"저긴 조금 힘들 것 같구나."

"흐응… 알겠어요."

소하는 실망스럽다는 듯이 고개를 푹 떨구며 말했다. 조금은 배가 고팠던 모양이었는데, 망백은 그런 소하를 빤히 바라보았다.

"소하야, 저게 먹고 싶어? 내가 올라가서 따다 줄게."

"엥, 어떻게 따오려고? 설마 나무를 타고 올라가게? 안돼, 위험해."

"걱정 마라, 소하야. 내가 금방 갔다 올게."

소하가 말릴 틈도 없이 망백은 신을 벗고 얼른 나무 밑으로 다가갔다. 그리고는 도마뱀처럼 팔과 다리를 번갈아가며 나무와 넝쿨에 걸치고 올라갔다. 나무 위에 올라가는 게 익숙한 듯, 날래고 가벼운 몸놀림이었다. 망백은 정말 눈 깜짝할 새에 매실과 다래가 달린 높이까지 올라가, 엎드려서 열매가 맺힌 나뭇가지를 기어가기 시작했다. 굵은 나뭇가지가 아래로 축 늘어졌지만, 망백은 그런 것에는 아랑곳하지 않고 열매만을 바라보았다. 아래에서 기다리는 나와 비희, 소하는 노심초사하게 기다렸지만,

32 산과수: 산과실이 열리는 나무

망백은 그런 걱정이 무색한 듯 능란하게 열매에 다가가 손을 뻗었다. 그리고는 열매의 꼭지를 손으로 조심스레 잡아서 땄는데, 그 작은 손에 미처 다 담지도 못할 만큼 많이 따내었다. 그러고도 성에 안 찼는지, 다른 열매들을 가만히 바라보았다. 잠시 후 그는 아래를 보며 씨익 웃었다.

"비희 누나, 소하야! 맞지 않게 조심해라!"

"야, 망백아! 잠깐 기다려라! 우리가 나가고 떨어뜨려야지!"

망백은 손을 아래로 길게 축 늘이고는 개울을 향해 다래와 매실을 떨어뜨렸다. 곧 그것들은 풍덩 소리를 내며 물속 깊이 가라앉았고, 개울의 수면 위에는 크고 작은 물결이 일며 사방으로 물이 튀기 시작했다. 이내 매실과 다래가 둥둥 물 위에 떠올랐는데, 그 중심에는 물에 맞은 비희와 소하가 서 있었다. 둘은 뒤에서 봐도 한눈에 화가 났다는 것을 알 수 있었다.

"야, 아니. 오라비! 누가 말도 안 하고 그렇게 던지래! 물에 홀딱 젖었잖아!"

"망백아, 좋은 말로 할 때 내려와라."

"아, 미안해! 장난 좀 쳐봤는데, 그리 물맞을 줄은 몰랐어! 남천진 아저씨, 도와주세요!"

나뭇가지에 매달린 망백은 위에서 내려오지도 않고 계속 매달렸다. 아마 지금 내려오면 어떻게 될지를 알고 있는 것 같았다. 저 사이에 있으면 나도 같이 휘말릴 것 같다는 생각이 스쳤다.

"… 잠시 바람 좀 쐬고 오마."

나는 등 뒤로 들려오는 망백의 비명을 애써 무시한 채 자리를 벗어났다. 처음 개울을 발견했을 때, 짐을 내려두었던 쪽으로 쭉 걸어갔다. 어느새 천명과 해선도 자리에 보이지 않았고, 짐만이 덩그러니 놓여 있었다. 떠들썩한 아이들의 말소리가 조금씩 멀어져가는 것이 느껴졌다. 그와 동시에 고요하고 잔잔한 소리들만이 이따금 들려왔다. 바람결에 나뭇잎이 흔들거리고, 햇살이 그 사이사이로 따스하게 내리쬐었다. 시원한 산림의 한가운데를 걸어가니 청량한 느낌이 들며, 머리가 맑아지는 듯했다. 항상 아이들과 함께 시간을 보내니, 이렇게 홀로 시간을 보내는 것이 오랜만이라 느껴졌다. 그와 동시에 씁쓸한 기분이 들었다. 머지않아 이곳을 떠나 와패로 돌아간다면, 조금은 그리울 것 같았다.

'좋은 기회로써 만난 아이들은 아니었지만, 돌이켜 생각해보면 썩 나쁘지만은 않았다. 더군다나 와패에서는 저렇게 밝은 아이들을 본 적이 없었으니. 만약 10년 전에 죽은 첫째가 살아있었더라면, 지금의 망백이 정도는 됐을 테지.'

새삼 옛 생각이 새록새록 피어올랐다. 이미 지나친 세월에 풍화되어 무뎌진 감정이, 아쉬움과 후회로 다시 차오르는 듯한 느낌이었다.

'이번에 와패로 돌아간다면, 아내는 이미 둘째를 출산했겠군. 하지만 … 나는 아마 아내와 아이의 얼굴을 보지 못할지도 몰라. 마지막이라도 괜찮으니, 한 번이라도 기회가 닿으면 좋겠는데.'

그렇게 얼마 동안을 걸었을까. 상념에 사로잡혀 걸음이 닿는 대로 걷고 있던 그때, 형체를 알 수 없는 무엇인가 빠르게 휙 하고 날아갔다. 내 눈앞을 스쳐 지나간 그것에 나는 놀랄 틈도 없이 뒤로 쓰러졌다. 곧이어 그것은 저 어느 나무에 '팽' 소리를 내며 꽂혔다. 그와 동시에 어느 작은 짐승의 울음소리가 들려왔다. 너무 놀란 나는 뛰는 가슴을 애써 진정시켰다. 새인지, 벌레인지는 모르겠지만, 별건 아닐 것이다. 그리 생각하고 바닥에 앉은 채로 천천히 고개를 돌려보았다. 소리가 난 곳으로 시선을 옮기니, 그곳에는 기다란 화살과 함께 나무에 관통당한 멧토끼가 있었다.

"뭐야, 당신이 왜 여기에 있어."

곧 천명의 목소리가 등 뒤에서 들려왔다. 내가 뒤를 돌아봤을 때, 천명은 조용하게 발걸음을 옮기며 내 쪽으로 걸어오고 있었다. 그는 한 손에는 활을 들고, 다른 손에는 두꺼운 천으로 된 피를 들고 있었다.

"자네가, 어떻게 여기에."

"보면 몰라? 사냥하고 있잖아."

내 물음에 천명은 아무런 퉁명스럽게 대답하고, 나를 스쳐 죽은 멧토끼를 향해 걸어갔다. 곧 그는 나무 밑동에서 화살을 뽑고, 토끼를 피에 넣었다. 그리고는 아무 말 없이 다시 활을 들고 주위를 살펴보았다. 잠시 후 그는 정면을 응시하며 화살 한 발을 꺼내 들었다. 천명의 시선이 닿은 곳에는 나무를 오르는 뱀이 한 마리 있었다.

천명은 숨을 죽이고 몸을 숙이며 조심스레 화살을 활에 걸었다. 그리고는 수풀 위로 일어서며 화살을 쳐들고 시위를 천천히 당겼다. 그는 왼쪽 뺨까지 시위를 당기고, 천천히 숨을 골랐다. 하나, 둘, 셋. 천명이 미세하게 숨을 내쉼과 동시에 화살이 그의 손을 빠르게 떠나갔다. 그가 쏜 화살은 저 멀리에 있는 뱀을 향해 날아갔다. 화살은 그림자조차 남기지 않고 나무들 사이를 스쳐 지나갔다. 곧 그것은 '팽' 소리를 내며 뱀이 있던 나무에 꽂혔다. 화살이 꽂힌 자리는 뱀의 머리 바로 옆이었다. 뱀은 놀란 듯이 빠르게 몸을 움직이며 화살을 피해 빠져나갔다.

"칫."

천명은 혀를 차며 못내 아쉬운 티를 내보였다. 그리고는 다시 화살통에서 화살 하나를 꺼내어 들고, 조용히 시위를 당겼다. 방금 놓친 뱀을 다시 한번 겨냥하는 듯했다. 그러나 팽팽히 당긴 그의 시위에서 약간의 떨림이 느껴졌다. 그 모습을 뒤에서 지켜보던 나는 조심스레 입을 열었다.

"활을 들면 숨을 들이쉬어 가슴을 넓히고 배에 힘을 주어야 한다."

등 뒤에서 들리는 내 목소리에, 천명은 아무런 반응도 하지 않았다. 그러나 나는 알 수 있었다. 그가 호흡을 가다듬으며 집중하고 있는 것을. 나는 조용히 말을 이어나갔다.

"활을 미는 힘은 이미 충분하지만, 시위를 당기는 힘이 조금 부족하다. 조금만 더 힘을 주어 시위를 귀 뒤까지 당기어라."

천명의 작은 움직임이 옷 위로 미세하게 느껴졌다. 그는 힘을 주어 시위를 최대한 당겼다. 그리고는 조용히 숨을 멈추고 기다렸다. 방금까지 느꼈던 떨림이 사라지고, 그의 표정은 사뭇 진지하게 보였다.

"이제 호흡을 멈추고 표적만을 바라봐라. 준비되었으면 시위를 놓아."

곧 그는 활을 당긴 시위에서 손을 놓았다. 팽팽히 당겼던 화살은 그의 손을 떠나 아까보다도 더 빠르게 수풀 사이로 날아갔다. '팽' 적막한 숲속에서 그의 화살이 꽂히는 소리가 나지막하게 퍼져나갔다. 그가 쏜 화살은 나무에 깊숙이 박혀있었다. 뱀의 머리를 관통한 채로.

화살이 뱀의 머리에 꽂힌 순간 뱀의 몸통은 위아래로 빠르게 요동치더니 이내 축 늘어졌다. 그것을 본 천명은 조용히 활을 내리고 나를 쳐다보았다. 왜 여기까지 왔는지, 이제야 그것을 물어보는 것 같았다.

"바람을 쐬러 걷다가 우연히 마주쳤네. 활을 제법 잘 쏘는군."

내 말은 들은 천명은 아무 말도 하지 않은 채로 조용히 짐을 챙겼다. 그리고는 방금 사냥한 뱀의 사체가 있는 곳으로 천천히 수풀을 헤치며 걸어갔다. 그는 나무를 관통한 화살을 뽑고, 박살이 난 뱀의 머리를 자른 뒤 몸통만을 챙겨놓았다. 그리고는 멧토끼와 다른 짐승들의 사체를 담은 피를 펼쳐 정리하였다. 나는 그에게 다가가 조심스레 말을 걸었다.

"저번 일에 대해서는 미안하게 생각하네. 비희에게 들었지만, 자네에게 그런 과거가 있을 줄은 몰랐어. 내가 함부로 말을 하다 실언을 했어. 비록 저번의 물음에 대해 답해줄 수는…."

"비희 누나가 쓸데없는 소릴 했군. 필요 없어. 당신에게 큰 기대를 하지도 않았고. 결국 내가 알아서 할 일이야. 가던 길이나 가."

천명은 듣기 싫은 듯이 혀를 차며 말했다. 그리고는 저리 가라는 듯이 손짓을 했다. 차갑고 쌀쌀맞은 듯한 태도였지만, 저번 일은 신경 쓰지 말라는 듯한 저의가 깔려 있는 듯했다.

"… 알겠네. 고마워."

나는 그의 말을 듣고 왔던 길로 천천히 발길을 돌렸다. 수풀이 허리까지 올라와 걷기는 힘들었지만, 그럼에도 썩 괜찮았다. 등 뒤로 나무에 화살 꽂히는 소리가 들려 이따금 뒤를 돌아봤는데, 천명이 활을 들고 사냥을 하고 있었다. 얼핏 봤음에도 처음보다 더 정확하고 힘이 들어간 듯했다.

'비희나 다른 아이들과 함께 시간을 보내면 제대로 잡아주는 이도 없었을 텐데… 재능도 있고 노력도 게을리하지 않는군. 대단한 녀석이야.

분명 관군에 있었다면 뛰어난 장수가 되었을 테지. 그나저나 망백은 지금쯤 어떻게 되었으려나. 분명 비희와 소하에게 많이 혼났을 텐데.'

어느새 입가에 조그마한 미소가 지어졌다. 왜인지는 모르겠지만, 발걸음이 가벼운 느낌이었다. 허리까지 오는 풀들과 가파른 산길이 전혀 불편하지 않았다. 산뜻하게 불어오는 바람과 흔들리는 숲이 기분 좋게 느껴졌다. 하지만…

'내가 걸어온 곳이 이곳이 맞는지를 모르겠군. 조금 낯선 느낌이 드는 건 기분 탓인가. 산길도 없고 사방이 같으니, 기억이 나질 않아. 아마 이쪽으로 쭉 올라가면 되겠지.'

나는 천천히 비탈을 따라 올라갔다. 나무들이 더욱 촘촘하게 줄지어 늘어서 있었고, 수풀이 더욱 무성해지는 듯한 느낌이었다. 어딘가 잘못된 느낌이 들기는 했지만, 걸음을 멈출 수는 없었다. 만약 이 길이 아니어도 물길을 따라 내려가면 아이들도 곧 만날 수 있을 테니. 그리 믿으며 주변을 살펴보았다. 그렇게 한 식경 정도를 걸으니 저 멀리에서 잔잔하게 물 흐르는 소리가 들려왔다. 아마 처음에 아이들과 같이 갔던 그 개울인 듯했다.

'희미하지만 개울이 흐르는 소리가 들린다. 이 길로 계속 가보자.'

발걸음이 빨라짐에 따라 물 흐르는 소리가 점차 가까워져만 갔다. 발밑에 차이는 풀들이 많아져 걷기가 힘들었지만, 그럼에도 소리가 나는 곳을 향해 계속 걸어갔다. 돌아가는 길도 이젠 보이지 않으니, 앞만 보고 갈 수밖에 없었다. 점차 흙이 질어지고 자갈이 밟히기 시작했다. 물 냄새가 사방으로 퍼지기 시작했다. 나는 점차 뛰어가기 시작했고, 결국 물소리가 들리는 곳에 도착했다. 무성한 수풀이 눈앞을 가리고 있었지만, 그 너머로 개울이 있다는 것이 확실했다. 물방울과 물방울이 부딪히고, 물줄기가 바위에 튀어 오르는 소리. 그러나 아이들의 목소리는 저 너머로 들리지 않았다.

'길을 잘못 찾은 모양이군. 그래도 이 수풀을 걷어내어 개울을 찾으면 괜찮을 것이야. 물길을 따라가면 아이들을 찾을 수 있겠지.'

나는 개울로 넘어가려, 벽처럼 쌓여있는 나무와 풀을 걷어내었다. 그 틈 사이로 눈부신 햇살이 내리쬐며 개울이 훤히 보였다. 그와 동시에 개울의 한가운데에 있는 한 여인을 보았다.

## 7. 해선

해선이었다. 분명 해선이란 아이였다. 길게 늘어뜨린 밤색 머리카락이 허리춤까지 내려오는 아이. 마치 도자기처럼 창백하게 보일 정도로 희고 깨끗한 피부를 가진 그 아이. 언제나 옷을 바로 입어 조신하고 기품있어 보이던 그 아이. 그 아이가 개울에서 웃옷을 벗고 상체만을 내놓은 채로 몸을 씻고 있었다.

그러나 그녀의 뒷모습은 어딘가 이상하게 보였다. 왼 어깨의 뼈가 유독 심하게 튀어나와 있었고, 양 골격이 서로 맞지 않았다. 등에는 크고 작은 여러 흉터들이 서로를 덮어씌우며 겹겹이 쌓여있었다. 아이라고는 믿기 힘들 정도로 오래되고 거대한 상흔이 그녀의 어깨부터 등까지 빈틈없이 가득 차있어 성한 피부가 조금도 보이지 않았다. 그리고 그 각각의 상처들은 모두 다른 까닭으로 생긴 듯했다. 날붙이 같은 것에 깊게 베인 흉터, 송곳으로 파이고 찢긴 자상, 달군 철로 지지고 태워서 화상을 입은 피부, 흉하게 일그러지고 굳은 살가죽이 그녀의 몸을 덮고 있었다. 토악질이 나올 정도로 끔찍하고 또 가여운 모습이었다.

'대체 왜 저 아이가… 저런 끔찍한…!'

나는 해선의 뒷모습을 보고 너무 놀라 비명조차 지르지도 못한 채 뒤로 넘어졌다. 나는 큰 충격을 받은 나머지 아무런 말도 하지 못했다. 해선은 내가 자신을 봤다는 걸 모르는 듯이 해맑은 미소를 띠며 목욕하고 있었다. 그러다가 잠시 몸을 오른쪽으로 틀었는데, 그녀의 오른 어깨에 무언가 보였다. 불에 달군 쇠붙이 같은 걸로 지진 듯한 상처였다. 하지만 다른 상처와 다른 느낌이 들었다. 둥근 원 안에 무엇인가 적혀있는 듯한 화상. 나는 무슨 정신인지 그것에 혼이 팔려 그 상처를 가만히 보았다. 잠시 뒤, 그녀의 살갗에 선명하게 찍혀있는 낙인이 보였다. 와패, 와패였다. 그녀의 어깨에 찍혀있는 글자를 본 순간 내 손 아래에서 어떤 소리가 들렸다. 우직. 땅에 떨어져 있는 나뭇가지가 부러지는 소리였다. 해선이 고개를 돌려 내가 있는 쪽을 바라보려 했다. 나는 그 즉시 자리에서 벗어나 개울에서 멀리 도망치기 시작했다.

경사가 급한 비탈길을 왜 뛰어 내려가는지, 나 스스로도 알지 못했다. 보아선 안 될 것을 보았기 때문만은 아니었다. 이유를 알 수 없는 불안한 예감이 들었다. 해선의 등에 있는 '와패'가 쓰인 낙인과 겹겹이 쌓여있는 수많은 흉터가 기이하고 두려웠다. 그저 머릿속이 복잡했다. 숨이 가빠오고 무성한 수풀에 찔린 다리가 조금 욱신거렸다. 그럼에도 나는 가파른 비탈길을 떨어지듯 뛰어 내려갔다. 차라리 아무것도 못 봤다고, 나는 아무것도 보지 못했다고 생각하며 그녀에게서 멀어졌다. 나무에 부딪히고 나뭇잎에 베였다. 그럼에도 나는 계속 뛰었다. 아래로, 아래로. 그러다가 탁. 발밑에 무언가 채인 느낌이 들더니, 내 몸은 공중에 떠올랐다. 가파른 내리막에서.

***

"아버지! 아버지!"

한 소녀가 울부짖는 소리가 들렸다. 구슬프게 울며, 고통에 몸부림치는 한 소녀. 그 소녀는 갈라진 목소리로 찢어지게 누군가를 불렀다. 치밀어오르는 울분을 토로하며, 비명에 가까운 소리를 내지르는 소리. 분명 익숙히 들어온 소리다. 내 손에는 무언가 묻어 있다. 붉고 진득한 것이, 흙과 섞여 덩어리져있다. 그것은 소녀의 몸에도 흐르고 있었다. 그저, 더럽고 불쾌한 기분이 들었다.

***

"아저씨! 아저씨!"

누군가 나를 부르는 소리가 들렸다. 조용히 눈을 뜨자 눈앞에는 비희와 소하, 망백이 보였다. 정신을 차리고 주위를 둘러보았다. 나는 숲의 한가운데에서 수풀 위에 쓰러져있었다. 몸의 이곳저곳이 조금 욱신거렸다. 아마도 돌에 걸려 비탈길에 굴러떨어진 것 같았다.

'또 그 이상한 꿈인가. 벌써 2번째군. 당최 무슨 일인지….'

"아저씨, 괜찮아요? 왜 여기에 누워있어요?"

"아아, 산에서 내려오다 잠시 넘어진 것 같아. 고맙다 애들아."

나는 아이들의 도움으로 몸을 천천히 일으켜 설 수 있었다. 주위를 둘러보니 천명과 해선도 짐을 옆에 두고 서 있었다. 소하와 망백은 내 몸에 달라붙은 먼지와 나뭇잎을 털어주었다. 비희는 가만히 서서 나를 전체적으로 훑어보더니 한숨을 쉬며 말했다.

"남형, 걸을 수 있겠어? 다리를 접질리거나 다치진 않은 것 같은데, 혹여나 아프진 않지?"

"괜찮아, 걸을 수 있어. 걱정하지 않아도 될 것 같네."

나는 옷매무새를 정리하며 해선을 잠시 흘깃 바라보았다. 그녀는 아무것도 모르는 듯이, 아무 말 없이 천명의 옷자락을 만지작거리고 있었다. 나는 애써 태연한 척하며 아이들이 놔둔 짐을 거들어 들었다.

"서둘러 가지, 얼마 안 남았다고 했으니."

아이들은 다시 각자의 짐을 챙겼다. 비희는 아무 말 없이 순순히 짐을 들고 아이들을 살폈다. 망백은 뭔가 풀이 죽어있는 채로 소하와 함께 선두에 섰다. 천명은 또다시 해선을 거들어주며 뒤따라오기 시작했다. 그렇게 나는 아이들과 함께 조용히 떠났다. 천연하게. 그러나…

'해선에게 있던 흉터들, 그것은 도저히 여아의 몸에 날 수 없는 흉터들이었다. 그리고 어깨에 와패의 낙인이 찍혀있다니, 도대체 무슨 일인 게지.'

복잡한 마음과 어지러운 상념 사이에서 나는 아무것도 듣지 못했다. 지저귀는 새소리와 바람결에 흩날리는 상록의 소리, 아이들이 떠드는 소리까지. 나는 그저 멍하니 걷기만 했다. 복잡한 마음이 정리되지 않은 채로.

***

그렇게 얼마나 걸었을까, 내 앞에 가던 비희가 잠시 가던 길을 멈추고 선두에 있던 소하와 망백을 불렀다. 그리고 조금 거리를 두고 뒤따라오던 해선과 천명이 모이자 그녀가 입을 열었다.

"우리, 이제 서로 갈라져서 이동하자. 나랑 소하, 천명이 '나무기와'로 짐을 옮길 테니, 남형은 망백과 해선이랑 같이 옥가락지를 찾으러 가요. 길은 저번에 망백한테 알려주었으니, 곧잘 찾아갈 수 있을 거야. 우리는 짐을 놓고 시간이 된다면 도우러 갈게요."

나는 해선이 신경 쓰였지만 순순히 비희의 말을 따랐다.

"망백만 믿고 따라가면 되겠는가? 알겠네."

"망백아, 해선이랑 남형을 데리고 길을 잘 찾아갈 수 있지?"

"당연하지, 내가 얼마나 이 근방을 많이 다녔는데."

"혹시나 무슨 일이 생기면 어떻게 해야 하는지도 알고? 둘을 데리고 가까운 '개미집'으로 들어가."

"아저씨도 같이 들어가도 돼? 히. 알겠어."

해선과 망백은 들고 있던 짐을 천명과 비희에게 넘겨주었다. 얼마 되지는 않았지만, 조금 힘겹게 보였다.

"아저씨, 그러면 조금 있다가 봐요! 해선 언니랑 망백 오라비도 조심해서 잘 돌아와!"

그렇게 우리는 셋씩 갈라져 길을 떠났다. 나와 해선, 망백은 잃어버렸던 내 옥가락지를 찾으러, 비희와 해선, 소하는 '나무기와'라는 곳으로.

***

"남천진 아저씨."

"왜 그러냐, 망백아."

"아저씨는 왜 쓰러져 있었던 거예요?"

"산에서 발을 헛디뎠어. 비가 오는 날이어서 그런지 미끄러웠던 것 같구나."

"흐음. 그때 옥가락지를 떨어뜨린 건가. 그게 그렇게 중요한 거예요?"

"그럼. 지금의 아내를 만나 백년해로를 약속하며 서로 하나씩 나누어 가졌단다. 비록 서로를 못 본 지 몇 달이나 지났지만, 아내의 모습이 아직도 눈에 선하구나. 만약 오랜만에 다시 만났을 때, 내가 옥가락지를 잃어버렸다는 것을 알게 된다면 많이 서운해할 것이야. 그러니 그걸 꼭 찾아야만 해."

"그렇군요. 제가 찾는 걸 열심히 도와줄게요."

"고맙구나."

"헤헤, 뭘요. 아, 다 왔어요! 여기에요!"

망백을 따라 숲을 헤치며 쭉 걸어간 곳은 무언가 익숙한 장소였다. 수풀 사이로 조그맣게 나 있는 길, 길 바로 옆에 있는 깊이가 2장[33] 정도 되어 보이는 작고 넓은 골짜기. 그리고 길 한가운데에 있는, 풀 한 포기 자라지 않는 사람 크기의 조그마한 땅, 이곳이다. 이곳이 바로 내가 쓰러졌던 그곳이었다.

"고맙다, 망백아. 여기가 맞는 것 같구나."

"뭘요, 이제 해선 누나랑 셋이서 같이 찾아봐요."

해선과 망백은 나를 도와주겠다는 듯이 손을 살며시 잡았다.

"… 고맙다, 애들아. 얼른 찾아서 돌아가자."

우리 셋은 곧 흩어져서 옥가락지를 찾기 시작했다. 망백과 해선은 내

33 장: 도량형 단위. 1척의 10배에 해당하며 미터법으로는 3.03m

가 쓰러진 곳 근처를, 나는 이전에 내가 올라온 산길을 살펴보기로 했다.

'꽤 오랜 시간이 지나 기억이 가물가물할 줄 알았더니, 이 길을 보니 똑똑히 떠오른다. 등과 양다리에 큰 상처가 나서 나무에 기대어 올라왔었지. 그때 올라온 길은 분명 이곳밖에 없었다. 여기가 틀림없다.'

나는 천천히 길을 따라 쭉 내려갔다. 길의 양옆을 면밀히 살피기도 하고, 바닥의 풀을 걷어 유심히 지켜보기도 했다. 그러나 내가 쓰러졌던 그때보다 무성하게 자란 수풀을 걷어내며 내려가는 것은 여간 어려운 것이 아니었다. 게다가 바닥에 깔린 수많은 나뭇잎과 너저분한 흙길 때문에 바닥도 잘 보이지는 않았다.

'얼마 찾지도 않았는데 조금은 힘들군. 아무리 둘러봐도 그림자조차 보이지 않다니. 산길을 살피며 내려오는 것이 이렇게 어려울 줄이야. 이렇게 찾다가는 오늘 당장 찾기는 어려울지도 모르겠어. 하지만….'

포기할 생각은 없었다. 몇 날 며칠이 걸리더라도 꼭 찾겠노라고 다짐했다. 나는 발에 차이는 돌멩이와 나뭇잎, 나뭇가지 등을 남김없이 던지며 샅샅이 살펴보았다. 길 근처에 나 있는 수풀이나 나무도 하나하나 확인해보았다. 발걸음 하나 떼는 데에도 시간이 오래 걸렸지만, 그럼에도 나는 내가 올라왔던 길을 완연히 살펴보았다.

그렇게 얼마 동안이나 찾았을까. 주위를 살피다가 저 아래에 우거진 상록 속에서 혼자만 다른 빛을 내는 것이 눈에 띄었다. 잘 보이지는 않았지만, 눈에 익은 색이었다. 감색, 감색이었다. 헛것을 본 게 아닌가 싶어 눈을 비벼 보았지만, 틀림없이 그것은 내가 잃어버린 감색 주머니와 같은 색이었다. 나는 그것을 보자마자 주위를 둘러보지도 않은 채로 곧장 그것을 향해 달려나갔다. 내가 뛰어 달려갈수록 점차 감색이 선명하게 보였다. 나뭇가지에 걸쳐있는 감색의 천, 그 안에 내 옥가락지가 있을지 모른다는 생각으로. 나는 부푼 희망을 안고 달려나갔다.

그러나 막상 그 자리에 도착했을 때, 나는 실망감을 감출 수 없었다. 그것은 내 감색 주머니가 아니라, 그저 찢어진 천 조각에 불과했기 때문에.

'고작… 이것이었나.'

몸에 힘이 쭉 빠졌다. 어쩌면 잃어버렸던 옥가락지를 찾을 수 있었는데, 그 기회가 허무하게 사라진 것 같았다. 나는 나뭇가지에 걸린 천 조각을 손에 꼭 쥔 채로 터덜터덜 내려온 길을 되돌아갔다. 방금까지 찾아보았던 그 자리부터 다시 살펴보기 위해서.

'아니다, 어쩌면 이걸 찾은 게 천운일지도 모른다. 주머니를 잃어버린 곳은 이 천 조각을 찾은 위치보다 더 위라는 뜻이니. 만에 하나 옥가락지가 찢긴 부위로 빠졌다고 하더라도 아마 근처에 있을 것이야.'

나는 애써 기운을 차려보려고 했다. 실망감과 허탈함에 기분이 좋지는 않았지만, 그럼에도 내가 할 일은 변함이 없었다. 그러니 정신을 가다듬고 다시 옥가락지를 성심껏 찾아보자고 스스로를 위로했다. 그때였다.

"남천진 아저씨!"

나를 부르는 망백의 목소리가 저 위에서 들려왔다. 아마 무언가를 찾은 듯한 느낌이었다.

"남천진 아저씨! 찾았어요!"

수차례 산에 울려 퍼지는 메아리를 들으며 나는 저 위로 뛰쳐 올라갔다. 분명하다. 망백이 찾은 게 분명하다. 방금까지 느꼈던 낙심을 떨쳐버리고, 나는 위로 빠르게 올라갔다. 다시금, 희망을 품고.

얼마 뒤, 망백과 해선의 모습이 보이기 시작했다. 그 둘은 길옆에 있는 골짜기에 서서 맞은편 절벽을 보고 있었다.

"남천진 아저씨, 감색 주머니에 옥가락지가 들었다고 했었죠? 혹시 반대편 낭떠러지 중간에 걸려있는 저것이 맞아요?"

나는 망백의 말을 듣고 그가 가리킨 곳을 쳐다보았다. 망백의 손끝이 향한 곳은 맞은편 절벽의 중간 즈음에 나 있는 조그마한 나무였다. 자세히 보니 그 나무의 가지에 내 감색 주머니가 걸쳐있었다.

"고맙다, 망백아. 잘했어!"

"헤, 뭘요. 사실 제가 아니라 해선 누나가 찾았어요! 그보다 저 감색 주머니가 어떻게 반대편 낭떠러지에 걸렸을까요?"

"…."

"그날 비가 많이 오면서 빗물에 휩쓸린 듯하군. 그나저나 이젠 저쪽으로 건너가는 게 고비가 되었어. 망백아, 혹시 건너편으로 가는 길을 아느냐."

"음, 반대편에 넘어가는 건 힘들 것 같아요. 나무가 높은 곳에 있기는 하지만, 그래도 중간보다는 밑에 있으니 저 골짜기 아래로 내려가는 게 좋을 듯해요. 해선 누나는 잠시 위에서 기다릴래? 나랑 아저씨만 갔다 와도 될 것 같아."

"…."

해선은 말없이 고개를 끄덕였다. 그리고는 망백의 헐렁한 옷을 정리해주었다. 망백이 걱정되니, 조심해서 갔다 오라는 듯한 당부 같았다.

그녀가 망백의 옷을 가지런히 여며서 정리해준 뒤 나를 물끄러미 올려다보았다. 아마 내 옷차림도 신경 쓰는 듯했다.

"나는 괜찮아. 마음만 받지. 고마워."

내가 조심스레 거절하자 해선은 자신의 손을 만지작거리며 가만히 서 있었다. 조금 아쉬운 듯한 표정이었다. 그런 해선의 모습을 보며 이전의 일들이 생각나 머릿속이 조금 복잡했으나, 그것을 신경 쓸 여유는 없었다. 한시라도 빨리 옥가락지를 찾았으면 하는 마음이 앞섰다.

"얼른 다녀오겠소. 망백아, 같이 내려가자."

"네, 아저씨. 저기 왼편에 내려갈 수 있는 완만한 길이 있어요. 저쪽으로 내려가요."

나와 망백은 해선을 위에 두고 얼마 떨어지지 않은 곳에서 골짜기로 내려가는 비탈길을 찾았다. 비탈길은 경사가 그리 가파르지 않아 비교적 쉽게 내려갈 수 있었다. 그렇게 골짜기 아래로 내려갔을 때 보이는 광경은 사뭇 달랐다. 골짜기가 메마른 것인지 물이 흐른 흔적은 남아있지 않았고, 양쪽에 흙으로 뒤덮인 절벽은 황량하게 느껴졌다. 풀 한 포기조차 보이지 않았고, 사방에는 그저 크고 작은 바위들이 어지러이 깔려있었다.

나와 망백은 그 바위들을 넘어 주머니가 걸려있는 나무 아래쪽으로 천천히 다가갔다. 발밑에 깔린 바위가 흔들리고 각각의 크기도 제각각이어서 접근하기 쉽지는 않았다. 하지만 몸놀림이 날랜 망백의 뒤를 따라 서서히 어찌저찌 갈 수는 있었다. 곧 나와 망백은 주머니 아래쪽에 있는 커다란 바위까지 다다랐다. 우리는 감색 주머니가 걸린 나뭇가지를 올려다보며 어찌할지 방도를 찾았다.

“내가 손을 뻗어도 저기에는 닿지 않을 것 같구나. 망백아, 내가 저 나뭇가지 아래에 서 있을 테니 네가 나를 밟고 어깨 위로 올라서는 건 어떠냐?”

“음, 그래도 닿지 않을 것 같아요. 생각보다 높이 있기도 하고, 우리가 지금 밟고 있는 바위도 흔들리는 것 같아요.”

“음, 그럼 내가 근처에서 막대로 쓸 만한 것 좀 찾아오마. 이리저리 휘젓다 보면 저 위에 걸려있는 주머니에 맞겠지.”

“그럼 제가 바위 아래에 돌을 깔아서 움직이지 않게 고정해놓을게요.”

나는 골짜기를 따라 걸으며 주위를 살펴보았다. 사방이 돌밖에 없는 작은 골짜기였지만, 크고 작은 나뭇가지는 제법 떨어져 있었다. 그리 멀리 가지 않아도 찾을 수 있던 탓에, 나는 낭떠러지 근처를 돌아다니며 둘러보았다.

‘이건 너무 짧고, 저건 너무 무거워 보이는군. 혹시 모르니, 적당한 걸 골라 서너 개만 챙겨야겠어.’

나는 주위에 떨어져 있던 것 중 가볍고 긴 나뭇가지만 골라 챙겼다. 그렇게 주위를 살피던 중, 미끄러운 것이 발에 밟히는 느낌이 들었다. 진득하게 바위 사이로 뚝뚝 떨어지며 흐르는 무언가. 그건 새빨간 피였다.

비릿한 냄새에 이끌려 피가 흘러나오는 곳으로 고개를 돌려보았다. 내가 서 있는 바로 옆에서, 절벽 바로 아래의 큰 2개의 바위 사이에 짐승의 형체가 보였다. 목이 꺾여있는 채로 바위에 낀 고라니였다.

‘윽, 고라니 시체인가? 죽은 지 얼마 되지 않은 것 같은데, 절벽 위에서 떨어져 끼인 모양이군. 가엾은 것…’

나는 신에 묻은 피를 바닥에 문지르며 대충 닦았다. 무언가 꺼림칙했지만, 서둘러 옥가락지를 찾고 싶은 마음에 주운 나뭇가지를 챙기고 망백이 기다리고 있는 곳으로 돌아갔다.

내가 돌아왔을 때, 망백은 흔들거리는 바위 아래에 무언가를 넣고 있었다. 아마 비어있는 공간에 돌을 넣어 고정하는 듯했다.

“망백아, 여기 나무막대를 챙겨왔다.”

“예, 아저씨, 저도 여기를 튼튼하게 고정해놨어요. 아저씨가 여기에 올라서서 벽을 짚고 서 있으면, 제가 어깨를 밟고 올라가서 나무막대로 이리저리 쳐볼게요.”

“그래, 얼른 해보자.”

나는 망백과 적당한 길이의 나뭇가지를 바닥에 두고 살펴보았다. 그 중에서 가장 가벼운 것을 하나 골라 망백에게 건네주었다. 그 뒤 나와 망백은 주머니가 걸린 나뭇가지 밑에 있는 바위로 조심스레 올라갔다. 그리고는 두 손으로 벽을 짚고 조금 기울어서 섰다. 망백은 내 옷깃을 잡고 천천히 올라가 내 어깨 위에 두 발을 올려놓았다. 망백은 한 손으로는 나와 같이 벽을 짚고, 다른 손으로 나무막대를 주머니가 걸린 나뭇가지 쪽으로 휘적거렸다.

“됐느냐?”

“잠시만요, 닿을 것 같아요!”

위에서 망백이 조금씩 움직이는 탓에 중심을 잡고 서 있기 힘들었다. 어깨가 욱신거리고 금방이라도 다리에 힘이 풀릴 것 같았다. 그러나 바위 위에 서서 위험했기에, 자칫 잘못했다간 큰 봉변을 당하리란 생각이 들어

이를 악물고 버텼다. 그렇게 잠시 동안 나와 망백이 옥가락지를 찾으려 고군분투하고 있을 때, 골짜기 위쪽에서 해선의 목소리가 들려왔다.

"아아… 아아!"

"거의… 다 됐어요!"

그러나 나와 망백은 눈앞에 있는 주머니에 혈안이 되어 해선의 목소리를 듣지 못했다. 내 어깨를 밟고 있는 망백의 움직임이 점차 격렬해지는 것이 느껴졌다. 다리와 허리를 지탱할 힘이 서서히 빠지고 있었다. 이대로 두었다간 나는 물론 어깨에 올라탄 망백까지도 위험하리란 생각이 들었다. 어쩔 수 없이 다음을 기약해야겠다고 다짐하고, 망백에게 그만 내려오란 말을 꺼내려 했다. 그때.

탁탁탁. 데구루루. 바위 아래의 바닥에 무언가 튕기는 소리가 들려왔다. 주머니 안에 있던 옥가락지가 떨어진 것이었다. 그 소리에 너무 놀란 나머지, 나는 다시금 다리에 힘을 주고 어깨 위에 올라탄 망백에게 소리쳤다.

"잘했다, 망백아! 고맙다!"

"하, 진짜 힘들었어요."

"아아! 아아!"

망백은 서둘러 내 어깨 위에서 내려왔다. 그리고 옥가락지가 떨어진 소리가 난 곳을 살펴보았다. 조금은 멀리 떨어진 모양이었지만, 그래도 근처에 있다는 걸 알았으니 금방 찾을 수 있을 터였다. 나와 망백은 바닥과 바위틈 사이를 살피며 골짜기 길을 따라 살펴보았다.

"분명 이쪽으로 떨어졌는데…. 아! 찾았다!"

망백이 저 멀리 바닥에 떨어진 옥가락지를 발견하였다. 높은 곳에서 떨어진 나머지 멀리까지 굴러간 모양이었다. 그나마 다행히 부서진 곳 없이 온전한 모습을 하고 있었다. 망백은 서둘러 옥가락지가 떨어진 곳으로 달려갔다. 그리고 자세를 낮추어 그것을 주우려고 한순간, 골짜기 위쪽에서 해선의 목소리가 다시금 들려왔다.

"아아아!"

해선의 목소리는 저번에 천명과 깊은 밤에 대화했을 때 들었던, 악에 받친 듯한 소리였다. 나와 망백에게 무언가를 급히 알려주고자 내뱉은 말 같았다. 나는 해선의 비명을 의아하게 생각하며 고개를 돌려 망백이 있는 골짜기의 한끝을 바라보았다. 그와 동시에 골짜기의 저 멀리서, 무언가 흙먼지가 이는 것이 보였다. 망백도 무언가 심상치 않음을 느꼈는지, 옥가락지를 주우려다 말고 그 자리에 멈춰서 나와 같이 골짜기의 저 먼 곳을 바라보았다. 그 흙먼지는 점차 크기가 커져 가며, 나와 망백이 있는 쪽으로 다가오고 있었다. 자세히 보니 세차게 이는 흙먼지 사이로 무엇인가 조금씩 움직이고 있었다. 잠시 후 나와 망백은 동시에 소리를 치며 그것들이 달려오는 반대편으로 뛰쳐나갔다.

"검은 개…! 검은 개들이다!"

# 8. 검은 개들

검은 개, 곧게 선 검은 털과 날카로운 송곳니, 커다란 발톱을 크고 사나운 개들. 늑대 같은, 아니 오히려 늑대보다 더 큰 그 놈들이 흙먼지를 일으키며 달리고 있었다. 흙먼지 사이로 보이는 그놈들은 큰 이빨을 드러내고 큰 입을 벌리고 있었다. 얼핏 봐도 십수 마리는 족히 되어 보였고, 하나같이 구변에 붉은 피를 뚝뚝 흘리고 있었다. 좁고 바위가 널려있는 골짜기 사이로, 놈들은 빠르게 우리를 향해 달려오고 있었다.

나와 망백은 골짜기를 따라 쭉 달려갔다. 방금 해선이 있는 절벽에서 골짜기로 내려온 비탈길로, 우리는 본능적으로 뛰기 시작한 것이다. 정신없이 달리기 시작한 나는 그 급박한 상황 속에서도 무언가 의문이 들었다.

'분명 비희가 저번에 말했다. 검은 개들의 우두머리가 바뀌면서 상황이 변했다고. 그래서 낮에 돌아다니는 것은 이해할 수 있다. 하지만… 저놈들이 어째서, 왜 우리 쪽으로 오는 것이지? 분명 아무런 까닭도 없을 터인데.'

순간 뇌리에 골짜기에서 봤었던 고라니 사체가 스쳐 지나갔다. 비탈길을 향해 뛰어가던 나는 잠시 뒤를 흘겨보았다. 검은 개들의 입가에 진득하게 피가 묻어 흐르고 있었다. 그제야 알았다. 왜 검은 개들이 쫓아오는지를.

'내가 밟았던 고라니의 피 냄새를 맡고 쫓아온 것이구나!'

"아저씨, 빨리요!"

어느새 나보다 앞서간 망백이 비탈길 아래에서 조급하게 나를 기다리고 있었다. 나는 곧 망백이 서 있는 비탈길에 도착하여, 그와 함께 올라가기 시작했다. 비탈길은 경사가 조금 가파르고, 잡고 올라갈 것이 마땅치가 않았다. 하지만 달리 방도가 없었다. 이 비탈길을 오르지 못하면, 저놈들에게 따라잡혀 산채로 뜯어먹힐 테니. 나는 있는 힘껏 비탈길 표면에 돌출된 돌들을 잡으며 올라갔다. 아래에서 망백을 받치며, 그와 함께 천천히 올라가기 시작했다. 처음에는 급한 마음에 비탈길의 중간까지 빠르게 오를 수 있었다. 그러나 그 이후 망백은 손이 계속 미끄러지는 듯, 비탈길을 제대로 오르지 못하고 중간에 멈추었다. 어느덧 그놈들은 나와 망백에게 점점 더 가까워지고 있었다.

"망백아! 조금 느려도 괜찮다. 침착하게, 천천히 올라가!"

"예, 아저씨…, 미안해요!"

망백은 울먹이는 듯한 목소리로 말을 했다. 나는 할 수 없이 그를 한 손으로 밀어주며 비탈길을 올라갈 수 있게 해주었다. 그러자 망백이 천천히 올라가기 시작했고, 나도 그의 바로 뒤에서 쫓아 올라갔다. 그러나 이미 검은 개들은 우리의 발 바로 아래까지 와있었다. 그놈들은 내 바로 아래에서 우리를 뒤쫓아 비탈길을 타고 올라오기 시작했다. 그놈들도 가파른 경사 탓인지 아래로 굴러떨어지고 미끄러지긴 했지만, 그럼에도 우리보다 훨씬 빠르게 올라왔다. 발아래에서 그놈들의 거친 숨소리가 점점 가까워지는 것이 느껴졌다. 이대로면 나는 물론이고 망백도 위험해질 것이 분명했다. 탁, 탁. 그때 머리 위에서 무언가 떨어지는 것이 느껴졌다. 그와 동시에 바로 위에 있는 망백의 목소리가 들려왔다.

"아저씨, 고개 숙여요!"

아니, 정확히는 검은 개들의 머리 위로 떨어지는 것이었다. 크고 작은 돌들이 검은 개들의 눈과 입을 향해 쏟아지기 시작했다. 나는 고개를 슬며시 들어 돌이 떨어지는 곳을 보았다. 해선이 근처에서 돌을 주워 던진 것이었다. 해선의 돌팔매를 맞고도 검은 개들은 아픈 기색이 보이지 않았지만, 가파른 비탈길이어서 그런지 검은 개들은 잠시 주춤했다. 결국, 그놈들은 비탈길의 중간에서 멈춰선 채 큰 송곳니를 드러내고 우리를 노려보았다. 그르르르. 검은 개들이 우리를 향해 이빨을 가는 소리가 들려왔다. 그 틈을 타 나와 망백은 간신히 비탈길 위쪽으로 올라와 해선과 합류할 수 있었다. 망백은 곧장 해선의 품으로 달려가 그녀에게 안겼다.

"해선 누나! 나 무서웠어, 엉엉."

"해선아, 고맙다. 덕분에 살았어. 빨리 이 자리를 벗어나자."

잠시 쉴 틈도 없이, 나는 피가 묻은 신을 골짜기 아래로 벗어던졌다. 그리고는 잠시 고개를 내빼어 검은 개들을 바라보았다. 아니나 다를까, 그놈들은 다시 그 비탈길을 천천히 오르고 있었다. 그 광경을 보자마자 나는 해선과 망백의 손을 잡아 숲속으로 뛰기 시작했다. 언제 검은 개들이 올라와 우리를 뒤쫓을지 모르기에, 한시라도 빨리 그놈들에게서 벗어나야 한다고 생각했다. 곧 뒤에서 검은 개들의 울음소리가 들려왔다.

"아저씨, 해선 누나! 얼른 뛰어요!"

어느새 망백이 정신을 차리고 앞장서서 나서서 뛰어가고 있었다. 무성한 수풀에 가려져 앞이 잘 보이지 않았지만, 우리는 그저 순순히 망백을 믿고 달리는 수밖에 없었다. 발에 채는 풀들이 점점 많아지고, 나무들도 점차 무성해져만 갔다. 선족[34]에 가시와 돌멩이 같은 것이 박혀 따가운 느낌이 들었고, 나무 사이도 좁아 점차 뛰기 어려웠다. 망백은 그나마 체구가 작아 수풀 사이로 잘 헤쳐나갔지만, 그를 따라가는 나와 해선이 조금씩 뒤처지기 시작했다. 특히나 해선이 눈에 보일 정도로 가쁘게 뛰어가는 것이 보였다. 그러다 저기 뒤에서 검은 개들의 모습이 보이기 시작했다. 그놈들이 가까워지는 게 느껴졌다.

"아저씨, 해선 누나! 조금만 더 빨리 달려요!"

망백은 계속 뒤를 돌아보며 나와 해선을 챙겼다. 그러나 우리는 뒤돌아볼 틈도 없었다. 눈앞에 있는 가지와 넝쿨을 쳐내고, 바위와 뿌리를 넘어 달리기만 했다. 그저 앞만 보며 망백의 말만 듣고 달릴 수밖에 없었다. 그렇게 가쁘게 숨을 몰아쉬며 정신없이 뛰고 있을 때였다.

"해선 누나!"

망백의 경악스러운 외침과 함께 무언가 잘못되었다는 것이 느껴졌다.

---

34 선족: 아무것도 신지 아니한 발

어느새 등 뒤에서 달려오던 해선의 기척이 느껴지지 않았다. 나는 순간 멈춰 서서 고개를 돌려 뒤를 돌아보았다. 그러나 아무것도 보이지 않았다. 내 바로 뒤에서 따라오던 해선이 사라진 것이다.

"해선 누나! 잠시 기다려, 내가 갈게!"

망백은 갑자기 검은 개들을 향해 뛰기 시작했다. 아니, 정확히는 해선을 향해 뛰어간 것이었다. 뿌리에 걸려 넘어져 풀숲에 가려진 해선을 향해. 넘어진 해선은 오지 말라는 듯이 고개를 가로저으며 손짓했다. 그러나 망백은 그녀의 말을 무시한 채 곧장 달려나갔다.

"아아…."

"망백아, 위험하다!"

저 멀리서 뛰어오는 대여섯 마리의 검은 개들이 보이기 시작했다. 처음에 골짜기에서 봤던 수보다는 적었지만, 먼저 올라온 놈들이 빠르게 우리의 뒤를 쫓은 것이다. 놈들은 풀숲을 헤치며 매섭게 뛰어오고 있었다. 그럼에도 망백은 해선에게 달려가 그녀의 다리에 감긴 뿌리를 풀어주었다.

"누나, 됐어! 이제 발을 빼고 얼른 뛰어!"

망백은 해선의 다리를 꺼내어주고, 그녀의 손을 꼭 잡았다. 그리고는 다시 내 쪽으로 서둘러 뛰어왔다. 그러나 검은 개들이 아까보다 더 가까이에 와있었다. 그리고 그중 유독 빠른 두 마리가 망백과 해선의 바로 뒤까지 쫓아왔다. 그놈들은 커다란 입을 벌리고 둘을 향해 동시에 달려들었다.

"망백아! 해선아!"

사나운 검은 개 두 마리가 망백과 해선을 덮치는 순간, 나는 두 눈을 질끈 감았다. 두 아이가 짐승들에게 죽임을 당하리라 생각되었다. 그때, '팽' 무언가 나무에 꽂히는 소리가 들려왔다. 분명 어디서 들어본 적 있는 소리. 나는 조심스레 눈을 떴다. 망백과 해선은 멀쩡하게 내 쪽으로 뛰어오고 있었다. 그리고 둘을 덮쳐왔던 검은 개들 중 한 마리는 입을 벌린 채 나무에 박혀있었고, 다른 한 마리는 그 자리에서 멈춰선 채 우리를 노려보며 경계하고 있었다. 자세히 보니 나무에 박힌 놈은 화살에 입이 꿰뚫린 채로 나무에 박혀 있었던 것이다.

"멍하니 있지 말고 빨리 뛰어와!"

등 뒤에서 익숙한 목소리가 들려왔다. 나는 목소리가 들린 방향으로 고개를 틀어 그를 바라보았다. 천명, 천명이었다. 천명은 내 뒤에서 활을 든 채 검은 개들을 겨누고 있었다. 그제야 나는 망백과 해선을 챙기고 다시금 뛰기 시작했다.

"망백아, 잘했다! 해선아, 챙겨주지 못해 미안하다."

"천명 형, 언제 왔어! 우리가 여기에 있는 줄은 어떻게 알고!"

"아아!"

"여기 오면서 죽은 지 얼마 안 된 동물의 사체가 널브러져 있는 걸 봤다. 비희 누나랑 소하도 같이 왔었는데, 지금은 안전한 곳에 숨었어. 얼른 뛰어라. 저놈들, 다시 우리 쪽으로 온다."

천명의 말대로 검은 개들이 다시 우리를 향해 달려오고 있었다. 이번에는 길을 아는 망백과 해선을 앞세우고, 그 뒤를 나와 천명이 뒤쫓아 갔다. 천명은 후미에서 검은 개들의 위치를 확인하며, 그놈들을 향해 연달아 활을 쏘았다. 검은 개들이 거의 맞지는 않았지만, 그 덕분에 놈들이 우리를 경계하며 거리를 유지할 수 있었다.

"망백아, 뛰면서 잘 들어라! 내게 남은 화살이 얼마 없으니, 이대로면 저놈들에게 다 따라잡혀 죽을 수도 있다. 그러니 넷이서 뭉쳐 다니기보다 차라리 찢어지는 게 나을 거야. 내가 활을 쏘며 놈들을 유인할 테니, 네가 둘을 데리고 가까운 '개미집'으로 들어가!"

"그러면 형은 어떡하고!"

"다 방도가 있으니 걱정 말고 가, 어서!"

"…."

망백은 걱정된다는 듯이 말했지만, 천명은 망백에게 단호하게 말했다. 망백은 끝내 천명에게 대답하지 않고 앞만 보고 뛰었다. 그렇게 바쁘게 숲을 헤치며 뛰어가던 중 저 멀리서 거대한 밤나무 하나가 보이기 시작했다.

"망백아, 이제 난 저기 밤나무로 갈 테니, 그만 여기서 찢어지자. 나중에 '나무기와'에서 무사히 보자."

천명은 다시 뒤돌아 검은 개들을 향해 활을 몇 발 쏘더니, 곧장 밤나무를 향해 방향을 틀었다. 마치 자신을 쫓아오라고 유인하는 듯했다. 망백은 그 모습을 보지 않은 채 앞만 보고 달렸고, 나는 그의 뒤를 따라갔다. 그러나 갑자기 내 앞에서 달리던 해선의 모습이 보이지 않았다. 그 순간 나는 고개를 돌려 주위를 살펴보았다. 해선은 망백이 아닌 천명을 따라간 것이었다.

"해선 누나, 뭐하는 거야! 망백일 따라가랬잖아!"

해선의 행동에 천명도 당황스러웠는지, 그녀를 꾸짖듯이 말했다. 그러나 해선은 아무런 반응도 하지 않고 그저 천명을 따라가기만 했다. 얼핏 본 해선의 얼굴에는 무언가 굳은 결심을 한 표정이 드러나 있었다. 천명도 해선의 표정을 본 듯, 아무 말을 하지 않은 채 묵묵히 앞을 보며 뛰어갔다. 이미 해선이 다시 방향을 틀어 우리를 향해 오는 것은 늦은 듯했다. 천명도 그 사실을 알았는지, 해선의 손을 잡고 밤나무를 향해 뛰어가기 시작했다.

그렇게 우리는 각자 살길을 찾아 흩어졌다. 나와 망백은 '개미집'이란 곳으로, 해선과 천명은 밤나무를 향해.

***

나는 망백을 따라 울창한 숲속을 계속 뛰었다. 얼마 동안이나 이 거대한 숲을 뛴 것인지는 모르지만, 뒤를 돌아보면 아직도 저 멀리서 검은 개들이 쫓아오는 것이 보였다. 무성한 나무들과 높이 자란 풀 때문인지 앞을 볼 수가 없었기에, 망백만을 믿고 따라왔다. 땀방울이 피와 함께 섞여 흐르고, 가쁘게 뛰던 숨도 이제 잘 쉬어지지도 않았다. 갑자기 눈앞이 검게 보이기도 하고, 길이 어지럽게 느껴지기도 했다. 그러나 달릴 수밖에 없었다. 뛰던 다리를 멈춘 순간, 저 검은 개들에게 물려 죽을 테니까.

"다 왔어요, 아저씨! 여기에요!"

그렇게 우리는 망백이 말한 곳에 도착했다. 그러나 나는 당혹감을 감추지 못했다. 그렇게 뛰어왔는데, 정작 눈앞에 보이는 것은 높고 거대한 절벽뿐이었다. 몹시 가파르게 깎아지른 절벽, 그리고 그 절벽과 땅바닥을 덮은 뿌리와 넝쿨들뿐. 당최 무슨 연유로 망백이 이곳에 온 지 이해할 수가 없었다. 그저 망백이 공포에 눈이 멀어 실성한 줄로만 알았다. 그러나 망백은 곧 바닥에 엎드려 손으로 이곳저곳을 더듬어보았다. 무엇이라도 찾는 듯했다. 어느새 검은 개들은 저 멀리서 달려오는 것이 보였다. 더이상 도망칠 곳도 없어, 이대로면 속절없이 죽을 것 같았다. 나는 뒤를 돌아 떨리는 오른손으로 허리에 찬 도검을 빼 들었다.

'그래, 이놈들아. 어디 올 테면 와 봐라.'

세 마리, 검은 개들이 달려오는 것이 보였다. 맨 앞에는 가장 작고 빠른 놈이 홀로 나무들 사이를 가르며 뛰어오고 있었다. 그리고 그놈과 거리가 꽤 벌어진 채 나머지 두 놈이 뒤쫓아왔다. 그때 뒤에서 무언가 소리가 들렸다. 덜컹. 나는 고개만 돌려 뒤를 잠시 돌아보았다. 어느새 바닥에 깔려있던 넝쿨들이 모두 걷혀 있었다. 그리고 그 자리엔 커다란 나무판자가 네모나게 깔려있었고, 그 중앙엔 철로 된 원형의 덮개가 바닥에 있었다. 망백은 힘을 주어 그 덮개를 간신히 들어 올렸다. 덮개가 열리자 사람이 간신히 들어갈 수 있는 구멍 같은 것이 보였다.

"아저씨, 됐어요! 안으로 들어와요!"

그러나 그와 동시에 선두에 있던 검은 개가 어느새 내 바로 앞까지 달려왔다. 그놈은 입을 크게 벌린 채 나를 향해 뛰어올랐다. 나는 무의식적으로 왼팔을 들었고, 그놈은 내 팔을 물어뜯었다. 그놈의 송곳니가 내 살갗을 파고들어 뼈를 부수고 팔을 분지르려 했다. 피가 뚝뚝 흐르며 정신이 혼미해질 것같이 아팠지만, 나는 정신을 붙들고 오른손에

든 검으로 놈의 턱을 밑에서 강하게 찔러 넣었다.

깨갱, 외마디 비명과 함께 내 검은 놈의 아래턱과 혓바닥을 꿰뚫고 놈의 위턱에 꽂혔다. 그러자 놈의 턱에서 힘이 빠지며 내 손을 놓아버렸다. 나는 손에서 검을 놓은 채 뒤돌아서 망백이 들어간 구멍으로 뛰어들었다. 어느새 나머지 두 마리의 검은 개들도 거의 다 따라왔기 때문에, 주저할 틈이 없었다. 나는 있는 힘껏 뛰었다.

"망백아, 입구를 막아!"

나는 간신히 구멍에 들어올 수 있었다. 아니, 사실상 구멍으로 떨어진 것과 다름없었다. 망백은 내가 들어옴과 동시에 아까 열었던 덮개를 서둘러 닫았다. 가까스로 검은 개들이 오기 전에 입구를 틀어막을 수 있었던 것이다.

머리 위에서 검은 개들이 사납게 짖는 소리가 들려왔다. 나는 가쁜 숨을 몰아세우며 침착하게 정신을 가다듬었다. 물어뜯긴 왼팔은 피가 철철 흐르며 뼈가 훤히 보일 정도로 깊게 물려있었고, 몸의 여기저기에는 잔상처가 가득했다. 전신에 힘이 빠지는 것 같았지만, 쉴 틈은 없었다. 놈들이 위에서 덮개를 이빨로 갉거나 발톱을 세워 긁고 있었기 때문에. 두꺼운 철과 나무판자로 되어있지만, 행여나 놈들이 그것을 들춰내서 들어올지도 모른다. 나는 서둘러 망백을 도와 덮개 아래쪽에 있는 손잡이를 힘껏 끌어당겼다.

"망백아, 조금만 버텨라. 우린 살 수 있다."

"예, … 알겠어요, 아저씨!"

그렇게 얼마 동안의 시간이 지났을까. 점차 놈들의 짖는 소리가 잦아들기 시작했다. 그와 동시에 이빨과 발톱으로 나무판자와 덮개를 긁는 소리도 멈추었다. 놈들이 포기한 것이 분명하다. 그리 생각한 나와 망백은 꼭 잡고 있던 손잡이를 놓았다. 아무런 일도 일어나지 않았다. 그제야 나와 망백은 자리에서 쓰러졌다. 온몸이 피와 땀으로 젖었고 기진맥진하여 몸에 들어갈 힘이 없었다. 끝이라는 생각에 한껏 긴장되었던 몸이 풀어지며, 온몸이 뻐근하게 느껴졌다. 망백은 내 옆에 쓰러진 채로 한없이 눈물을 흘리며 목을 놓아 울기 시작했다. 그토록 짧은 순간에 몇 번이고 죽을 고비를 넘겼는지. 가슴은 계속 요동치고 손끝은 아직도 떨리고 있었다.

그럼에도 그리 썩 나쁘지만은 않았다. 그 온갖 고통과 떨림이 내가 숨을 쉬고, 살고 있어서 느낄 수 있는 것이었기에. 그저 그것이 다행이었다.

***

"해선 누나, 어디 다친 곳은 없어? 아까 넘어진 다리는 괜찮아?"

해선은 괜찮다는 듯, 고개를 끄덕였다. 천명은 그녀를 전체적으로 훑어보고, 그제야 안도의 한숨을 내쉬었다. 그리고는 고개를 내빼어 아래를 쳐다보았다. 밤나무 아래를 둘러싼 검은 개들이 주위를 어슬렁거리고 있었다.

"나무 위에 올라올 공간이 있어 다행이야. 검은 개들은 둘, 셋 … 전부 다섯 놈이군. 아까 세 마리 정도가 망백을 쫓아갔는데. 어디서 튀어나온 건지 처음보다 분명 많아졌어. 그 둘은 무사할지 모르겠군. 일단 우리부터….”

천명의 발에는 피가 뚝뚝 흐르고 있었다. 해선을 먼저 밤나무 위로 올리고 본인도 따라 올라가려 할 때 검은 개들한테 물어뜯긴 것이었다. 나무를 타고 흐르는 피들을 보며 검은 개들은 흥분해서 크게 짖어대었다. 천명은 해선이 신경 쓰는 것을 눈치챈 듯이, 조심스레 입을 열었다.

“걱정하지 마, 그냥 긁힌 상처야. 별로 아프지도 않아.”

해선은 그런 천명을 빤히 쳐다보았다. 자기가 따라오지 않았더라면, 어쩌면 다치지 않았을 거란 생각이 들기도 했다. 그렇게 잠시 뒤 해선은 말없이 천명의 화살통에서 화살 하나를 꺼내 들었다. 그리고 자신의 한쪽 소매를 화살촉으로 슬근슬근 자르기 시작했다.

“누나…, 해선 누나! 뭐하는 거야?”

해선은 천명의 만류에도 불구하고, 묵묵하게 그저 팔 한쪽을 잘라내었다. 그렇게 잘라낸 소매를 천명의 발에 대고 조심스럽게 묶어주었다. 그리고는 해선은 천명의 얼굴 가까이에서 그를 올려다보았다. 미안하다고, 그리고 고맙다고 말하는 듯했다.

“고마워, 누나. 이제 괜찮아.”

천명은 그런 해선의 머리를 조금 쓰다듬으며 그만해도 된다는 듯이 손짓했다. 그리고는 등에 메고 있는 화살통을 흘깃 보며 골똘히 생각에 잠겼다.

‘남은 화살은 넷. 검은 개들은 다섯이니 신중하게 쏘아야 한다. 그리고….’

천명은 시끄럽게 짖어대는 검은 개들 중에서 조용히 위쪽을 노시하는[35] 한 마리를 내려다보았다. 붉은색의 눈, 그리고 옆구리에 있는 커다란 흉터, 다른 놈들보다 큰 몸집을 가지고 나무 주위를 서성이며 물 흐르듯이 고요히 움직이는 놈. 모두 비슷비슷하게 생겨서 확실히 구분은 어려웠지만, 천명은 본능적으로 알았다. 저놈이 우두머리라는 것을. 저놈만 잡으면 될 것이라고.

'그래, 알겠다. 네놈이 바로 '바우라'구나.'

천명은 조용히 활을 들었다. 아까 해선이 꺼내 들었던 화살을 받아 시위에 걸고, 시위를 있는 힘껏 당겼다. 그의 활촉은 바우라를 겨누고 있었다. 천명은 천천히 숨을 골랐다. 그리고는 숨을 멈추고 바우라만을 노려보았다. 잠시 후 천명은 힘주어 당기고 있던 시위를 놓았다. '팽' 천명의 화살이 시위를 떠남과 동시에 어딘가에 박히는 소리가 들렸다. 그것은 바우라의 옆을 스쳐지나 땅바닥에 꽂혔다.

'빗나갔다! 아니, 저놈이 피한 거야. 내가 시위를 놓기 전에 기미를 눈치채고 빠르게 몸을 돌렸다.'

천명은 다시 화살 하나를 꺼내어 들고 다시 바우라를 겨누었다. 이번에는 더욱 활시위를 힘주어 당기고, 천천히 호흡을 가다듬었다. 더욱 신중하게, 적확히 그놈을 향해 쏘았다. '팽' 그러나 이번에도 역시 바우라는 맞지 않았다. 오히려 방금보다도 더 크게 빗나갔다. 바우라는 빗나간 화살을 보며 천명을 비웃기라도 하는 듯이 더욱 가까이 밤나무 주위를 맴돌았다.

천명은 조급한 마음이 들었다. 심장이 빠르게 요동치고, 몸은 긴장

35 노시하다: 성난 눈으로 보다

하여 굳어지는 것 같았다. 이대로면 죽으리란 생각밖에 떠오르지 않았다. 그럼에도 포기할 수는 없었다. 천명은 바들바들 떨리는 손으로 화살통에서 화살을 꺼내 들었다. 그리고 조심스럽게 바우라를 겨누었다. 그러나 활을 드는 것도, 활시위를 당기는 것도, 활촉으로 저놈을 겨냥하는 것도. 모두 버겁게만 느껴졌다. 숨이 제대로 쉬어지질 않았고, 양손은 모두 떨리고 있었다. 그럴수록 손에 더욱 힘을 주어 시위를 팽팽하게 하였다.

'할 수 있다, 할 수 있어. 천천히… 저놈만 잡으면 된다. 하나, 둘….'

천명은 애써 바우라를 겨냥하고, 천천히 호흡을 가다듬었다. 그리고 천천히 숫자를 세며 손에 힘을 풀려 했다. 그때.

따뜻한 무언가가 볼을 조심스럽게 쓸어내리는 느낌이 들었다. 시위를 당긴 손에도 부드럽고 다정한 감촉이 느껴졌다. 천명은 어리둥절하며 활과 화살을 천천히 내리고 옆을 바라보았다. 천명의 바로 옆에 해선이 가까이에 와 있었다. 그녀는 천명이 긴장한 것을 느꼈는지, 해선은 한 손으로 그의 볼에 흐르는 땀을 닦아주고 있었다. 그리고 다른 한 손으로 떨리는 천명의 손을 따스히 잡아주었다. 그리고는 천명의 눈을 마주 보았다. 해선의 표정은 아무런 동요도 없이 고요하고 차분하게만 보였다.

"해선 누나…."

천명은 그런 해선을 보며 어이가 없다는 듯이 피식 웃었다. 그리고는 아래를 내려다보며 거듭 다짐했다. 꼭 살아가겠노라고. 천명은 조심스럽게 해선의 손을 놓고 활을 잡았다. 다시, 조심스럽게 시위에 화살을 걸었다.

'활을 들면 숨을 들이쉬어 가슴을 넓히고 배에 힘을 주어야 한다.'

천명은 천천히 숨을 고르고 자세를 고쳐잡았다. 가슴과 배에 힘을 주고 넓게 폈다. 그리고는 화살을 잡은 손에 힘을 주어 천천히 귀까지 당겼다.

'손에 조금만 더 힘을 주어 시위를 귀 뒤까지 당겨야 한다.'

불안감에 떨던 손이 어느새 멈추고 아까보다 더욱 힘이 들어갔다. 호흡이 아직 고르진 않았지만, 천명의 긴장이 풀림과 동시에 서서히 안정되어갔다.

'이제 호흡을 멈추고 준비가 됐으면 시위를.'

천명은 화살을 힘껏 당기고, 숨을 멈추었다. 바우라는 아직도 자신을 비웃기라도 하는 듯이 정면을 바라보며 아까보다 더 느릿하게 움직이고 있었다. 그러나 그건 아무런 상관이 없었다. 천명은 그저 바우라를 겨누며 그놈을 조용하게 바라보기만 했다. 그리고 천천히 머릿속으로 숫자를 세었다. 하나, 둘, 셋. 천명은 천천히 화살을 놓았다.

팽! 천명의 화살이 그의 손을 떠났다. 그 화살은 바우라의 구변[36]을 찢으며 옆구리의 흉터에 스치듯이 꽂혔다. 깨갱 하는 울음소리와 함께 바우라가 뒷걸음질 쳤다. 순식간에 나무 주위에 있던 검은 개들도 바우라의 곁으로 다가갔다. 그놈의 옆구리에서는 피가 화살을 타고 줄줄 흐르고 있었다. 그리고 당황스럽기라도 한 듯이 찢어진 입을 쉬이 다물지 못했다. 천명은 그놈이 황망히 서 있는 모습을 내려다보며 조용히 마지막 남은 화살을 꺼내 들었다. 그리고 천천히 시위를 당겼다. 바우라는 나무

36 구변: 입의 가장자리

위에서 자신을 노리는 천명의 모습을 보고는 뒷걸음질치며 울부짖었다.

아우우. 숲속에 바우라의 울음소리가 메아리쳤다. 그리고 화살이 꽂혀 절뚝거리는 바우라를 선두로 갑자기 검은 개들이 하나둘 숲속으로 모습을 감추기 시작했다. 천명은 검은 개들이 도망치는 모습을 보고 조심스레 활과 화살을 내려놓았다. 그리고는 다리가 풀린 듯이 그 자리에서 주저앉았다. 몸의 긴장이 풀려서인지, 아니면 살았다는 안도감 때문이었는지. 해선은 그런 천명을 조용히 껴안았다. 천명은 그제야 웃으며 해선의 등을 어루만져 주었다.

"누나, 고생했어. 그리고 고마워. 누나가 없었으면 나 홀로 죽었을 거야."

"…."

해선은 그저 말없이 천명의 품에서 미소를 지었다. 둘은 나무 위에 힘없이 풀썩 쓰러졌다. 어느새 시끄러운 산림도 고요해졌다.

***

"남천진 아저씨, … 여기요."

얼마나 쉬었을까. 동굴에서 나와 같이 바닥에 쓰러져있던 망백이 조심스럽게 일어나며 말을 걸었다. 그리고 그는 아직도 울먹거리는 목소리로 조심스레 쥐고 있던 주먹을 폈다. 그의 손에는 언제 주웠는지도 모르는 옥가락지가 들려있었다. 그제야 알았다. 저 날랜 아이가 골짜기의 비탈길을 오르는 것이 왜 그리 어려웠는지를, 항시 주먹을 쥐고 그렇게 도망쳤었는지를.

나는 그것을 보자마자 망백을 꼭 끌어안고, 연신 고맙다고 말했다.

망백도 많이 무서웠는지, 참았던 울음을 터트렸다. 그렇게 나와 망백은 한참이나 서로를 끌어안은 뒤에야 간신히 가슴을 진정시킬 수 있었다. 그 후 나는 망백에게 옥가락지를 받은 뒤, 그것을 조심스레 품속에 넣어놓았다. 그리고 정신을 차린 뒤에 서서히 주위를 둘러보았다. 입구 쪽에 있는 몇 개의 낮은 계단. 간신히 일어설 수 있을 정도로 천장이 낮고 좁은 동굴, 그러나 동굴은 그 끝이 보이지 않을 정도로 깊고 어두웠다. 동굴의 땅바닥은 고르게 되어있었고 양옆의 벽과 천장은 모두 둥근 모양으로 되어있었다. 마치 사람이 머물기보다는, 특별한 목적을 가지고 만든 곳 같았다.

"망백아, 헌데 이곳은 무얼 하는 곳이냐?"

"아… 여기요?"

망백은 아직도 진정이 되지 않았는지 흐느끼며 되물었다. 그러다가 망백은 애써 울음을 멈추고 머뭇거렸다. 그의 표정에는, 무언가 고민하는 듯한 기색이 내비쳤다. 망백의 말은 아직은 어눌하게 들렸지만, 그래도 어느 정도는 알아들을 수 있었다.

"비희 누나가 무슨 일이 생기면 아저씨를 이곳으로 데려와도 된다고 했으니, 말해도 될 거예요. 여기는 우리가 쓰는 통로 중 하나예요. 성으로 들어갈 수 있는 통로."

"성으로 가는 통로? 그게 무슨 말이냐."

"이 끝으로 계속 걸어가면 묵주 성으로 들어갈 수 있어요. 정확히는 묵주의 성안에 있는 빈 우물이지만요. 비희 누나가 종종 여러 성을 돌아다니는데, 묵주 성에 갈 때는 항상 여기를 통해서 가요."

"그렇다는 말은 혹시 다른 성으로 통하는 통로도 있다는 말이냐?"

"예 … 와패, 한라, 만광 등 다른 여러 성으로 가는 통로도 있어요. 이곳은 아니고 다들 떨어져 있는데, 비희 누나랑 제가 아니면 어디에 있는지 몰라요. 길 찾기가 어렵기도 하고, 워낙에 잘 숨겨놓았으니."

망백은 이후로도 계속 무슨 말을 했지만, 자세히 듣지는 못했다. 아니, 사실 이런 천기를 우연히 알게 된 것에 흥분되어 그의 말이 귀에 들어오지 않았다. 다른 성으로 통하는 통로라니, 이게 도대체 무슨 일인가! 전쟁과 침탈이 빈번하게 일어나는 난세에 이런 천운을 얻다니. 이를 이용한다면, 다른 성안에 쉽게 침입할 수 있는 것은 물론이고 전세를 유리하게 이끌고 갈 수 있다. 분명 와패로 돌아가 이 사실을 고한다면, 지난날의 죄를 용서받고 큰 공로를 세울 수 있을 것이다. 그런 생각이 드니, 피로했던 몸에 원기가 도는 것 같았다.

"아저씨, 아까 물린 팔은 괜찮으세요?"

"응? 아아, 견딜 만하다. 고맙다, 망백아."

"밖에 검은 개들의 기척이 느껴지진 않아요. 문을 조금만 열어서 잠시 확인해볼게요. 그놈들이 물러갔으면 얼른 도망가요."

"그래, 얼른 가자꾸나."

나는 망백의 뒤를 따라 조용히 문을 열고 나섰다. 그때 나도 모르는 사이에 내 입가에는 희미한 미소가 지어져 있었다.

## 9. 나무기와

이후로 나와 망백은 주위를 한참 동안 살핀 뒤에 그곳에서 나올 수 있었다. 그리고는 천명과 해선이 갔던 밤나무 쪽으로 조심스럽게 발걸음을 옮겼다. 다행히 검은 개들의 기척이 느껴지지 않았고, 무사히 천명과 해선을 만나 합류할 수 있었다. 망백은 나무 위에서 쓰러져있는 둘을 보고 그제야 안심했는지, 또다시 눈물을 흘렸다. 해선은 내 상처를 보고 한쪽만 남아있던 옷 소매마저 찢은 뒤 상처의 위쪽에 감아주었다. 천명은 한쪽 다리가 물려서 피가 흐르고 있었는데, 나는 그를 부축하며 망백과 해선을 뒤따라갔다. 나에게 도움을 받은 천명의 표정은 어딘가 석연찮아 보였지만, 어찌할 도리가 없었으니.

그렇게 우리는 망백의 안내를 받아 또다시 숲속을 헤치며 걸어갔다. 우리가 가는 곳은 '나무기와'라는 집인데, 비희와 소하, 천명이 짐을 옮긴 곳이라 한다. 그러나 얼마나 걸었는지는 모르겠지만, 검은 개들에게 쫓긴 탓인지 걷는 것조차 지치고 힘겹게만 느껴졌다. 더군다나 천명을 부축하며 함께 가고 있었으니. 이대로는 쓰러지겠단 생각이 들 때 즈음에 앞서가던 망백이 저 멀리서 외치는 것이 들려왔다.

"천명 형, 해선 누나, 아저씨! 다 왔어요!"

망백은 그 말을 하고는 곧바로 어디론가 들어가 버렸다. 그 목소리를 들은 우리는 애써 망백을 따라 그가 들어간 곳에 도착했다. 그리고 고개를 돌린 순간 알게 되었다. 왜 '나무기와'라는 이름이 붙여졌는지를.

눈앞에는 얼마나 큰지 가늠조차 되지 않는 굵고 거대한 나무가 한 그루 있었다. 아니, 실상은 서로 다른 여러 그루의 나무가 둥글게 이어져서 하나의 나무처럼 보인 것이었다. 그렇게 빈틈없이 모여있는 나무들의 한가운데엔 커다란 가옥 한 채가 자리를 잡고 있는데, 자세히 보니 지붕에는 기와나 초가 대신 무성한 수풀로 덮여있었다. 그렇게 나무들은 마치 담장처럼 가옥을 둘러싸고 있었고, 망백이 들어간 입구도 버드나무의 이파리들에 가려져 잘 보이지조차 않았다. 마치 주변의 나무들이 집을 지키려는 것처럼 에워싼 것 같았다. 그리고 웅장하고 신비로운 분위기를 풍기고 있는 집은 마치 신령이 사는 듯한 느낌이 들었다. 그렇게 내가 멍하니 '나무기와'를 바라보고 있을 때, 안쪽에서 익숙한 목소리와 함께 누군가 나오는 소리가 들렸다.

"애들아, 남형. 얼른 들어와!"

"해선 언니, 천명 오라비, 아저씨! 걱정 많이 했잖아."

비희와 소하였다. 둘은 멀끔하게 차려입고 버드나무잎을 가르며 버선발로 마중을 나왔다. 내 곁에 있던 해선은 조심스럽게 그 둘에게 다가가 안겼다. 내 부축을 받던 천명은 왜 그리 호들갑이냐며 핀잔을 주었지만, 그의 입가에는 어느새 작은 미소가 지어있었다. 그렇게 우리는 천천히 아이들의 도움을 받아 '나무기와'로 들어갔다.

'나무기와'의 안은 밖에서 보던 것보다 훨씬 더 넓고 시원했다. 넓은 대청마루를 두고 5개의 크고 작은 방과 부엌, 뒤주가 있고, 가옥의 뒤편에는 창고와 화장실도 자리하고 있으니. 게다가 가옥에서 위를 올려다보면 푸른 하늘이 선명하게 보였다. 나는 눈을 떼지 못한 채로 경탄하며 천천히 발걸음을 옮겼다. 비희는 그런 나를 쳐다보며 싱긋 웃으며 말했다.

"여긴 내가 아이들을 돌보는 곳 중 하나에요. 그동안은 사정이 있어서 '벽꼬리'에 머물렀지만, 이제 편히 쓸 수 있으니 이곳에서 잠시 머물다 가요."

이후로 나는 아이들과 함께 대청마루에 가서 시간을 보냈다. 검은 개들에게 물린 나와 천명은 비희의 치료를 받았다. 천명도 꽤 깊은 상처를 입었기에, 비희는 우리를 보고 무모하다며 꾸지람을 늘어놓았다. 그리고 수풀을 헤치며 잔상처가 났던 망백과 해선은 피와 땀을 닦은 뒤에 목욕했다. 그동안 소하는 옷을 정리하거나 깨끗한 천으로 상처를 감싸주었다. 가끔 소하는 방에 들어가서 오랫동안 보이지 않았는데, 아이의 울음소리가 들리는 걸 보면 애를 돌보는 것 같았다. 그렇게 일을 한껏 끝내놓은 뒤에 다 같이 대청마루에서 잠을 청하였다. 이런저런 일들 때문인지, 다들 몹시 피곤한 듯했다. 그러다가 저녁 즈음에 느지막이 일어나서 석식을 챙겨 먹었는데, 이때 망백이 자신이 본 검은 개들에 대해 실컷 떠들어대는 바람에 한바탕 소란스러웠다. 비희와 소하는 망백의 이야기를 듣고 쓴소리를 했고, 해선과 천명은 아무런 말도 하지 않았지만 그 모습이 그저 즐겁게만 보였다. 그렇게 시간이 흐르며 날이 저물고, 밤은 깊어만 깊어갔다.

***

"아버지! 어머니! 안 돼… 안 돼!"

소녀는 목을 놓고 크게 울부짖었다. 그녀의 이마에 흐르는 피는 눈물과 섞여 볼을 타고 내려와 뚝뚝 떨어지고 있었다. 그녀의 등에는 아물지 않은 흉터 위에 새로운 상처가 새겨지며, 주위에는 그녀의 살점과 피가 가득했다. 목에는 칼을 차고, 계속된 고형[37]으로 언제 죽어도 이상하지 않았다. 그러나 그 소녀는 그저 제 앞에서 죽어가는, 피칠갑이 된 부모만을 애타게 부르짖었다. 절규하는 그녀의 앞에 한 남자가 즐겁다는 듯이 그녀의 부모를 철편으로 사정없이 내리치고 있었다. 소녀는 그럴수록 더욱더 목놓아 울부짖었다. 목이 다 나가고 갈라져도 그녀는 멈추지 않았다. 잠시 후 나는 그녀에게 다가가 그녀의 얼굴을 내려다보았다. 곱고 흰 피부가 피와 눈물, 땀으로 범벅이 되어있었다. 나는 그녀의 입에 손을 넣어 그녀의 혀를 잡아당겼다. 그리고는 허리춤에 차고 있던 흙과 피가 묻은 칼을 빼내었다.

그날 소녀는 목소리를 잃어버렸다. 사방에 울려 퍼지던 소녀의 구슬픈 목소리는 더이상 들리지 않았다.

***

늦은 밤, 소쩍새의 울음소리와 함께 나는 기분 나쁜 꿈으로 깨어났다.

---

37 고형: 숨기고 있는 사실을 강제로 알아내기 위하여 육체적 고통을 주며 신문함

천천히 자리에서 일어나 주위를 둘러보았다. 아이들은 모두 자는 듯, 주변은 온통 고요하고 평온했다. 나는 발걸음을 옮겨 조용히 방에서 빠져나왔다. 발아래의 대청마루가 시원하고 거슬거슬했다. 숨을 들이쉬면 맑은 밤공기와 나무의 산뜻한 향 내음이 사방에서 느껴졌다. 나는 대청마루에 걸터앉아 천천히 밤공기를 쐬었다. 그렇게 조금의 시간이 흐른 뒤.

"남형, 잠에서 깨어났어?"

내가 자고 있던 방의 건너편 방에서 목소리가 들려왔다. 이제는 익숙한 듯이 별로 놀랍지도 않았다. 나는 목소리가 들려온 방을 향해 조심히 걸어갔다. 그리고는 문앞에 서서 속삭이듯 이야기했다.

"들어가도 되겠소?"

"얼마든지."

방문이 아주 조금 열려있었다. 그 틈 사이로 손을 집어넣어 천천히 문을 열었다. 방에는 거대한 창호가 열려있었는데 그 사이로 푸른 달빛이 들어오고 있었다. 그리고 비희는 그 방의 한가운데에서 무언가를 안은 채로 가만히 무릎을 꿇고 앉아있었다. 그녀는 나를 보더니 싱긋 웃으며 말을 걸었다.

"어쩌다가 이 늦은 밤중에 잠에서 깨어났어?"

"낮에 검은 개한테 물린 상처 때문인지, 잠이 잘 오지 않더군."

"거짓말은."

비희는 코웃음을 치며 나에게 가까이 오라는 듯이 손짓했다. 나는 그녀에게 천천히 다가갔다. 그러자 비희는 그녀의 품에 안은 것을 조심스럽게 내밀며 보여주었다. 그건 아주 조그마한 아기였다. 아기는 두 손을 가지런히 모은 채 새근새근 잠에 빠져 있었다.

"손 좀 만져볼래요?"

비희는 내게 속삭이듯이 아이를 만져보라고 권하였다. 무슨 의중이었는지는 모르겠지만, 나는 그녀의 말대로 아이의 손등을 조심스럽게 어루만졌다. 아이의 손은 정말 부드럽고 산뜻한 느낌이 들었다. 그러자 비희는 아이를 만지는 내 모습을 잠시 보더니 천천히 입을 열었다.

"이 아이는 얼마 전에 부모에게 버림받은 아이야. 한라 성의 길바닥에서 서럽게 울고 있는 걸 천명이 주웠어. 이대로 두면 죽을 테니, 우리가 데려가서 보살피자 그러더군."

"그런가, 가여운 아기로군."

"그랬더니 아이의 부모가 갑자기 나타났어. 이 아이를 데리고 가려면 돈이나 먹을 것을 내놓으라는 거야. 어처구니가 없고 괘씸한 마음이 들었어. 마음 같아서는 그들에게 호통을 치고 아이를 데려갈까 싶었는데, 우린 그러지 않았어. 오히려 그들이 원하는 것보다 배로 주고 데려왔지."

"왜… 그들의 말을 따른 거지?"

"부모의 행색이 초라했거든. 옷조차 제대로 걸치지 못할 정도로. 그런데도 아이는 그나마 곱고 좋은 천으로 감싸있었거든. 아마 그들은 누군가 아이를 데려갔으면 하는 마음이었던 것 같아. 자신들은 제대로 돌볼 수 없으니까. 아이라도 잘 크길 바라는 것이겠지. 돈이나 먹을 것을 내놓으란 말도, 사실은 우리의 재력을 살펴보기 위함이었을 거야."

"…."

비희의 말을 들은 나는 딱한 마음에 아무런 대답도 하지 못했다. 안타깝다는 생각밖에 머릿속에 떠오르지 않았다. 아기도, 부모도. 비희는 그런 내 생각을 읽기라도 한 듯이 계속 말을 이어갔다.

"아이를 버린 부모도 자신들의 처지에서는 최선을 다했다고 생각하겠지. 그렇지만 나는 그들이 잘했다고는 생각하지 않아. 그들에게 모르는 어떤 사정이 있었겠지만, 그들은 책임을 다하질 못했으니. 부모는 아이가 부유하고 배부른 삶을 살길 바랐겠지만, 이 아이는 어쩌면 가난하고 배고프더라도 부모와 함께 자란 삶을 바랐을지도 몰라."

"자네 말을 들어보니, 정말 그랬을지도 모르겠군."

비희는 말을 마친 뒤에 아이를 다시 조심스레 품에 꼭 안았다. 그리고는 자리에서 일어나 아이를 데리고 옆방으로 들어갔다. 잠시 뒤 비희는 빈손으로 방에서 나와 다시 원래 있던 방으로 돌아왔다. 아이를 조용한 곳에 두고 온 것이다. 방에서 나온 그녀는 어딘지 모르게 씁쓸한 표정이었는데, 애써 미소를 지으며 말했다.

"자, 그래서 남형, 언제 떠날 거야?"

"아마 곧 떠날 것 같네. 잃어버렸던 옥가락지도 찾았고, 예전의 창유[38]도 다 나았으니. 당장 검은 개들한테 물린 상처가 있긴 하지만, 하산하는 데는 크게 문제가 없을 것 같아."

"흐음. 그렇구나. 이젠 정말 볼 날이 얼마 남지 않았네."

"그렇군."

38 창유: 몸을 다쳐서 부상을 입은 자리

비희도, 나도 아무 말도 하지 않았다. 내가 곧 떠날 것을 알아서인지, 평소에는 말을 많이 하던 비희도 조용히 자리에 앉아있었다. 우리 사이에는 어색한 정적만이 밤공기를 타고 흘렀다. 그 어색한 침묵이, 분명 별일 아니었을 터인데 오늘따라 조금은 불편하게 느껴졌다. 그래서 나는 별다른 생각도 없이 그저 머릿속에 떠오르는 대로 입을 열었다.

"저 아이도 그렇고, 천명도 그렇고. 자네가 돌보는 아이들은 정말 각별한 사정이 많이 있는 것 같네. 그러고 보니 저번에 소하가 말하길, 해선만 성씨를 '유' 자를 쓴다고 하던데. 그녀에게도 남다른 사연이 있는가?"

"아, 해선이? 남형 입에서 그 아이 얘기가 나올 줄은 몰랐네. 해선만 성씨가 다른 건 해선이 원해서 그런 거야. 본인의 뿌리를 기억하고 싶다고. 사실 천명도 본래의 성씨가 있긴 했지만, 부모님을 여의고 우리를 만났을 때 자신의 이름을 기억하지 못했어. 그래서 이름을 새로이 지었지. 그런데 해선은 자신의 이름을 간절히 기억해서 굳이 우리와 같은 성씨를 쓰지는 않는 거야. 부모에게서 받은 마지막 유산이라 하니."

"유산이라니, 설마…."

"해선의 양친은 그녀의 앞에서 절명했어. 나도 자세한 내막은 모르지만 아마 심각한 병환을 겪으셨거나 사고를 당하셨겠지. 해선이 말을 하지 못하는 이유도 그와 연관되었다고 하던데."

비희의 말을 듣고 불현듯이 머릿속에 무언가가 떠오를 것 같았다. 그와 더불어 해선을 만난 이래의 일들이 하나둘 뇌리에 스쳤다. 처음 해선의 목소리를 들었을 때의 기시감. 그녀의 등에 있는 수많은 흉터와 와패의 낙인. 그리고 그녀를 만난 이후로 몇 번씩 꿈에 나오는 피를 흘리는 소녀. 그저 사소하고 별일 아니라 생각되었던 것들이었다. 그렇게 머릿속이 복잡하여 정리되지 않은 순간, 비희가 혼자서 중얼거리는 말이 나직이 들려왔다.

"아니지. 해선에게 있는 흉터는 고형의 흔적이니, 그것과 관련이 있을지도."

그 말을 들은 순간, 잊고 있었던 옛 기억이 솟구치듯 떠올랐다. 해선, 고형, 양친, 실어[39], 낙인, 그리고 와패. 그리고 그와 동시에 속에서 복받쳐오는 알 수 없는 감정들에 휩싸이며 나는 그 자리에서 털썩 주저앉았다. 참담하고 불쾌하며 비참한 심정. 심장이 빠르게 뛰고, 속이 들끓어 오르는 것 같았다.

"남형…? 남형! 남…!"

비희는 자리에서 급히 일어나 나에게 달려왔다. 그러나 그녀의 목소리는 들리지 않았다. 그녀의 모습조차 제대로 보이지 않았다. 몸을 제대로 가눌 수도 없이 혼란스러웠고, 움직이면 토악질이 나올 것 같았다. 정신이 육신과 단절되며 늪에 빠지는 듯한 기분이었다. 점차 눈앞이 흐려지며 정신이 아득해졌다. 그 순간 무언가 알 수 없는 허상 같은 것이 잠시 보였다. 피와 섞여 떨어지는 눈물과 붉게 젖은 소복. 입가에서 붉은 피를 흘리는 꿈속의 소녀. 그녀는 … 해선이었다.

눈앞이 어두워지며 나는 정신을 잃었다.

그때 깨달았다. 내가 진정으로 해야 하는 것이 무엇인지를.

---

39 실어: 말할 수 있는 기능을 잃어 말을 잊어버리거나 바르게 말하지 못함

***

다음날, 남천진은 짧은 글만을 남긴 채로 사라져 있었다. 그리고 와패 성의 성문에서 아침나절부터 소란스러운 소식이 울려 퍼졌다.

"패전의 장수, 죄인 남천진이 돌아왔다!"

## 10. 후회와 반성, 그리고

"죄인 남천진은 들으라! 네놈은 지난 5월 19일. 와패의 5백여 명의 병졸을 이끄는 선봉에 서서 묵주의 수령과 탐관오리들을 척살하고 억울하게 착취당하는 빈민들을 구제하라는 명을 받았으니, 이는 우리의 수령께서 난세를 바로잡고 세상을 이롭게 하라는 천명을 받아 행하기 위함이다! 따라서 우리 와패의 장수들은 수령의 본부를 행하는 것이 영광이자 사명이니, 자신의 명을 다하여 이를 거행[40]하는 것이 합당하다. 허나 네놈은 우리 수령의 뜻을 저버리고 자신의 사명을 다하지 못하였으니, 와패의 법도에 따라 3가지 죄로 네놈을 벌할 것이야!"

유해선. 그녀는 10년 전 내가 와패의 형리로서 일할 때, 전쟁의 포로로서 부모와 함께 잡아들였던 아이였다. 그녀의 부모는 본디 천민이었기에 포로로서 쓸모는 없었지만, 계속되는 전쟁과 노역으로 분풀이가 필요했던 와패의 형리들은 그들에게 설분[41]했다. 처음에는 그저 때리거나 욕지거리를 하는 수준이었지만, 점차 그 강도가 심해지며 심한 고형

40 거행: 명령대로 시행함
41 설분하다: 분한 마음을 풀다

을 일삼는 지경까지 이르렀다. 태형부터 시작해서 장형, 낙인, 압슬, 도모지까지. 아무 죄도 없이 잡혀 온 그들은 그저 포로라는 이유만으로 삼백예순날을 고통 속에서 보내야 했다. 그들의 눈에는 한 맺힌 피눈물만이 흘렀으며, 온몸에 흐르는 피가 채 굳기도 전에 새로운 반창을 그들의 몸에 새겨야 했다. 그러나 그녀의 부모는 그런 끔찍한 고통 속에서도 해선만을 보고 나날을 버티며 살아갔다.

그러다가 그 사실을 알게 된 형리들은 결국 해선도 끌고 가 부모와 함께 고형을 집행했다. 해선과 그녀의 부모는 그들의 눈앞에서 서로가 고통에 몸부림치며 죽어가는 모습을 지켜봐야 했다. 칼과 날붙이에 베이고, 매와 철편으로 온몸을 두드려 맞으며, 송곳과 바늘로 그들의 몸을 사정없이 찌르고, 뜨겁게 달군 쇠로 살갗을 지졌다. 해선의 부모는 계속된 고통에 점차 정신을 놓으며 미쳐 갔고, 해선은 제 어버이가 눈앞에서 고형을 치르며 죽어가는 모습을 보고 목을 놓아 통곡하였다. 하지만 형리들은 그 꼴이 그저 우습다는 듯이 그들을 앞에 두고 비웃기만 했다. 형리들은 그들의 고통을 보며 나날이 새로운 형벌을 고안하여 해선과 그녀의 부모에게 일삼았다. 그러나 그마저도 질린 형리들은 결국 해선이 보는 앞에서 그의 부모를 참수했다. 그리고는 부모의 목을 들고 비통하게 울부짖는 해선의 혀를 잘라내었다. 그녀는 그날로 모든 것을 잃어버린 것이다.

그리고 해선의 부모가 죽은 이후로, 형리들은 해선에게서 관심을 잃었다. 그녀는 그저 말할 수 없는, 그저 시시한 죄인 중에 하나에 불과했으니. 이후로 해선은 그저 옥사에 갇혀 홀로 구슬피 울며 하루하루를 보냈다. 그러다 언젠가 옥사에 난 원인 불명의 화재로 수많은 죄수들이 불에 타서 죽었고, 해선도 그중 하나라 생각하며 서서히 기억에서 사라졌었다.

형리로서 그녀를 벌할 때, 사실은 그리 대수롭지 않게 여겼다. 죄수는 고형을 당하는 것은 마땅히 옳은 일이고 이치에 맞다. 그리 생각했다. 그러나 수년의 세월이 흐르고, 가족을 가꾸고 그들을 책임지며 점차 생각이 달라졌다. 내가 사람으로의 도리와 인륜을 저버리고 간악하고 그릇된 행동을 해왔다는 것을. 잘못된 사상에 몸을 맡겨 구차한 변명을 늘어놓고 지난날의 과오로부터 도망친다는 것을. 그리고 해선을 마주하며 다시금 알게 되었다. 타인에게 준 고통과 괴로움은 그들의 기억 속에 남아있으며, 나 또한 기억해야 한다는 것을. 그리고 죄악으로 가득 찬 과거로부터 도망쳐서는 안 된다는 것을.

"첫째로, 묵주와의 전쟁에서 참패한 것이 너의 첫 번째 죄이니라. 지난 전쟁에서 우리 와패의 병졸 4백여 명이 전쟁에서 목숨을 잃고, 백 명의 병졸이 크게 다치거나 불구가 되었도다. 이는 모두 전장에서 이들을 이끌고 선봉에 섰던 남천진의 오판으로 인해 벌어진 일이니, 따라서 너에게 그에 대한 책임을 묻고 이치에 맞지 아니하면 이를 엄중히 벌할 것이리라."

나는 해선의 꿈을 꾼 이후, 와패로 돌아왔다. 성문에서 내가 돌아왔다는 사실이 알려지자, 그 즉시 관아에서는 나를 잡아 투옥했다. 사실 와패로 돌아오면 관아로 끌려가 사형당할 것을 알고 있었다. 막중한 전쟁에 나가 참패한다는 것은 나를 시기하고 음해하려는 자들에게 칼자루를 쥐어 주는 것과 다름이 없기 때문에. 패전의 이유를 내게로 돌려 형을 집행하고, 나의 자리를 자신들이 차지하려고 했을 터이다. 이를 위해 비희와 아이들과 보냈던 시간만큼, 그들은 간언과 낭설로서 나를 모함하고 이미 지은 죄에 덧붙여 나를 확실하게 쳐낼 구실과 명분을 만들어내고 있었을 것이다. 어쩌면 병졸을 이끌고 성문에서 나간 순간부터 그들은 내게 형을 씌울 합당한 빌미와 사유를 찾고 있었을지도 모른다.

그럼에도 돌아오려 한 것은 오로지 가족만을 위해서였다. 혹시라도 내가 와패로 돌아오지 않았다면 아마 나의 부모와 아내, 그리고 자식에게까지 그 죄를 물었을 수도 있었기에. 그렇기에 나는 꼭 와패로 돌아와야만 했고, 그래야지 자식의, 남편의, 아버지의 도리를 다할 수 있었다.

본래 잃어버렸던 옥가락지도 아이와 아내를 위해 유품으로써 전할 작정이었다. 비록 패전으로 사형당한 불명예스러운 남편이자 아비로 기억되겠지만, 가족을 생각하는 마음은 한순간도 틀림없었기에 그를 조금이라도 남겨두고 싶었다. 그들에게 마지막으로 기억될 순간, 적어도 그들을 위해 살아왔다는 사실이 조금이라도 전해지길 바랐다.

그러나 이는 온전히 나의 이기와 욕심이었다. 천명의 말대로, 나는 많은 이들을 해한 잔학한 학살자이자 통한의 원수였음이 틀림없다. 그들은 누군가의 귀중한 자식이었으며, 평생의 배필이었고, 공경스러운 부모였을 터였다. 하지만 나는 스스로의 야욕에 눈이 멀어 그들의 피로 물든 공을 취하고, 자신의 인연과 신념만을 챙기려 했다. 분수에 맞지 않는, 너무나도 과분한 것들을 누리고 탐하는 삶이었던 것이다.

"두 번째로, 비루하게 목숨을 구하여 홀로 살아 돌아온 것이 너의 두 번째 죄이니라. 무릇 장수라 함은 수년을 단련하여 무예와 인품에 결점이 없어야 함은 물론이요, 병졸의 전범이 되어 그들을 이끄는 것이 마땅하다. 허나 네놈은 묵주성과의 전쟁에서 수많은 병졸들이 분투하고 있을 때, 자신의 명만을 중시하여 홀로 전장에서 몸을 피하였으니. 이에 대한 내막과 경과를 밝히되, 이 또한 죄인의 말에 따라 경중을 삼을 것이로다."

또한, 은혜를 입으면 그를 각골하고 평생에 걸쳐 보은하는 것이 인간된 도리이다. 허나 나는 비희와 아이들에게서 받은 은혜를 배반하고 도리어 그들을 위험에 놓으려 했다. 떨어진 천명의 칼을 거두어 그를 해치려 하거나, 묵주에 닿는 지하의 통로를 알고 이심[42]을 품은 것. 특히 망백이 알고 있는 성의 통로를 누설했다면 그를 비롯한 비희와 아이들이 해를 입거나 와패로 잡혀 왔을 것이다. 내가 비록 그를 행하지 않았더라도, 일시의 연명과 의미 없는 공적에 눈이 멀어 그릇된 마음을 품은 것은 구태여 변명할 필요도 없는 사실이었다.

그에 대한 구회[43]로써는 부족하겠지만, 비희에게 짧은 글을 두 가지 남기고 왔다. 하나는 푸른 깃털을 단 장수, 아니 와패의 수령에 관한 이야기. 비희는 천명이 복수에 눈이 멀어 스스로의 손을 더럽히지 않기를 바랄 것이다. 그렇지만 천명이 평생토록 그를 쫓게 내버려두지도 못할 것이다. 이 때문에 지금 당장은 천명에게 와패의 수령에 대해 전

42 이심: 처음에 마음먹은 것과 어긋나거나 배반하는 마음

43 구회: 자기 자신을 나무라고 뉘우침

하기를 주저하겠지만, 그녀라면 언젠가 때에 맞게 적절히 판단하고 천명에게 전해주리라 믿었다. 그리고 다른 하나는 내가 찾은 옥가락지를 가족에게 보여주고 원조를 받으라는 이야기. 그동안 모아놓은 재산이 있으니, 넉넉하지는 않더라도 생계에는 보탬이 될 것이다. 운이 따르면 아내와 가족이 와패를 떠나 그들과 함께 살아갈 수도 있겠지. 차라리 그것이 더 나을지도 모른다.

"셋째로, 여태 자신의 몸을 숨긴 채로 많은 시간을 보내고 나서야 모습을 드러낸 것이 너의 세 번째 죄이다. 비록 패전과 도주로 네놈은 신의와 명망을 잃어버렸지만, 그를 수습하여 바로잡을 시간은 충분히 있었을 터였다. 그러나 패전의 피해를 복구하고 병졸들의 태세를 바로잡은 이 시기에 구차하게 연명한 목숨을 기어코 드러내니, 그들의 사기를 깎음은 물론이요, 장수로서의 위상이 바닥에 떨어지게 되었다. 이로써 네놈이 지은 3가지 죄를 밝히고 이를 엄벌할 것이니, 이에 대해 긴히 고할 것이 있다면 고개를 들고 말하라."

"죄인은 고개를 들라!"

"수령께 전할 말이 있는가?"

나는 고개를 들어 올려 하늘을 보았다. 죽기 전 잠시 올려다본 하늘에는 이름 모를 새가 날고 있었다. 푸른 하늘에 홀로 날아다니는 새는 무엇에게도 구속받지 않고 자유로운 것처럼 보였다. 하지만 저 새도 언젠가 때가 되면 땅에 내려오겠지. 그리고 그동안 너무 멀어서 보지 못한 그림자를 밟게 되겠지. 그렇게 자신의 어두운 일면을 한번 마주하면 그 그림자가 언제나 자신의 발아래에서 따라온다는 걸 깨달을 것이다.

한번 지은 죄는 없어지지 않는다. 그러므로 무릇 인간이면 누구나 자신의 잘못과 악행을 기억하고 그를 바로 잡아야 한다. 나는 과거의 잘못을 마주하지 않고, 그에 대한 책임을 다하지도 않았으며, 순전히 나와 주변의 안위와 욕심만을 위해 살아왔다. 또한, 잘못된 시대와 이념 속에서도 나는 나를 비추어보지 못하고 불의를 바로잡지 못했다. 이제야 안 것이다. 내가 그릇된 삶을 살아왔다는 것을. 그조차 깨우치게 된 것도 아이들, 해선의 덕분이었다. 하지만 이미 지나간 그릇된 행보와 과업을 지금 바로잡기에는 너무 늦었고, 되돌릴 수도 없을 것이다. 그리고 이를 고작 죽음으로써 갚는다는 것 또한 비열하고 무책임한 일임을 알고 있다. 하지만 나로 인해 피해입은 자들의 넋과 한을 달래기 위해서는 달리 속죄할 길이 없었다. 이것밖에.

"나의 죄를 인정하겠소."

"판결을 내리겠다. 죄인 남천진은 패전의 책임과 장수로서의 사명을 다하지 못하였으니… 이는 와패란 이름의 위신을 떨어뜨린 것이요 그 명예를 더럽힌 것이나 다름이 없도다…. 만일 그의 죄를… 엄중히…."

마지막으로 맺은 인연이 비희와 아이들이라서 다행이라는 생각이 들었다. 아이들에게 내색하지는 않았지만 함께하는 시간이 그리 나쁘지만은 않았기 때문이다. 소탈하고 활발하면서도 배려심이 깊은 비희. 호기심이 많고 순수하며 사람을 좋아하는 소하. 수다스럽고 장난을 많이 치지만 남을 잘 보살피는 망백. 차분하고 냉철한 천명. 그리고 조용하지만 타인을 잘 챙겨주던 해선까지. 물론 천명에게 목숨을 위협받거나 검은 개들에게 산채로 먹힐 뻔했던 것처럼 좋은 일만 있던 것도 아니긴 했다. 그럼에도 아이들과 지내는 두어 달의 시간이 꽤 즐거웠고 나에게는 분명 분에 넘칠 정도로 좋은 인연이었다. 피와 눈물로 더러워진 손과 오래도록 바스러지고 무뎌진 감정이, 순수하고 맑은 아이들을 만나 잠시라도 잊을 수 있었기 때문에.

그래서 해선을 알아봤을 때 그들의 곁을 급히 떠나야겠단 생각이 들었다. 해선과 천명에게 미안할뿐더러 그들의 곁에 있을 자격이 없다고 느껴졌다. 혹여나 다른 아이들에게도 상처가 있다면, 그리고 그것이 나의 잘못으로 인해 비롯된 것이라면 나는 아이들을 마주할 수가 없었을 것이다. 이는 나의 모든 과오를 밝히는 걸 두려워하는 게 아니었다. 자칫 그들의 선의가 자신들의 원수를 살렸다는, 안타깝고 슬픈 현실에 직면하지 않았으면 하는 이기적인 마음이었다. 그저 아이들은 아무것도 모른 채로 현실을 살아갔으면 했고, 나만 지옥 같은 과거를 마주하길 바랐다. 그거면 충분하다 생각되었다.

"… 따라서 그에 대한 죄를 벌하기 위해 참수형에 처한다!"

나는 그저 이기적이고 부끄러운 인간이었다. 많은 죄를 저질러 왔고 뒤를 돌아보지 못했다. 항상 누군가에게 상처를 주며 그들의 피와 눈물이 스며든 길을 걸어왔다. 그릇된 길을 당연하게 생각하며 너무 오랫동안 걸어왔다. 이제야 스스로를 되돌아봤지만 때는 이미 너무 늦었다. 나에겐 잘못을 바로잡을 '다음'이 과거에는 있었지만, 현재로써는 그 '다음'이란 없기 때문에. 현재에 이른 현실을 그저 비참한 마음으로 받아들이고 반성하는 것밖에 할 수 없기 때문에. 그저 당장의 책임을 다하기 위해 죽음을 기다리는 것. 그것이 내가 할 수 있는 처음이자 마지막 속죄이다.

나는 두 눈을 감았다. 내 마지막에 기억될 감정은, 생각은, 순간은 그리 좋지만은 않았다. 그것이 당연하고 옳은 것이다. 이제야 마주한 나는 부끄럽게 연명해온 죄인이니. 나의 이야기는 이만 여기서 마치려 한다.

비희, 소하, 망백, 천명, 그리고 해선. 이후로 그들의 이야기는 알 길이 없었다. 그저 평화롭고 조용하게 살아갔으리라 믿는다. 그리 믿는다.

카피라이터

조명이 켜지고 무대 위 마이크에서 노래를 부르는 찬우. 찬우의 목소리로 부른 노래가 끝나고 무대에서 내려오면서 누군가를 마주치고 공손히 인사하는 찬우.

찬 우: 안녕하세요, 사장님.

점 장: 어 그래, 이제 퇴근하나?

찬 우: 네, 그렇습니다.

점 장: 그래. 오늘 무대도 수고했어. 손님들이 되게 좋아하더군.

찬 우: 감사합니다.

점 장: 저 그런데 말이지. (살짝 눈치를 본다.) 내일부터는 가게에 나오지 않아도 될 것 같아.

찬 우: 네…?

점 장: 아는 지인 중에 음악계 쪽에 좀 연이 있는 사람이 있는데 거기서 나름 인지도 있는 가수 한 명을 소개시켜 준다 해서 말이야…, 최근 가게를 좀 더 키울 생각이었는지라 이런 결정을 내리게 됐네.

찬 우: 아…, 네… 사장님, 그런데 오늘 무대 보시면 아시겠지만, 제가 현직 가수들에 비해 실력이 떨어지지는….

점 장: 우리 찬우 군 실력이야 내가 제일 잘 알지. 그런데 이건 실력보다는 다른 쪽 문제라는 걸 자네도 잘 알지 않나?

찬 우: ….

점 장: 나도 참 이런 말 전하게 돼서 미안하네. 그동안 수고했고 입금은 오늘 안에 해주겠네.

찬 우: 네, … 감사합니다….

무대 뒤로 사라지는 사장. 멍하니 무대 위에 있는 찬우, 한숨 한 번 쉬고 무대 뒤로 퇴장한다. 암전.

배경음악과 함께 무대 가운데에서 병욱이 테이블에 앉아 있다. 얼마 안 가 무대 오른편에서 찬우가 나오고 병욱은 그런 찬우를 향해 반갑게 손을 흔들어 보이며 '여기야 여기.'라는 식의 입 모양을 보인다. 이에 호응하며 앉는 찬우는 병욱과 반갑게 인사하며 음식과 술을 주문하고 이 모든 과정은 음악이 꺼지지 않은 상태에서 립싱크로 진행된다. 종업원이 음식을 가져다주고 떠나면 노랫소리 점점 줄어들고 두 사람의 대화가 들리기 시작한다.

병 욱: 네, 요새 음악 하는 건 좀 어때? 할 만하냐?

찬 우: 안 그래도 오늘 일하는 가게에서 잘렸다.

병 욱: 진짜? 어쩌다?

찬 우: 가게를 더 키우고 싶어서 인지도 좀 있는 가수를 섭외했다네.

병 욱: 어이구….

찬 우: (한숨을 쉬며) 그래도 거기가 그나마 안정적으로 돈이 들어오는 곳이었는데.

병 욱: 네 유튜브는 요새 어떤데?

찬 우: 잘 안 되지…. 그쪽이야 뭐 워낙 레드오션이라….

병 욱: (고개를 갸우뚱거리며) 내가 유튜브에서 본 웬만한 애들보다 네가 훨 낫던데.

찬 우: 뭐 그거랑은 또 다른 문제더라.

병 욱: 아직도 네 곡 안 내고 커버나 리메이크만 하고 있냐?

찬 우: 그치.

병 욱: 난 음악 한다는 놈이 자기 노래 안 내고 맨날 남의 노래만 부르는 건 처음 본다. 야, 넌 네 노래 낼 생각이 없냐?

찬 우: 아쉽게도 내가 작곡에는 재능이 없더라….

병 욱: 그래도 임마 음악 한다는 놈이 언제까지 남의 곡 가지고만 하게? 그럼 넌 그냥 평생 원곡자 그림자 안에서 사는 거야.

찬 우: 길가에 있는 고양이는 사자의 그림자만 봐도 도망가잖아.

병 욱: 그럼 뭐해? 결국 그림잔데.

찬 우: 됐어. 그 얘긴 그만해. 자자 짠.

못마땅하게 찬우를 바라보고 짠을 쳐주는 병욱, 술을 다 마시고 찬

우가 다시 입을 연다.

찬 우: 나 저번에 선화 만났다?

병 욱: 선화? 그 예전에 오디션에서 만났다는 애? 걔 예전에 너 좋다고 졸졸 따라다니지 않았나? 근데 이 둔팅이는 뭐 음악 한다고 눈이 돌아가 가지고 만나자고 해도 작업해야 된다면서 안 만나. 연락을 해도 작업 중이라 못 봐. 옆에서 보는 내가 다 속이 터지더라. 근데 걔는 갑자기 연락이 왜 왔대?

찬 우: 그냥 갑자기 밥 한번 먹을 수 있겠냐고 묻더라.

병 욱: (씩 웃으며) 이야 정찬우, (팔을 툭 치며) 그래도 아직 안 죽었네?

찬 우: 그런 거 아니야.

병 욱: 그런 거 아니긴 무슨, 그럼 만나서 무슨 얘기 했는데?

찬 우: 됐어, 묻지 마. (술 한 잔을 들이킨다.)

병 욱: (잔에 술을 따르며) 무슨 일 있었구만. 그래, 오랜만에 보니까 어땠냐?

찬 우: 반가웠어, 얼굴도 크게 바뀐 거 없고, 성격이랑 말투도 그대로더라고. 음악은 더 이상 안 하지만…. 그래도 좋았어, 되게.

병 욱: 뭐 이렇게 마음 있던 사람처럼 아련하게 말을 해.

찬 우: ….

병 욱: (찬우의 눈치를 살피고 술을 따른다) 그래 뭐, 나중에 기회 되면 자세히 얘기해줘라.

가볍게 짠을 치는 두 사람 술잔을 내려놓고 짧은 한숨을 내쉰다.

찬 우: 그러고 보니… 이번 주가 미래 기일이네.

병 욱: 미래? 네 여동생? (날짜를 확인) 아 벌써 그렇게 됐구나.

찬 우: 고맙다 매번 와줘서.

병 욱: 고맙긴 뭘. 미래… 애가 참 밝고 귀여웠는데…. 그 어린 나이에 왜 그랬대 참….

찬 우: (말없이 술을 마신다) 그러고 보니 다 15년 전이네….

병 욱: 뭐가?

찬 우: 내가 음악 제대로 시작한 것도, 선화 처음 만난 것도, 미래 죽은 것도…. 다 15년 전에 일어난 거네.

병 욱: 갑자기 그건 왜?

찬 우: 그냥…. 생각해보니 그렇다고…. 문득 생각났어.

병 욱: 이미 지나간 일인데 뭐 이렇게 생각이 많아, 취했냐? (자기 잔에 술을 따르는 병욱)

찬 우: 살짝? 근데 뭐 괜찮아. (병욱에게 술잔을 내미는 찬우)

병 욱: (찬우를 한 번 보고 잔을 따른다.) 그래, 오늘 아니면 언제 취하겠냐? 자자, 마시자.

술을 들이키는 두 사람, 다시 음악 나오고 병욱은 종업원을 시켜 술을 더 주문한다. 종업원이 술을 갖다 주고 두 사람은 입 모양으로 말하며 술을 빠르게 주고받으며 서서히 취해가는 모습을 보인다. 술 마시는 중간에 병욱이 비틀거리며 사라지고, 주인공은 테이블 위에 머리를 박는다. 암전.

조명 켜지고 찬우가 있는 곳은 찬우의 방으로 바뀌어있다. 책상 위에 머리를 박고 자고 있는 찬우, 음악 소리 잦아들면 찬우 움직이기 시작한다.

찬 우: (머리를 짚으며) 으음…. 어제 언제까지 마신 거지…? (주변을 두리번거리며 이상한 점을 눈치챈다.) 뭐야…? 어디지 여긴…? 병욱이 집은 아닌데…?

책상과 주변을 둘러보며 뭔가 이상하다는 듯 말하는 찬우.

찬 우: 책상도 그렇고, 침대도 그렇고…. 뭔가 되게 익숙한데 누구 집이더라 여기가…? (머리를 짚으며 고민하다가 책상 위에서 뭔가를 발견하고 놀란다.) 어?! 이거 내 고등학교 학생증…. 이게 왜 여기 있지?

이때 무대 뒤편에서 미래가 찬우를 부르며 등장한다.

미 래: 오빠! 오빠, 오빠, 오빠, 오빠, 오빠! (마지막 오빠를 강조해 말하며 문을 활짝 여는 시늉을 하며 등장한다. 잠시 찬우를 보며 아무 말이 없는 미래, 재빠르게 한마디 한다.) 엄마가 밥 먹으래.

문 닫는 시늉을 하며 다시 무대 밖으로 나가는 미래. 얼떨떨한 표정으로 보던 찬우는 자기 뺨을 몇 번 치다가 눈으로 손가락을 가져가 딱밤을 날린다. 굉장히 아파하며 말하는 찬우.

찬　우: 아… 씨 아파, 뭐야 이거! (책상을 손으로 짚어보며 학생증을 들고 물끄러미 본다.) 꿈이 아니라고…? 너무 말이 안 되잖아 이건…. 근데 아까 분명 미래가 내 방으로…. (학생증을 보다 번쩍 시선을 들어 올리며) 미래, 미래야… 미래야!!

무대 뒤편으로 사라지는 찬우, 곧이어 무대 뒤에서 미래의 비명이 들린다.

미　래: 엄마아아아! 아니, 이 인간이 미쳤나? 왜 이래 갑자기!
찬　우: 미래야! 잠깐만 일로 다시 와봐 미래야!!

통통 튀는 bgm 혹은 시계가 째깍째깍거리는 소리가 나오고 조명 서서히 어두워진다. 이어서 방으로 다시 돌아오는 찬우.

찬　우: (설레는 표정으로) 이거 진짜 꿈 아니겠지? 내가… 15년 전으로 돌아왔다고? 어떻게 이런 일이… 잠깐… 그러고 보니 15년 전이면?

황급히 책상에 앉아 노트북을 열고 무언가를 찾는 찬우, 이윽고 뭔가를 찾은 듯 흥분해 말한다.

찬　우: 그래, 내가 처음으로 봤었던 오디션! 그땐 음악 한 지 얼마 안 돼서 편곡하는 것도 서툴고 오래 걸려서 결과가 별로 안 좋았지만… 지금은….

흥분하며 말하다 갑자기 말을 멈추는 찬우, 표정 굳어지고 말한다.

찬　우: 지금은… 뭐? 편곡 좀 해봤자… 결국 또 그림자 되는 건 똑같잖아. 오디션 우승하면… 바뀔까? 오디션 우승하고도 소리 소문 없이 사라지는 가수들이 한둘이 아닌데…. 나도 그렇게 되면…? 과연… 내 '곡'이… 생길 수 있을까…?

갑자기 무언가 떠오른 듯 고개를 드는 찬우.

찬　우: 내 곡…, 내 곡…? (자리에서 벌떡 일어나며) 그래…, 이거야!

황급히 다시 책상에 앉아 신나게 무언가를 작업하는 찬우. 즐겁고 설레는 마음이 드러나는 음악(가호 시작?)이 깔리며 조명 서서히 암전된다.

조명 다시 들어오면 오디션 무대와 심사위원, mc가 무대 위에 있다. 웅장한 bgm에 맞춰 소개를 하는 mc.

mc: 나의 꿈을 노래하다, 서바이벌 오디션 K팝스타! 시청자 여러분 안녕하십니까, K팝스타의 mc를 맡고 있는 사혜자입니다, 반갑습니다. 저희 K팝스타는요, 전국 곳곳에 숨어있는 스타들을 찾아내고, 음악으로 불꽃 튀는 경쟁을 보여주며, 그들의 소중한 꿈을 이뤄주는 서바이벌 오디션입니다. K팝스타 우승자에게는요, 무려 5,000만 원의 상금이 주어지며, 심사위원 분들의 기획사로부터 스카웃될 수 있는 기회와 함께, 전국 투어 공연 혜택이 주어집니다. 그럼 여기서 우리 오디션의 중요한 심사를 맡아줄 심사위원 분들을 소개해 드리겠습니다. 먼저 유명 댄스 가수이자 jyp의 사장인 박진영 심사위원님!

자리에서 일어나 인사하는 박진영, mc가 다시 소개를 한다.

mc: 다음으로 역시나 시대를 앞서간 곡들로 우리를 놀라게 했던 댄스 가수이자 현 yg의 사장, 양현석 심사위원님!

모자를 푹 눌러쓰고 자리에서 일어나 손을 들고 가볍게 인사하는 양현석, mc는 다시 소개를 한다.

mc: 마지막으로 천재 작곡가이자 안테나의 사장이신 유희열 심사위원님!

활짝 웃으며 자리에서 일어나 여러 방향으로 인사를 하는 유희열, mc가 다시 말을 이어간다.

mc: 이렇게 K팝스타의 심사를 맡아주실 심사위원 분들을 모두 만나봤습니다. 자 그럼 지금부터 본격적으로 서바이벌 오디션 K팝스타의 그 첫 번째 무대를 시작~하겠습니다!

무대 뒤편으로 퇴장하는 mc, 무대 뒤편에서 스텝들이 "카메라 스텐바이~!", "준비되면 바로 무대 시작할게요."와 같은 소리가 들리고, 심사위원들의 가벼운 잡담이 시작된다.

박진영: 어제 좀 마음에 드는 사람 있었어?

고개를 젓는 현석, 희열을 보며 진영이 묻는다.

박진영: 형은?
유희열: 나도 글쎄….
박진영: 그렇지? 이게 참 흉내 내는 사람들이 너무 많아. 자기 노래를 불러야 하는데 다 남의 거 따라 하려고 하니까 자기 색깔이 없지.

유희열: 뭐 아직 며칠 남았으니까. (지원서를 보며) 자, 오늘은 어떤 참가자들이 왔으려나? 어, 뭐야? 실용음악과 지망생이 여길 왔네.

양현석: (코웃음을 치며) 걔는 입시 준비해야지 여길 왜 왔대?

박진영: 그런 애들 가끔 있어, 어영부영 입시 준비하다가 잘 안 돼서 오디션 같은 데라도 나가보는 애들.

양현석: (다시 한 번 비웃으며) 허! 그런 애들 뽑는 곳이 아닌데 여긴.

박진영: (한숨을 쉬며) 에휴! 그러게.

다시 무대 뒤편에서 스텝들이 "자, 첫 번째 참가자 무대 올라갈게요!" 라는 소리와 함께 심사위원들 잡담을 멈추고 오디션 무대 쪽을 바라보며 참가자를 기다린다. 이윽고, 무대 뒤편에서 기타를 메고 등장하는 찬우, 심사위원들 쪽을 바라보며 허리 숙여 인사를 한다.

찬　우: 안녕하세요, 좋은 곡을 노래하고 싶은, 스무 살 이찬우입니다.

유희열: 반가워요, 첫 순서라 좀 많이 긴장되죠?

찬　우: (긴장한 듯) 아, 네 조금 긴장됩니다….

유희열: (웃으며) 너무 긴장할 필요 없어요, (심사위원들을 차례차례 가리키며) 여기 앉아 있는 우리들 뭐 그렇게 대단한 사람 아니고 그냥 아저씨들이에요, 아저씨들. 그냥 지나가던 아저씨들한테 내 노래 한번 들려준다 생각하고 편하게 부르고 내려와요.

찬　우: (살짝 웃으며) 아 네, 감사합니다.

박진영: 그 궁금한 게 하나 있는데, 여기 지원서 보니까 지금 입시 준비하다가 오셨다고 하는데 맞나요?

찬 우: 네, 맞습니다.

박진영: 입시 준비도 되게 바쁘실 텐데 어쩌다 오디션에 지원하게 됐나요?

찬 우: 아 그게, 제가 예전부터 꾸준히 자작곡을 조금씩 써오고 있었는데요, 그걸 계속 모아두고 있다가 이걸 이대로 이렇게 계속 두기는 좀 아까울 것 같아서 마침 좋은 기회가 생겼길래 한번 지원해보게 됐습니다.

박진영: 음. 그럼 오늘 무대도 자작곡으로 준비하신 건가요?

찬 우: 네, 맞습니다.

양현석: (갑자기 혼자 웃다가 얘기한다.) 아 제가 웃는 이유가, 좀 전에 자기소개할 때, 좋은 곡을 노래하고 싶다고 했잖아요. 그런데 바로 자작곡을 한다고 해서 (옆에서 맞장구치며 웃는다.) 어떻게 본인 곡이 좋은 곡인 것 같아요?

유희열: 에이, 질문이 너무 짓궂으시다.

양현석: 그런가? (잠시 웃다가) 아 농담이고요, 좀 긴장하신 것 같아서 긴장 좀 푸시라고 이렇게 실없는 소리 좀 해봤습니다. 이제 무대 한 번 보도록 할게요.

찬 우: 감사합니다, 저 죄송한데 혹시 물 한 모금 마시고 시작해도 될까요?

양현석: 그럼요 편할 때 시작하세요.

찬 우: 감사합니다.

물을 입안 가득 한 모금 마시고 한숨을 내뱉으며 긴장을 푸는 찬우, 심사위원들 웃음기가 걷어지고 시큰둥한 표정을 지으며 지원서를 넘겨본다. 그 사이 마이크 테스트를 가볍게 하고 헛기침으로 목을 약간 푼 뒤 마이크에 입을 대고 잠시 기다리는 찬우, 이윽고 가벼운 기타 소리와 함께 노래가 시작된다.

(감미로운 미성으로 차분히 노래를 부른다.)

하모니카 소리와 함께 깔리는 전주, 심사위원들은 놀란 듯 눈을 번뜩이며 일제히 찬우에게 집중한다. 심지어 박진영 심사위원은 고개를 살짝 흔들며 가볍게 리듬을 타고 있다. 노래가 진행되며 서서히 미소 짓는 심사위원들 더욱 찬우에게 집중한다.

(곡의 후렴을 편안한 가성으로 부른다.)

가벼운 탄성을 지르고, 손으로 책상을 밀며 번쩍 들어 올리는 박진영 심사위원, 옆에서 듣는 심사위원도 작게 감탄을 내뱉고 모두가 신나게 리듬을 탄다. 행복한 듯 소리 내서 웃는 박진영 심사위원, 활짝 웃는 얼굴로 몸을 앞으로 내밀며 찬우에게 더욱 집중한다.

(곡의 하이라이트로 점점 다가간다.)

점점 고조되는 노래에 깊이 빠져 이젠 넋 놓고 주인공을 바라보는 심사위원들.

(살짝 힘을 빼고 내뱉듯 부른다.)

주인공의 강약 조절에 다시 한 번 탄성을 내뱉으며 좋아하는 박진영 심사위원, 두 손을 들고 행복한 표정으로 등을 의자에 쭉 기댄 채, 의자를 한 바퀴 뱅그르르르 돌린다.

(노래를 마무리한다.)

찬　우: 감사합니다.

희망찬 bgm(viva la diva)과 함께 인사가 끝나자마자 박진영 심사위원은 탄성을 내지르며 박수를 친다. 나머지 심사위원들도 고개를 끄덕이며 힘차게 박수를 쳐준다. 심사위원들의 반응을 보며 활짝 웃는 찬우, 박진영 심사위원 먼저 심사평을 말한다.

박진영: 지금껏 제가 봐왔던 모든 오디션 무대 중에 최고의 무대였어요.
찬　우: (허리를 꾸벅 숙이며 인사하며) 감사합니다.

박진영: 봄에 대해서, 봄의 그 따스함과 설렘과 향긋함을 이렇게까지 표현해낸 곡이 지금껏 있었나?

쑥스러워하며 웃는 찬우.

박진영: 적어도 저는 못 본 것 같거든요? (사이) 제가 음악을 정말 많이 듣는 사람인데도, 저한테 최고의 봄 노래가 뭐냐고 묻는다면 (사이) 저는 이 곡을 뽑을 것 같아요.
찬 우: (쑥스러워하며) 감사합니다.
박진영: 무대 정말 잘 봤습니다, 합격 드릴게요.

박진영을 보며 허리를 숙여 꾸벅 인사하는 찬우, 이윽고 양현석의 심사평이 시작된다.

양현석: 무대를 보며 참 그런 생각이 들었어요, 아 강력한 우승 후보가 지금 나왔다. 아까 박진영 심사위원님께서 자기한테 최고의 봄 노래를 뽑으라 그러면 이 노래를 뽑는다고 했잖아요? 저는 그냥 제 인생곡 중에 하나로 찬우님의 이 벚꽃 엔딩을 꼽을 것 같아요.
찬 우: (벅차오름을 느끼며 허리 숙여 인사한다) 감사합니다.
양현석: 진짜 좋은 곡을 노래하는 가수가 맞네요. 저도 합격 드리겠습니다.

찬 우: (큰 목소리로 허리를 숙이며 답한다) 감사합니다!

유희열: 처음에 기타 하나 달랑 들고 오셔서 Bm11(비 마이너 일레븐)으로 기타 선율이 이렇게 들어오면서 노래를 시작하실 때, 아 기타 코드만 깔린 자작곡인가? 생각했어요. 근데 곧이어 그게 하모니카 소리인가요?

찬 우: 아 네, 하모니카 소리입니다

유희열: 그게 딱 들어오면서 전주가 시작되는데, 와 이 친구 곡 진짜 잘 쓴다. 음악 진짜 잘하는 친구구나 하는 생각이 들었어요.

찬 우: (다시 허리를 숙이며 인사한다) 감사합니다.

유희열: 저는 그래서, 저도 그렇지만, 보통 작곡을 잘하면 노래를 잘 못한단 말이에요? 그런데, 이 노래 실력도.

옆에서 맞짱구치며 말을 끊고 들어오는 박진영

박진영: 맞아, 맞아, 맞아, 맞아. 제가 아까 노래 얘기하느라 정신이 팔려서 까먹고 얘기를 미처 못했는데, 가창력도 뭐 흠잡을 데가 없어요. 진성에서 가성 넘어갈 때도 정말 너무 편안하고 깨끗하게 올라가고, 고음도 어쩜 그렇게 딱 공기 반 소리 반으로 깔끔하게 부르는지 참. 진짜 대한민국에 이런 사람이 있었네요.

찬 우: (허리를 숙이며) 감사합니다.

유희열: 진짜 너무 즐겁게 잘 봤고요, 다음 무대도 기대하도록 할게요. (합격 버튼을 누른다.)

찬 우: (허리를 숙이며 큰 목소리로) 감사합니다!

힘차게 인사하고 퇴장하는 찬우, bgm(viva la diva) 점점 커지고 심사위원들끼리 나누는 모습이 나온다. 무대 왼편으로 퇴장하면서 작게 기뻐하고 설레하는 찬우, 아직 무대의 흥분이 가시지 않은 듯, 다시 한 번 고개를 돌려 무대를 바라본다. 그때, 무대 오른쪽에서 등장하던 선화의 모습을 확인한다. 설레던 표정에서 알 수 없는 오묘한 표정으로 서서히 바뀌는 찬우, 노랫소리 줄어들고 선화의 자기소개가 시작된다.

선 화: (떨리는 듯) 안녕하세요, 청주에서 온 스무 살 이선화입니다….

양현석: 네, 안녕하세요. 앞 참가자가 너무 잘했죠?

선 화: 네….

양현석: 이게 보통은 첫 참가자가 엄청 잘하는 경우는 많이 없으니까 두 번째쯤 되면 앞사람 하는 거 보고 긴장이 좀 풀리거든요, 약간 뭐라고 해야 하나…. 어? 해볼 만한데? (웃으며) 이런?

옆의 심사위원들 따라 웃는다, 이때 선화는 무대 왼편에 있던 찬우와 눈이 마주친다. 선화와 눈이 마주치고 가볍게 쓴 미소를 짓는 찬우, 가볍게 주먹 쥔 손을 들어 올리며 '파이팅'이라는 입 모양을 만들고 무대 뒤로 사라진다. 찬우 쪽을 보며 살짝 놀란 듯 움찔하는 선화.

양현석: 그래야 되는데 지금 앞 참가자분이 너무 잘하셔 가지고 아마 긴장이 좀 안 풀리셨을 거예요. (선화를 보며 선화가 바라보는 쪽을 같이 보면서 말한다.) 저기 뭐가 있나요? 시선이 아까부터 저쪽에….

선 화: 네? 아, 아뇨. 아닙니다.

당황하는 선화를 보며 귀엽다는 듯 가볍게 웃은 다른 심사위원들.

양현석: (장난스럽게) 어우, 한눈팔 여유도 있으시고 긴장이 다 풀리신 것 같은데요?

옆에서 웃으며 양현석에게 "이 형은 왜 또 사람을 놀려."라고 말하는 박진영, 선화 어색하게 웃으며 당황해한다.

선 화: 아, 아니에요, 그건 진짜 아닌데…. (살짝 웃으며) 긴장은 좀 풀린 것 같아요.

양현석: 그래요? 다행이네요, 그럼 준비되시면 무대 시작해주세요.

선 화: 넵.

후 하며 숨을 내쉬고 긴장을 푸는 선화, 무대를 준비하는 과정에서 서서히 조명 어두워진다. (끝낸다는 느낌이 나도록 음악이 나오면 좋겠으나 무슨 분위기의 음악을 넣으면 좋을지 아직 잘 모르겠음.) 암전.

시계 째깍거리는 소리가 들려오고, 찰칵 하는 소리와 함께 조명 약하게 켜져 있다. 약한 조명은 찬우가 돌아가기 전의 과거, 즉, 진짜 찬우의 과거 이야기가 진행됨을 의미한다. 무대 위에는 작업실에서 작업을 하고 있는 찬우와 선화, 작업에 몰두하고 있는 찬우를 선화는 계속해서 수줍게 힐끗힐끗 바라본다. 이윽고 선화가 어렵게 말을 건넨다.

선 화: 저…, 찬우 씨?

찬 우: …. (대답 없이 작업에 열중하고 있다.)

선 화: (조금 더 크게) 찬우 씨?

찬 우: …. (여전히 작업에 집중하고 있다.)

선 화: … 찬우 씨!

찬 우: (살짝 놀라며 선화를 보는 찬우) 아, 죄송합니다, 집중하느라 그만.

선 화: 아, 아니예요.

찬 우: 무슨 일이시죠?

선 화: 그, … 저희 그래도 팀 맺은 지 며칠 됐는데 말 편하게 하는 건 어떨까요? 나이도 동갑인 걸로 아는데.

찬 우: 제가 작업 할 때는 존댓말이 편해서요. 죄송하지만 무대 준비하는 동안은 굳이 말을 안 놓았으면 합니다.

선 화: 아… 네….

뾰쭘한 듯 고개를 내리는 선화, 표정에 실망감이 묻어난다. 하지만 곧이어 뭔가 생각난 듯 주머니에서 mp3와 이어폰 줄을 꺼낸다.

선　화: 저… 찬우 씨?

찬　우: (말없이 고개를 들어 선화를 본다.)

선　화: 혹시 이 노래 들어보셨어요?

찬　우: (mp3를 확인하고 고개를 절레절레 젓는다.) 아뇨, 한 번도 안 들어봤습니다.

선　화: 아, 이거 제가 굉장히 좋아하는 밴드 노랜데 이 밴드가 별로 안 유명하지만 노래들이 정말 좋거든요. 이 곡 한 번 들어보실래요?

찬　우: 네, 좋습니다.

선　화: 정말요?

기뻐하며 이어폰 한 짝을 찬우에게 건네는 선화, 그러나 찬우는 이어폰 아래쪽 줄을 잡아 두 짝을 모두 끌어온다. 살짝 당황하며 실망하는 선화. 잠시 노래를 듣던 찬우가 이어폰을 빼고 선화에게 말한다.

찬　우: 노래는 괜찮은데 저희에게 잘 어울리는 노랜지는 잘 모르겠네요, 밴드 곡을 듀엣곡으로 편곡하는 게 쉬운 일도 아니고, 애초에 오디션에서 부를 만한 곡은 아닌 것 같아요.

선　화: 네? 갑자기 그 말씀은 왜….

찬 우: 오디션 곡 때문에 같이 들어보자고 하신 거 아니었어요?

선 화: 아…, (웃으며) 아뇨 이건 그냥 제가 좋아하는 노래라서.

찬 우: 아, 네. 노래는 괜찮은 것 같네요.

선 화: (화색하며) 그렇죠? 이 밴드가 다른 곡들도 좋은 곡이 진짜 많은데 이것들도 한번 들어보시면….

찬 우: 선화 씨, (한숨) 저희가 다음 무대 준비까지 얼마 안 남아서 지금은 일단 작업에 좀 열중하는 게 좋을 것 같아요. 선화 씨도 작업해야 될 부분 아직 많이 남지 않았어요?

선 화: 아…, 네 죄송해요….

찬 우: 저희 지금 선곡과 편곡에만 시간을 다 써서 아직 제대로 불러 본 적도 없어요, 저만 지금 되게 촉박한가요?

선 화: … 저, … 그럼 대신 한 가지만 부탁드려도 될까요?

찬 우: 뭔가요?

선 화: 내일 점심 즈음에 같이 작업하면서 떡볶이 같은 거 시켜먹는 거 어때요? 다른 팀들은 작업실에서 같이 막 시켜먹고 그러던데 저희는 그동안 계속 각자 알아서 먹고 왔잖아요.

찬 우: 작업실에서 뭐 먹는 건 별로 안 좋아합니다.

선 화: 아까 말씀하신 대로 저희 시간이 얼마 안 남았잖아요, 여기서 먹으면 밥 먹으면서 작업할 수도 있고, 다 먹고 바로 작업할 수도 있으니까 시간 단축에도 좋지 않을까요?

찬 우: (빤히 선화를 바라보다 다시 노트북 화면을 보며) … 괜찮을 것 같네요.

선　화: 정말요? 설렌다. 저 누구랑 작업하면서 함께 밥 먹는 게 작은 로망이었거든요. 떡볶이는 어디 걸로 시켜먹을까요?

찬　우: 저는 상관없습니다.

선　화: 앗싸, 그럼 제가 원하는 걸로 시킬게요. 내일 점심이에요, 늦으면 떡볶이 불어요 절대 안 돼요. 아셨죠?

찬　우: 네, 알겠습니다.

조명 잠시 꺼지고 다시 켜진다. 작업실에 홀로 앉아 찬우를 기다리는 선화, 그 앞에는 떡볶이가 놓여있다. 두리번거리며 누군가를 기다리는 듯한 선화.

선　화: 왜 이렇게 안 오지…? (휴대폰 벨소리) 어? (전화를 받는다) 아니 찬우 씨 뭐에요. 왜 이렇게 늦게 와요? 지각 한번 안 하던 사람이! … 네? 아…, 어제 밤새 작업하시느라 피곤해서 저녁 늦게 오신다고요…? 아니에요, 작업하신 건 천천히 보내주셔도 돼요…. 네, 푹 쉬세요….

슬픈 표정으로 휴대폰을 내려놓는 선화, 떡볶이 포장을 열어 힘없이 떡볶이를 입에 집어넣는다.

선　화: … 다 불었네.

다시 조명 잠시 꺼지고 켜지면 무대 뒤에서 걸어 나오는 두 사람, 들뜬 선화와 표정을 알 수 없는 찬우.

선 화: 그래도 열심히 준비한 게 보람이 있었네요!

찬 우: 그러게요, 다행입니다.

선 화: 진짜 찬우 씨가 고생한 덕분에 이렇게 좋은 결과가 나온 것 같아요, 고마워요 정말.

찬 우: 아닙니다, 선화 씨도 많이 고생했죠.

선 화: 아까 심사위원 분들이 저희 케미가 엄청 좋다고 계속 팀으로 가는 것도 괜찮겠다고 하던데 어때요? 저희 계속 팀으로 해도 괜찮을 것 같지 않아요?

찬 우: 아… 죄송하지만 저는 제가 하고자 하는 게 있어서 솔로로 가는 게 맞을 것 같습니다.

선 화: (약간 실망하며) 아 그러신가요….

약간 걸음을 늦추는 선화, 찬우는 속도를 줄이지 않고 성큼성큼 걸어간다. 그런 찬우의 뒷모습을 보며 다시 찬우를 부르는 선화.

선 화: 저, 찬우 씨!

찬우, 뒤돌아본다.

선 화: 괜찮으시면… 팀이 아니어도 계속 연락드려도 될까요?

찬 우: ….

선 화: 같이 작업하는 동안 되게 즐거웠거든요, 어딘가에 그렇게 열중하는 찬우 씨 모습 보면서 많이 배우기도 했고요…. 그래서 혹시 괜찮으시다면 내일 우리….

찬 우: (말을 끊으며) 연락은… 힘들 것 같습니다.

선 화: (놀라며) 네…? 왜요? (상처받은 표정)

찬 우: 이건 오디션입니다, 선화 씨. 서로 경쟁하며 마지막까지 살아남아야 하는… 서바이벌 오디션입니다. 오늘 팀이었던 저희가… 다음 라운드에선 서로를 떨어뜨려야 하는 입장이 될 수도 있습니다. 만약 다음 라운드에서 선화 씨가 저를 상대로 만난다면, 저를 떨어뜨려야 한다면… 최선을 다하실 수 있으신가요?

선 화: ….

찬 우: 사적인 감정은… 섞이지 않았으면 좋겠습니다.

가볍게 꾸벅 인사를 하며 사라지는 찬우, 그 모습을 멍하니 바라보는 선화. 조용히 운다. 암전.

다시 시곗바늘 소리가 들리며 무대 조명 밝아진다. 작업실에 앉아 있는 찬우, 옛 기억을 떠올리는 듯 아련한 표정이다. 무대 오른쪽에서 선화 등장하자 살짝 놀라다 이내 웃으며 가볍게 서로 인사한다.

찬우, 선화: 안녕하세요.

선화 자리에 앉고 찬우 말을 건다.

찬 우: 스무 살 정찬우입니다.

선 화: (고개를 끄덕이며) 아 저는 유선화입니다. 같은 스무 살이에요.

찬 우: 아, 동갑이네요, 그럼 괜찮으시면 저희 말 편하게 할까요?

선 화: (웃으며 끄덕인다) 네, 좋아요….

찬 우: 그래, 혹시 무슨 음악 좋아해?

선 화: (생각하는 듯) 어… 밴드 음악 되게 좋아하고, k팝도 듣고 그냥 다양하게 들어.

찬 우: 아 그렇구나, 그럼 혹시 좋아하는 곡 하나 추천해줄 수 있어?

선 화: 어어 잠시만. (mp3를 꺼내며 보여준다.) 잘 안 알려진 밴드긴 한데 내가 요즘 이 밴드 노래 엄청 많이 듣거든, 혹시 알아?

찬 우: (미소 지으며 고개를 젓는다) 아니 잘 몰라, 한번 들어봐도 돼?

선 화: 응, 그래. (주머니에서 선 이어폰을 꺼내 연결해 준다) 여기.

찬 우: (이어폰 한쪽을 꽂고 다른 한쪽을 들며) 너는 안 들어?

선 화: (놀라며) 어?

찬 우: (귀여운 듯 웃으며) 같이 듣자.

선 화: 어, 그래… 좋아.

수줍게 웃으며 이어폰을 받아 귀에 끼는 선화. 조심스레 노래를 틀고

브로콜리너마저의 편지가 흘러나온다. 고갯짓을 하며 찬우는 노래를 듣고, 선화는 그런 찬우를 중간중간 힐끔 쳐다본다. 그러다 찬우랑 눈이 마주치자 선화는 황급히 고개를 돌리고, 찬우는 귀엽다는 듯 살짝 웃는다. 첫 전주가 끝나고 노랫소리 작아지며 찬우가 말을 한다.

찬 우: 노래 되게 좋다.

선 화: 진짜? 다행이다….

찬 우: (웃으며) 다행일 건 또 뭐야.

선 화: (당황하며) 어… 어? 그런가? (멋쩍게 웃는다)

찬 우: (귀엽다는 듯 웃으며) 혹시 우리 이번에 어떤 노래 부를지 생각해봤어?

선 화: 어…, 아직….

찬 우: (주머니에서 mp3를 꺼낸다.) 이거 내 자작곡인데 들어보고 괜찮으면 이걸로 하는 건 어때?

선 화: 좋아, 우와 자작곡… 신기하다.

찬 우: 신기할 건 또 뭐야? (웃음) 이것 좀 잠깐 빌릴게.

선화의 mp3에 있던 이어폰 선을 빼 자신의 mp3에 연결하는 찬우, 이때 나오던 bgm은 조용히 페이드아웃 된다. 찬우는 선화에게 이어폰 한 짝을 넘기고, 그것을 수줍게 받아들며 귀에 꽂는 선화. 음악 소리는 나오지 않지만, 적당히 리듬을 타는 선화.

선　화: 우와! 노래 되게 좋다.

찬　우: 아 진짜? 그럼 이걸로 할까?

선　화: 응, 진짜 너무 좋아. 우와, 이게 자작곡이라고? 우와.

찬　우: 좋아해서 다행이네, (배를 문지르며) 근데 슬슬 배고프다. 우리 뭐 떡볶이 같은 거라도 시켜서 먹을까?

선　화: (놀라며) 나 떡볶이 진짜 좋아하는데.

찬　우: (웃으며) 뭐 이렇게 좋아하는 게 많아, 그럼 지금 바로 주문할게? (전화를 건다.) 아 네, 사장님, 떡볶이 1인분이랑 모둠 튀김, 그리고 오뎅 하나 주세요. (사이) 아 네, 감사합니다. 아 배고픈데 좀 빨리 도착했으면 좋겠다, 그치.

찬우의 말이 끝나기가 무섭게 무대 한쪽에서 떡볶이를 가지고 배달원이 나온다.

배달원: 떡볶이 배달왔습니다~!

놀라는 찬우와 선화.

찬　우: 아니… 벌써 왔어요…?

배달원: (음식을 나눠주며) 아~ 아니 너무 늦게 오면 (관객석 쪽을 가리키며) 여기 있는 사람들이 지루해할 것 같아 가지고 빨리 왔습니다.

찬 우: 네? 아니, 여기에 무슨 사람이….

배달원: 아이 뭐 자세한 건 아실 건 없고 그런 게 있어요~. (음식을 다 놔두고) 맛있게 드세요.

무대 뒤로 쏜살같이 사라지는 배달원, 그런 배달원을 보며 당황하듯 인사하는 찬우.

찬 우: 어어어 네… 안녕히… 가세요. (선화를 보며 배달원이 사라진 쪽을 가리킨다.) 어우 성질 되게 급하시다. 일단 먹자.

음식 포장을 뜯고 같이 떡볶이를 먹는 두 사람, 그러다 선화 입에 떡볶이 국물이 묻은 것을 찬우가 본다. 휴지를 드는 찬우.

찬 우: 너 여기 묻었다.

휴재로 선화의 입 주변을 닦아주는 찬우, 선화 놀라지만 가만히 있는다. 선화의 안색을 살피며 묻는 찬우.

찬 우: 뭐야, 왜 이렇게 얼굴이 빨개.

선 화: 응…? 아, 아니야. 아무것두….

찬 우: 여기도 다 떡볶이 묻은 거야?

선 화: (웃으며 찬우를 친다) 무슨 소리야 그게!

찬 우: (똑같이 웃으며) 여기도 묻었다, 여기도.

선 화: 아 그만해~!

노랫소리 커지고 서로를 보고 웃으며 장난치는 두 사람. 조명 서서히 어두워진다. 암전.

조명 켜지면 오디션 무대, 심사위원들 앉아 있고 양현석이 다음 참가자를 부른다.

양현석: 자, 다음 팀 입장해주세요.

오른쪽에서 등장하는 두 사람, 발걸음이 가벼워 보인다. 찬우가 입 모양으로 하나, 둘, 셋을 말하면 그것을 보고 선화가 타이밍을 맞춰 자기소개를 시작한다.

찬우, 선화: 안녕하세요, 저희는 (찬우가) 매콤하고, (선화가) 달콤한~ (같이) 매력을 보여줄 떡볶이 팀입니다!

귀엽다는 듯이 웃는 심사위원들, 유희열이 질문한다.

유희열: (여전히 웃으며) 팀 이름이 되게 귀엽네요, 이 팀은 어떻게 결성이 되게 된 거예요? 누가 뽑았어요?

찬 우: (손을 들며 마이크를 들고) 제가… 뽑았습니다.

유희열: 아~ 찬우 군이 뽑았구나, 왜 선화 양을 뽑았어요? 어디가 마음에 들어서.

찬 우: (웃으며 살짝 당황한다) 아하하, 그냥… 팀 뽑을 때 생각나는 사람이 (선화 쪽을 손으로 가볍게 가리키며) 여기밖에 없어서…. (쑥스러워한다.)

오글거린다는 듯 신음 소리를 뱉는 심사위원들, 특히 박진영 심사위원은 양손을 꼭 쥐며 "뭐야 뭐야."를 연발한다. 마이크를 잡는 양현석 심사위원.

양현석: 이 두 사람의 조합이 참 기대가 되는데, 찬우 군 같은 경우는 저번 무대에서 불렀던 벚꽃 엔딩이 엄청난 화제가 됐잖아요. 이번 무대를 준비하면서 뭔가 더 부담된다거나 하는 건 없었나요?

찬 우: 아, 혼자 했으면 좀 걱정도 되고 힘들었을 것 같은데 다행히 (선화 쪽을 바라보며) 혼자가 아니었어서. (멋쩍게 웃는다.)

다시 한 번 반응하는 심사위원들, 유희열은 "너네 뭐야~?"라며 소리친다. 쑥스러워하는 찬우와 선화, 찬우 아직 떼지 않은 마이크를 들고 다시 얘기를 한다.

찬 우: 그리고 오늘 역시 저번 무대만큼이나 좋은 곡으로 준비를 해왔기 때문에 자신 있습니다.

양현석: 네, 좋습니다. 기대가 되네요. 준비되면 무대 시작해주세요.

찬우, 선화: 넵!

서로를 바라보며 가볍게 파이팅하는 찬우와 선화, 각자 호흡을 가다듬고 잠시 서로를 쳐다보며 웃는다. 이윽고 관객석을 바라보며 전주의 드럼 비트가 나오고 박자를 타는 두 사람, 노래를 시작한다.

(노래를 먼저 시작하는 찬우, 수줍음과 달달함이 묻어나오는 목소리로 부른다.)

가사에 맞춰 가벼운 연기를 하는 찬우, 선화와 찬우는 아직은 서로를 보고 있지 않다. 이를 즐겁게 보는 심사위원들.

(찬우와 마찬가지로 선화도 수줍게 이어 부른다.)

역시나 가사에 맞춰 가볍게 연기하는 선화, 그걸 보며 귀엽다는 듯 웃는 박진영 심사위원.

(서로를 바라보며 후렴의 화음을 맞춘다.)

후렴이 나오고 탄성을 내며 좋아하는 박진영 심사위원과 역시나 신나게 리듬을 타며 즐기는 두 심사위원.

("보란 듯이 널 끌어안고 싶어."라는 가사를 부르며 안는 시늉을 하는 찬우)

물개박수를 치며 좋아하는 박진영 심사위원.

(그렇게 남은 노래를 마무리한다.)

무대가 끝나고 웅장한 브금과 함께 박수와 환호를 보내는 심사위원들. 하이파이브하며 좋아하는 두 사람. 역시나 박진영 심사위원 먼저 마이크를 들고 심사를 시작한다.

박진영: 찬우 군, 음악 정말 잘하네요.

찬 우: (인사하며) 감사합니다.

박진영: 와! 이게 보통은 음악을 많이 공부하면 할수록 더 복잡하고 잘게 쪼개진 코드 진행을 선호하거든요? 그리고 그렇게 되면 대중성이랑은 좀 멀어지게 돼요, 아무래도 시청자분들은 좀 더 단순한 코드 진행을 선호하시는 경우가 많으니까…. 어 그런데 이 노래는 기존의 그 단순한 코드를 바꾸고 쪼갰는데도… 듣기가 너무 편해요. 와 정말… 다시 한 번 얘기하지만, 찬우 군, 음악 진짜 잘하네요. 어우, 진짜 너무 잘 들었습니다.

찬우, 선화: 감사합니다.

양현석: 박진영 심사위원님 말씀대로 곡도 너무 좋았지만, 저는 두 사람의 노래도 참 좋았어요. 찬우 군이랑 선화 양 둘 다 음색

이 참 좋네요. 그리고 노래 부르면서 중간중간 나오는 제스처들이나 표정들 그리고 두 사람의 호흡, 이런 것들이 저는 너무 보기 좋았습니다. 개인적으로 이렇게 계속 팀으로 가는 것도 나쁘지 않겠다는 생각이 들 정도로 너무 좋은 무대를 보여주셨어요. 수고하셨습니다.

찬우, 선화: 감사합니다!

유희열: 이게 곡 제목이 썸이라고 되어있는데, 이게 무슨 의미에요?

찬 우: 아, 이제 연애를 아직 시작하기 전 두 남녀 사이에 뭔가 오묘하고 이상한 기류 같은 것들이 있잖아요? 그럴 때 이제 주변에서 막 '쟤 둘이 뭔가 있다.' 이런 식으로 표현하는데, 그 뭔가를 이제 영어로 해서 처음엔 썸띵이라고 제목을 지었다가, 그냥 썸이라고 하는 게 입에 잘 붙고 괜찮은 것 같아서 그렇게 제목을 결정하게 됐습니다.

유희열: 음~. 어우 되게 센스 있네요. 그리고 저는 이번에 선화 양의 그 표정 연기에 참 놀랐는데, 진짜 이제 막 사랑에 빠지려고 하는 그 순수한 소녀의 느낌을 너~무 잘 살리는 거예요. 그리고 선화 양 목소리가 이 곡에 참 잘 어울리네요. 두 사람 다 너무 수고 많으셨습니다, 잘 봤습니다.

찬우, 선화: 감사합니다.

무대에서 내려오고 오른쪽 대기실에서 작게 환호하며 좋아하는 두 사람. 선화가 먼저 말을 꺼낸다.

선 화: 아, 심사위원 분들이 좋아해 주셔서 진짜 다행이다.

찬 우: 그러게, 무사히 잘 마쳐서 다행이네.

선 화: 저, 그런데 찬우야 있잖아.

찬 우: 응?

선 화: 아까 양현석 심사위원님이 우리 계속 팀으로 가도 괜찮을 것 같다고 한 거… 어떻게 생각해?

찬 우: (잠시 선화 표정을 보다) 미안, 아직 내가 보여주고 싶은 음악적 색깔이 많아서, 아쉽지만 나는 일단 솔로로 가고 싶어.

선 화: (살짝 실망하며) 아, 그래…? 아쉽네….

찬 우: (웃으며) 대신, 무대 끝난 기념으로 내일 저녁에 회식하는 거 어때?

선 화: 내일?

찬 우: (고개를 끄덕이며) 응.

선 화: 좋아!

찬 우: 그럼 내일 보는 거다?

선 화: (고개를 끄덕이며) 응! 근데 좀 아쉽다.

찬 우: 뭐가?

선 화: 내일은 더 이상 팀으로 보는 게 아니니까. 그동안 매일 떡볶이 팀으로 보면서 되게 좋았는데….

뒷짐을 지고 고개를 돌리는 선화, 표정엔 아쉬움이 가득하다.

찬 우: 선화야.

선 화: (여전히 뒤돈 채) 응?

찬 우: 우리 그럼 내일은… 연인으로 볼까?

선 화: (살짝 놀랐다가 배시시 웃으며 뒤돌아본다.) 좋아.

따라 웃으며 선화의 손을 잡는 찬우. 두 사람은 서로를 바라보다 손을 꼭 붙든 채 퇴장한다. 암전.

시계 째깍 소리가 들리고, 찰칵 하며 멈춘다. 조명 약하게 켜지고 무대 중앙이 음식점으로 간단히 꾸며져 있다. 양복을 입고 나온 찬우가 왼쪽, 성숙하고 화사한 차림의 선화가 오른쪽에서 나와 서로를 확인하고 반갑게 인사한다. 자리에 앉은 둘, 성숙한 느낌이 물씬 난다. 고풍스러운 음악 흘러나오고 두 사람은 메뉴판을 보며 입을 움직이는 시늉을 한다. 종업원 나와 주문을 받고 물러간다. 다시 이야기를 이어가는 두 사람, 얼마 안 있어 음식이 나오고 두 사람을 음식을 먹으면서도 이야기에 열을 올린다. 음악 소리 점점 줄어들고, 두 사람의 목소리가 들리기 시작한다.

선 화: (웃으며) 오랜만에 만나서 얘기하니까 시간 가는 줄도 모르고 얘기했네.

찬 우: 그러게, 진짜….

선 화: (주변을 둘러보며) 참 좋다…. 가게 분위기도 좋고, 음식도 맛있어서 좋고…. (시선을 찬우에게로 고정한다) 좋네 참….

찬 우: 그러게. 그때도 참 좋았었는데.

선 화: 언제?

찬 우: 우리 처음 본 날, 오디션 했을 때.

선 화: 아 그때? 그치, 너무 좋았지. 무언가에 그렇게 빠져서 살았던 시기였으니까. (시선이 다른 허공을 향한다.) 일이든, 꿈이든…, 사랑이든.

찬 우: (움찔하며 선화를 본다.)

선 화: 너 그때 되게 나쁜 놈이었던 거 알아?

찬 우: … 그랬지.

선 화: 맞아, 그랬어. 아직도 작업실에서 혼자 불어터진 떡볶이 먹던 거 생각하면 지금도 울컥해.

찬 우: … 미안.

선 화: 됐어, 지나간 일인데 뭐. 그리고 오히려 그렇게 오로지 음악에만 열중하던 네 모습이 참 멋있다고 생각했어. 마음 쓸 일도 많았고 힘들기도 했지만…. 그래도 가끔 그때로 다시 돌아가고 싶을 만큼 좋았어. (잠시 정적) 뭐, 이젠 옛날 얘기지만.

찬 우: … 옛날 얘기야?

선 화: 음? 뭐가?

찬 우: 방금 말한 거… 아직도… 너한텐 옛날 얘기야?

잠시 시선이 마주치는 두 사람, 긴장한 표정의 찬우와 살짝 동요한 표정의 선화, 찬우가 먼저 입을 연다.

찬　우: 선화야, 사실….

선　화: 찬우야, (씁쓸하게 웃으며) 나 곧 결혼해.

찬　우: (당황한다.) 아….

선　화: 미안, 말했잖아 너무 옛날 얘기라고….

찬　우: 아, 그래…. (고개를 살짝 떨군다.) 그랬구나….

선　화: … 좋은 사람이야, 자상하고, 능력도 있고, 항상 날 생각해주고…. 근데 음악은… 하나도 모르는 것 같더라. (웃음)

찬　우: (떨군 고개를 들어 선화를 살짝 놀란 듯 쳐다본다.)

선　화: 나 이제 가봐야겠다, 오늘 너무 즐거웠어, 고마워.

자리에서 일어나 짐을 챙기는 선화, 천천히 의자를 밀어 넣고 나간다. 그런 선화를 멍하니 바라보다가 입을 여는 찬우.

찬　우: 음악은…!

선　화: (걸음을 멈춘다.)

찬　우: 음악은… 이제 더 안 하는 거야?

선　화: (울음을 참으며 천천히 뒤돈다. 웃으며) 그것도 너무 옛날 얘기네.

천천히 고개를 돌려 걸어나가는 선화, 그런 선화를 바라보며 찬우는 머리를 천천히 부여잡고 흐느끼기 시작한다. 암전.

선　화: 찬우야, 찬우야!

선화의 목소리가 울리며 조명 다시 켜진다. 대기실에 있는 두 사람, 생각에 잠겨있는 듯한 찬우를 선화가 옆에서 툭툭 치며 부른다. 놀란 찬우 선화 쪽을 바라보며 말한다.

찬 우: 어, 어?

선 화: 곧 있으면 네 차례야, 무슨 생각을 그렇게 해?

찬 우: 아, 그냥 잠깐 옛날 생각 좀…. (살짝 웃으며) 아, 옛날이 아닌가?

선 화: 음? 무슨 말이야?

찬 우: (웃으며) 아니야 아무것도. (머리를 쓰다듬는다.)

선 화: 뭐야 그게…? 그나저나 드디어 네 곡 들어볼 수 있겠다. 왜 이번 곡은 그렇게 꽁꽁 감춰둔 거야? 들려달라고 그렇게 졸라도 들려주지도 않구….

찬 우: 말하기 좀 부끄러운데.

선 화: 그런 게 어딨어, 얼른 말해봐.

찬 우: (쑥스러워하며) 그냥 이 곡의 처음을 완성된 무대로 너한테 보여주고 싶었어.

선 화: 에이 난 또 뭐라고, 그런데 왜 이 곡만? 그동안 나한테 다른 곡들은 막 이것저것 들려줬잖아.

찬 우: (살짝 웃으며) 이 곡은, 우리한테 되게 중요한 의미를 갖는 곡이거든.

선 화: 우리? 왜 우리야? 난 아직 노래도 못 들어봤잖아.

찬　우: 그냥… 내 감이야. (웃는다.)

무대 뒤편에서 누군가가 "정찬우 씨! 무대 준비해주세요!"라며 찬우를 부른다.

찬　우: 그럼, 갔다 올게.
선　화: 응, 잘하고 와!

무대 위로 오르는 찬우, 무대 왼편에 있는 조명 켜지며 심사위원석이 비치고 심사위원들이 앉아 있다. 양현석 심사위원이 찬우를 부른다.

양현석: 자, 다음 참가자, 정찬우 씨, 나와주세요.

다시 무대 오른편에서 등장하는 찬우, 마이크를 들고 자신감 있게 걸어 나온다.

양현석: 오늘은 어떤 곡 준비하셨나요?
정찬우: 오늘도 자작곡으로 준비했습니다.
양현석: 보니까 이번에도 노래 제목이 되게 특이한데, 혹시 어떤 내용의 노래인지 간략하게만 좀 설명해주실 수 있겠어요?
찬　우: 아 네, (사이) 시간의 흐름 속에서 우리들은 모두 무언가를 잊으며 살아갑니다. 그러다 이따금 옛 기억의 단면이라도 찾아

내 날엔, 알 수 없는 그리움과 아련함에 문득 서글퍼지는 마음마저 들기도 하죠. 어릴 적 살던 동네, 다녔던 학교, 그리고 사랑했던 사람, (사이) 그리워질 때가 되어서야 소중함을 느낄 수 있다는 게 참 아이러니하더라고요. 이렇게 잊어 버린 것들을 추억하고 그리워하는 이들의 마음을 위로하고 지금 이 찰나의 소중함을 다시금 느끼길 바라는 마음으로 이 노래를 작곡했습니다.

박진영: (감탄하며) 이거 이렇게 되면 찬우 군, 오늘도 일 내겠는데요?

찬　우: (가볍게 웃으며) 열심히 해보겠습니다.

박진영: 좋아요, 준비되면 시작해주세요.

찬　우: 넵.

심호흡하고 준비하는 찬우, 눈을 감고 감정에 집중하며 마이크에 입을 갖다 댄다. 전주와 동시에 노래 시작.

(과하지 않게, 힘을 뺀 목소리로 감정에 집중하여 첫 소절을 부른다. 이윽고 서서히 다가오는 하이라이트에서 온 힘을 다한 고음을 내지른다.)

간주가 진행되는 동안 리듬을 타며 음악에 몰입하는 찬우, 그러다 마지막에 살짝 고개를 돌려 선화 쪽을 바라본다. 가볍게 미소를 짓고 다시 눈을 감고 노래에 집중하는 찬우.

(다시 힘 뺀 톤으로 노래를 부르다 고조되는 악기 소리와 함께 다시 감정이 폭발한다. 그 감정을 어느 정도 유지한 채 노래를 마무리한다.)

말없이 무대를 끝까지 지켜본 심사위원들, 무대 끝나고 박수 소리 나오며 감탄한다. 역시나 제일 먼저 마이크를 드는 박진영.

박진영: 와! 이건 정말… 와… 어떻게…? 아니, 어떻게 이런 곡을 쓰지? 스무 살이? 되돌아갈 수 없는 과거의 그 아릿한 이 느낌을… 어떻게 이렇게 잘 이해하고 표현해낼 수가 있죠? 그동안은 그냥 곡 잘 쓰고 노래 잘 부르는 친군 줄로만 알았는데 이런 감성까지…. 정말 보면 볼수록 더 기대를 할 수밖에 없게 되네요. 무대 잘 봤습니다.

찬 우: (인사하며) 감사합니다.

양현석: 오늘 무대를 듣고 그런 생각을 했어요, 찬우 군 말고 다른 참가자가 우승하는 모습이 상상이 되나? 저는 지금 잘 안 되거든요. 자기만의 감성이 이렇게 있고, 곡도 잘 쓰고, 심지어는 노래까지 잘 불러요. 정말 개인적으로 우승 '후보'라는 말이 민망할 정도의 참가자라고 '개인적으로' 그렇게 생각합니다. 잘 들었습니다.

찬 우: (인사하며) 감사합니다.

유희열: 찬우 군이 보면 어딘가 모르게 나이에 비해 되게 어른스럽다는 느낌을 줄 때가 있어요. 그래서 그냥 생각이 좀 깊은 친구

구나 정도로만 생각했었는데, 이 정도로 깊었을 줄은 몰랐네요. 정말. 이야 이건 못해도 한 30대 중후반은 넘어야 나오는 감성인데, 보면 볼수록 희안한 친구네요. 무대 잘 봤습니다.

찬 우: (인사하며) 감사합니다.

무대 내려온 찬우, 눈물이 그렁그렁한 선화를 발견하고 다가가 안는다.

찬 우: 괜찮아?

선 화: (살짝 울먹이며) 응….

찬 우: 왜 울고 그래.

선 화: 그냥 갑자기 어렸을 때 치던 피아노가 생각나서…. 나무로 된 짙은 갈색빛의 피아노였는데 매일 학교 끝나고 집에 오면 그 피아노 앞에 앉아 놀았거든…. 그걸 지금껏 잊고 살아왔다고 생각하니까 지금 이 순간도… 너도… 언젠간 잊혀지는 건 아닌가 해서….

자기한테 꼭 안겨있는 선화를 보며 깊은 생각에 잠긴 찬우, 안은 선화를 살짝 밀어내고 얼굴을 보며 얘기한다.

찬 우: 선화야, 사실 이 오디션 나한테 많이 중요한 오디션이야. 그리고 오디션이기 때문에… 너 아니면 내가 중간에 떨어질 수도 있고, 우리가… 서로를 떨어뜨려야 할 때가 올 수도 있어.

우리의 미래는 이렇게나 불확실하고 알 수 있는 게 없지만…
그렇기에 지금 이 순간에 최대한 몰입하고자 해. 그러면… 잊고 싶어도 절대 잊을 수 없을 거야.

선 화: 그럴까…? 10년이 지나도 나는 이 순간을 기억하고 있을까?

찬 우: (잠시 생각) 똑똑히 기억하고 있어. 하나도 빠짐없이… 소중하게… 간직하고 있어.

선 화: 너도… 그럴 거지…?

찬 우: (물끄러미 선화를 보다) 그럼… 잊고 싶어도… 잊을 수가 없어…, 너란 사람은.

서로를 바라보는 두 사람. 이윽고 눈을 감고 살며시 입을 맞춘다. (고개를 돌려 시늉만 해도 됨) 음악 소리 커지고 조명 서서히 꺼진다. 암전.

조명 다시 켜지면 무대는 찬우의 집으로 바뀌어있다. 무대 오른쪽에 찬우와 찬우의 엄마가 있고 조명이 꺼져있다. 무대 왼편에서 미래 등장하고 왼쪽 핀 조명 들어온다. 표정이 안 좋은 미래, 전화벨이 울리는 휴대폰 화면을 물끄러미 바라보다가 조심스레 통화를 받는다.

미 래: 여보세요….

무대에 통화 소리 울려 퍼진다.

다 빈: 응 미래야, 우리 내일 수학여행 가는 거 같은 조잖아.

미 래: 응…. 그치?

다 빈: 그런데 우리끼리 이미 여행 코스 다 짜놔서 그냥 따로 다니려고 하거든?

미 래: … 뭐?

다 빈: 아니 우리끼리 열심히 짜 놓은 거 아무것도 안 한 네가 졸졸 따라다니면 우리 입장에선 억울하잖아, 안 그래?

미 래: 너네, 나 계획 짤 때 부른 적도 없잖아….

다 빈: 도움이 안 될 것 같으니까 안 부른 거지. 허튼, 그렇다고 너 놔두고 우리끼리 다니면 좀 미안하니까, 우리랑 같이 다니는 대신, 우리가 여행 가이드 다 짜 놨으니까 가서 자잘한 비용 같은 건 다 너 걸로 해결하는 게 어때?

미 래: … 얼마 정도 필요한데?

다 빈: 글쎄 한 20만 원?

미 래: 야, 그건… 너무 많잖아….

다 빈: 야 우리가 애쓴 게 얼만데 그 정도는 돼야지. 싫으면 뭐 혼자 다니든가.

미 래: ….

다 빈: 아, 빨리 말해, 할 거야 말 거야?

미 래: 그냥… 같이 다니기만 하면 안 돼? 나 그냥 조용히 있을 테니까….

다 빈: (한숨을 쉬며) 미래야, 너 왜 이렇게 이기적이야? 우리가 열심

히 준비한 거 옆에서 그냥 조용히 다 따라다니면서 즐기겠다고? 공짜로? (다시 한숨) 그러니까 아무도 너랑 같이 다니고 싶지 않은 거야.

미 래: ….

다 빈: 우리가 이렇게 기회를 주는데도 이러면 어쩌자는 거야? 됐어, 혼자 다녀 그냥.

미 래: 다빈아!

다 빈: 뭐?

미 래: 일단 최대한 한번… 구해볼게….

다 빈: 뭐를?

미 래: 20만 원….

다 빈: (한숨) 솔직히 방금 네 말 듣고 20만 원이고 뭐고 그냥 따로 다녔으면 좋겠거든? (다시 한숨) 그런데 네가 그렇게 같이 오고 싶다니까, 30만 원 가져와, 그럼 다시 생각해볼게.

미 래: (놀라며) 그건….

다 빈: 왜, 또 싫어?

미 래: 아냐…. 최대한 구해볼게.

다 빈: 그래, 그럼 구하면 연락 줘.

바로 통화 끊기는 소리 들리고 멍하니 휴대폰 화면을 바라보는 미래. 잠깐 고민하다가 눈치를 살피며 조심히 찬우의 방으로 들어간다. 찬우 방에는 엄마와 찬우가 대화를 나누고 있다.

엄 마: 우리 아들…, 오늘이 결승이지? 지금까지 잘해왔으니까 부담 갖지 말고 열심히 너 하고 싶은 대로 최선을 다하고 와.

찬 우: 고마워. 꼭 우승해서 올게.

엄 마: 진짜 엄마가 해준 것도 없는데 언제 이렇게 컸대.

찬우를 껴안으며 토닥이는 엄마. 그때 미래가 조심스레 방문을 열고 들어온다.

찬 우: 어? 미래야, 무슨 일이야?

미 래: 아, 저 그게….

엄 마: 미래야, 네 오빠 오늘 결승이래, 응원 좀 한마디 해 줘라.

미 래: (못마땅한 듯 오빠를 바라보며 건성으로) 잘하고 와….

엄 마: 으유, 그게 응원이냐? 지 오빠 중요한 대회 나간다는데 잘하고 와~. (미래를 흉내 내며) 뭐야 이게? (미래를 째려본다.)

미 래: (표정에 짜증이 가득하다.) … 엄마.

엄 마: (역시나 살짝 짜증이 있는 톤으로) 뭐?

미 래: 나 내일 수학여행 가는데…, 용돈 좀 더 줄 수 있어…?

엄 마: 용돈? 얼마나?

미 래: 30만 원 정도….

엄 마: (놀라며) 너 미쳤어?! 아니 중학생이 수학여행 가는데 무슨 30만 원씩이나 필요해?

미 래: … 친구들 것도 좀 사 줄려고….

엄 마: 친구들 걸 네가 왜 사줘?

미 래: (표정이 점점 더 안 좋아진다.) 애들이 여행 계획 다 짜 줘서… 자잘한 건 다 내가 내기로 했어….

엄 마: 그게 무슨 소리야? 여행 계획은 갈 사람들끼리 같이 짜는 거고 돈 쓰는 거야. 가서 다 같이 쓰는 거지 네가 그걸 왜 다 내?

미 래: (짜증 내며) 아, 그런 게 있어.

엄 마: 이게 지금 어디다 대고 짜증을…. 너, 네 친구들한테 다 말하고 다녔지, 네 오빠 정찬우라고. 그래서 애들이 네 오빠 돈 많이 버니까 너한테도 돈 많이 가져오라고 하는 거 아니야? 애는 지 오빠처럼 될 생각은 안 하고, 지 오빠 팔아먹고 다닐 생각만 하네.

찬 우: 그러게 미래야, 다른 건 몰라도 중학생이 30만 원은 좀….

미 래: (떨리는 목소리로 조용히 얘기한다.) 내가 왜 얘기해? (점점 고조된다.) 나 같은 애 오빠가 지금 티브이에 나오는 정찬우라고 말해? 왜…? (갑자기 소리친다.) 내가 그걸 왜 말하는데!

놀란 듯 멍하니 미래를 쳐다보는 엄마와 찬우. 말을 이어가는 미래.

미 래: (흥분한 상태로) 나도 알아 이상한 거, 나만 거기서 돈 내야 되는 거 이상한 거 나도 안다고. 나 같은 애랑은 아무도 같이 다니기 싫어서 호구같이 돈이라도 써야 끼워준다는 거 나도 안다고! 근데 이런 애 오빠가 정찬우라고 얘기를 한다고? 내

가 왜…? 내 스스로 병신 되는 그 짓을 대체 왜!!

미 래: (찬우를 보며) 사랑받기 위해 노력해본 적 있어? 관심을 주는 것조차 허락되지 않았던 적이 있어? 그냥 그 따듯한 관심 한 번 받아보기 위해 발버둥 치는 사람의 심정을… 생각해 본 적이나 있어…? 오빠 같은 사람은… 나한테 너무 역겨운 사람이야. (엄마를 보며) 왜 나는 이렇게 태어났어…? 왜 나한테는 사랑받는 법을 안 알려줬어…? 왜 저런 사람이 있는데! … 날 낳았어…?

눈물 흘리며 씩씩거리는 미래, 그런 미래를 여전히 멍하니 보고 있는 엄마와 찬우, 엄마가 말을 건넨다.

엄 마: 미래야, … 너 지금 그게 무슨…?

미 래: 됐어…. 이제… 다 필요 없어졌어….

무대 왼쪽으로 뛰쳐나가는 미래, 엄마와 찬우 뒤늦게 놀라 미래를 쫓아간다.

찬우, 엄마: 미래야, 미래야!!

잠시 후, 헐떡거리며 집으로 들어오는 찬우, 숨을 몰아쉬며 얘기한다.

찬 우: 바보같이… 왜 오늘을 잊고 있었지…? (손목 시계를 확인하며)

시간이 얼마 없는데… 어쩌지? 경찰이 예상했던 사망 시간이 6시에서 8시 사이… 빨리 안 찾으면… 이번에도 또….

이때 울리는 휴대폰 벨소리, 찬우 급하게 전화를 받는다.

찬 우: 여보세요? 아 네, 피디님. 지금 집에 급한 일이 생겨서… 죄송해요. 정말 급한 일이라 어쩔 수가 없을 것 같아요…. 그게 지금 동생이 가출을 했는데 애 상태가 좀 위험해 보여서 빨리 찾아야 하거든요…. 네 근데 이게 지금 정말 시간이 얼마 없어서 (무언가 번뜩 생각이 떠오른 듯) 저 피디님 죄송한데 혹시 공연곡을 좀 바꿀 수 있을까요? 저한테 음원은 다 있습니다. 네네, 아 죄송합니다. 그런데 정말 중요한 일이라 꼭 좀 부탁드리겠습니다. (황급히 무대 뒤로 사라지며) 그리고 곡 소개할 때 ….

찬우 사라지면 조명 암전. 다시 켜지면 무대 오른쪽에 미래 서 있고 앞엔 의자 하나가 놓여있다. 허공엔 밧줄이 매달려있고 그것을 물끄러미 바라보는 미래, 떨리는 몸으로 조심스럽게 한 발을 의자 위로 올라간다. 이때 무슨 소리를 듣고 고개를 오른쪽으로 돌리니 mc가 k팝스타의 무대를 진행 중이다.

mc: 서바이벌 오디션 k팝스타 드디어 대망의 결승전입니다! 지금 이곳은 정말 많은 관중들로 가득한데요, 오늘 드디어 여기 계신

관중 여러분들과 시청자 여러분들의 손으로 k팝스타의 첫 우승자가 탄생하게 됩니다! k팝스타의 우승을 노리는 그 첫 번째 후보는요, 매력 있는 자작곡들과 탄탄한 실력으로 엄청난 센세이션을 일으키고 있는 참가잡니다. 정찬우!

사람들의 환호성 소리 들리고 mc의 목소리 갑자기 작아지며 립싱크하듯 말한다. 그걸 바라보며 미래가 나지막히 말한다.

미 래: 오빠는… 어디에서나 사랑받고 있구나….

나머지 한 발을 의자 위로 올리는 미래, 다시 mc의 목소리 커진다.

mc: 그럼 오늘의 첫 번째 무대, 정찬우 씨의 무대부터 만나보도록 하겠습니다.

무대 위로 나오는 찬우, mc는 찬우와의 인터뷰를 립싱크로 진행하고 미래는 서서히 밧줄을 끌어당긴다. 머리를 집어넣고 두 손이 떨리는 상태로 눈을 꼭 감는 미래, 그 순간 무대 위에 홀로 남아있는 찬우의 목소리가 들린다.

찬 우: 미래야!

미래 놀란 듯 찬우 쪽을 바라본다. 밧줄에 손을 올린 채 멍하니 찬우 쪽을 보는 미래.

찬 우: 기억이 날지 모르겠는데, 10년 전인가? 내가 학교에서 노래를 너무 불러서 반 애들한테 미움을 산 적이 있었어. 그때는 노래 부르는 게 너무 좋아서 맨날 부르고 다녔는데, 아마 애들한테는 많이 시끄러웠나 봐. 그런데 다들 내가 노래 부르는 걸 싫어하고 나랑 같이 안 다니려고 해서 노래도 안 부르려고 노력하고 그랬는데, 그래도 애들은 여전히 날 싫어하더라고. 그런데 어느 날, 집에 갔는데 네가 나한테 와서 묻는 거야, 왜 오빠 요새는 노래 안 부르냐고. 그래서 말했지. '사람들이 시끄럽다고 싫어해서 안 부른다고.' 그러니까 네가 그러더라고. '나는 오빠 노래 부르는 거 좋다고. 물론 예전엔 너무 자주 불러서 시끄러울 때도 있었지만, 그래도 오빠가 싫진 않았다고. 노래 안 부르는 오빠보다는 조금 시끄러운 오빠가 자기는 더 좋다고.' 그때 5살짜리 여자애가 했던 그 말이, 내가 잊고 있던 너무 당연한 사실 한 가지를 떠올리게 했어. 이 세상에 사랑받을 자격이 없는 사람은 없다고, 내가 사랑받을 이유 따위는, 만들 필요도 없었다고. 그리고 그때 다짐했어, 언젠가 네가 힘든 일이 생겨서 너를 잃어갈 때, 내가 꼭 도와주겠다고…. 미래야, 오늘 이 곡은 그때를 생각하면서 썼던 곡이야. 얼른 돌아와, 보고 싶다.

마이크에 살며시 입을 대는 찬우, 감정을 잡는 사이 피아노 전주가 나오며 노래가 시작된다.

(얇고 떨리는 목소리, 슬퍼하며 어쩔 줄 몰라 하는 감정이 가득 담겨 있다.)

노래를 들으며 서서히 밧줄에서 내려와 의자 밑으로 주저앉는 미래…. 얼굴은 이미 눈물로 가득하고 드럼 소리와 함께 밴드 사운드가 들어오면서 음악 줄어들고 미래의 대사가 시작된다.

(살짝 올라온 템포에 맞춰 약간은 적극적으로 노래를 부르는 찬우, 하지만 여전히 세심한 강약 조절로 섬세한 감정을 표현한다.)

미 래: 나…, 나 진짜 열심히 했는데, 난… 나는… 누구도 미워하지 않았는데…. 근데, 왜 나한테… 아무도… 아무도…. (흐느낀다.) 그래서 그러면 안 되는데, 안 되는 건데… 그렇게 내가 오빠한테…. (울음을 터트린다.) 오빠 나 너무 미안해, 진짜 너무 미안해…! (찬우를 바라본다.) 보고 싶어… 정말….

미래 엎드려 울고 노래 반주 다시 커지며 하이라이트 부분이 나온다.

(억울함, 슬픔, 위로가 담겨있는 목소리로 있는 힘껏 노래를 불러낸다.)

천천히 미래 쪽을 바라보며 미래에게 다가가는 찬우.

(다시 힘을 뺀 채 떨리는 목소리, 슬픈 감정이 가득하다.)

완전히 다가가진 않고 중간에 한쪽 무릎을 꿇고 미래를 바라보며 노래를 마무리한다.

암전.

침대에 누워 있는 찬우, 주변에서 기분 나쁜 속닥거리는 소리와 음산한 효과음이 들리고 이에 찬우는 괴로워한다. 소리 점점 고조되고 얼마 안 가 크게 소리치며 일어나는 찬우.

찬 우: (헐떡이며) 헉, 헉… 또… 이 꿈.

책상 한편에 올라가 있는 오디션 우승 트로피를 물끄러미 바라보는 찬우, 천천히 다가 트로피를 들어 올리며 말한다.

찬 우: … 내가 대체 무슨 자격으로 이걸….

그때 갑자기 울리는 찬우의 휴대폰. 물끄러미 바라보며 말한다.

찬 우: … 모르는 번혼데…. 여보세요?

통화 목소리 무대에 울려 퍼진다.

시 은: 안녕하세요, 혹시 가수 정찬우 씨 번호 맞을까요?

찬 우: 네, 맞습니다만…, 누구시죠?

시 은: 아 네, 안녕하세요! 저는 작곡가 이시은이라고 합니다. 평소에 찬우 님 팬이어서 곡도 자주 듣고 그러거든요.

찬 우: 아, 감사합니다.

시 은: 그런데 저번에 부르셨던 곡 관련해서 질문드리고 싶은 게 있어서 연락드렸는데 혹시 통화 가능하실까요?

찬 우: 아… 그런데 제가 지금 좀 바빠서 혹시 어떤 내용의 질문인지 알 수 있을까요?

시 은: 아, 다름이 아니구요, 그 13번째 마디에서 코드를 살짝 바꾸신 것 같은데 맞나요?

찬 우: (움찔하며) … 네…, 맞습니다만…. 그걸 어떻게…?

시 은: (살짝 웃으며) 그 곡 제가 썼거든요.

눈에 띄게 당황하고 동요하며 자리에 풀썩 앉는 찬우. 말을 잇지 못한다.

시 은: 자세한 건 만나서 얘기하실까요?

귀에서 떨리는 손으로 천천히 휴대폰을 땐 뒤 들여다보는 찬우, 조명 암전.

조명 다시 켜지고 테이블 위에 미리 와 앉아 있는 시은, 무대 왼쪽에서 찬우 나오고 그런 찬우를 보며 반갑게 인사하는 시은. 찬우는 어두운 표정으로 인사도 받지 않고 천천히 자리에 앉는다. 양손을 모으고 굳은 표정으로 앉아있는 찬우, 힐끔힐끔 시은의 눈치를 살피지만 시은은 생글생글 웃는 표정으로 찬우를 바라보고 있을 뿐이다. 조심스럽게 입을 여는 찬우.

찬 우: 왜… 만나자고 하셨습니까?

시 은: (미소를 지은 채로 잠시 정적) 그냥 뭐 당연히 억울한 것도 있고, 몇 가지 좀 궁금한 점도 있고 해서요. (웃는다.) 우선 그 곡, 제 곡 맞죠?

찬 우: … 맞습니다.

시 은: 의외네요, 처음에 막 엄청 잡아떼고 그러실 줄 알았는데.

찬 우: ….

시 은: 처음에 깜짝 놀랐어요, 티브이에서 익숙한 멜로디가 나오길래 봤더니 제 노래를 안면 한번 튼 적 없는 유명 가수가 부르고 있더라고요?

찬 우: ….

시 은: 처음엔 어찌나 놀랐는지…. 그런데 곧이어 큰 의문점이 하나 들더라고요.

찬 우: (고개를 살짝 들어 시은을 바라본다.)

시 은: 이 곡, 나도 써놓고 까먹고 있던, 그동안 그 누구한테도 보여

준 적 없고 어디에 올린 적도 없던 곡인데, 저 사람은 이걸 어떻게 알고 부르고 있는 걸까?

찬 우: ….

시 은: 그래서 처음엔 그냥 비슷한 곡인 건 아닐까 생각했어요. 그런데 아무리 들어봐도 제 곡이 맞더라고요? 가사까지 똑같을 순 없으니까.

찬 우: ….

시 은: 도대체 어떻게 이 곡을 아신 거예요? 그쪽은 어떨지 모르겠지만, 적어도 저는 제 인생에서 정찬우란 사람을 직접 본 건 지금 여기가 처음이거든요.

찬 우: (고민하다 입을 연다.) … 그냥 우연히 들었습니다.

시 은: 우연히요? 어디서요?

찬 우: 기억은 잘 안 납니다. … 그냥 어디선가 들었습니다…. 우연히.

시 은: (찬우를 물끄러미 바라보다) 기억력이 되게 좋으신가 봐요. 한 번 듣고 가사도 그렇게 정확히 다 기억하시고.

찬 우: (고개를 숙인다.) ….

시 은: 왜 그러셨던 거에요?

찬 우: ….

시 은: 이런 짓을 벌이시고도 아무도 모를 줄 알았나요? (찬우의 대답을 기다린다.)

찬 우: … 죄송합니다.

시 은: (잠시 찬우를 바라보다) 처음엔 엄청 화가 나더라고요. 내가 애

지중지해가며 쓴 내 자식과도 같은 작품을 다른 누군가가 가져가 버렸다는 게. 자식을 빼앗긴 부모의 마음이 이런 걸까? 싶기도 하고.

찬 우: ….

시 은: 그런데 곧이어 그런 생각이 들더라고요, 나조차도 잊고 있었던 내 작품이 다른 누군가의 손에 의해 저렇게 화려하게 피어났구나.

찬 우: (내려가던 고개가 살짝 멈춘다.)

시 은: 저걸 내 거라고 부를 수 있을까? 내가 썼던 내 곡은 어떻게 되는 걸까…? 그런데 아무리 생각해도 저건… 내 거더라고요.

찬 우: (다시 점점 죄책감에 숙여지는 고개)

시 은: 내 곡이라고 말하고 싶다, 아니 말해야 한다. 저 곡의 원작자란에는 이시은이란 이름 세 글자가 박혀 있어야 한다. 그렇게 생각을 하다가… 그거면 될 것 같더라고요.

찬 우: (고개를 들어 시은을 본다.)

시 은: 원곡자 란에 이시은 세 글자가 박히는 것, 그게 제가 원하는 전부에요.

찬 우: (놀라며 당황한다.) 어… 저….

시 은: 처음엔 막 언론에 제보해서 고발을 할까, 아니면 법적 문제로 끌고 가서 몇 년이 걸리든, 얼마가 들든 싸워볼까 그렇게 생각을 했는데.

찬 우: (여전히 놀란 표정으로 쳐다보고 있다.)

시 은: 생각해보니 그렇게 싸우는 동안은 곡을 한 개도 못 쓸 것 같더라고요…. 그리고 그건… 싫었어요. (웃음) 무엇보다 불러주신 곡이 다행히 제 마음에 쏙 들었기 때문에 그냥… 그쪽을 용서하기로 했어요.

찬 우: (멍하니 시은을 쳐다본다.)

시 은: 아 참, 그리고 이건 부탁은 아니고, 찬우 씨가 부른 제 노래도 물론 좋았지만 제가 따로 생각했던 가수도 있었거든요. 그분이 허락만 한다면, 아마 그분이 부른 제 노래가 음원으로 나올 것 같아요. 그냥 알아두시라고 말씀드렸어요.

찬 우: (가만히 듣다가 천천히 입을 뗀다.) 그 가수분은… 굉장히 억울해할 겁니다.

시 은: (궁금하다는 듯 찬우를 쳐다본다.)

찬 우: 원곡자가 염두에 두었던 사람이니 당연히 곡과 잘 어울리겠죠, 아마 제가 부른 것만큼이나, 아니 어쩌면 그보다 더 좋은 곡이 나올 수도 있습니다…. 하지만 그 곡은 제가 처음 불렀었다는 이유만으로 평생에 걸쳐 저와 경쟁을 해야 할 겁니다. 노래를 부를 때마다 그 가수분은 평생 제 그늘 밑에 갇혀 살아갈 거고요…. 만약 그 가수분이 이 사실을 알게 된다면… 미친 듯이 억울해할 겁니다. 이 바닥은 실력만이 전부인 곳이 아니니까요.

시 은: 물론 실력이 있어도 잘 알려지지 않은 가수들이 있고, 대중들이 아직 찾지 못한 좋은 곡들도 많이 있죠. 뒤늦게 곡의

진정한 주인이 나타나기도 하고요. 그런데 그것들이 진정으로 가치를 지니고 있다면, 적절한 시기에 적절한 보상을 받지 않을까요?

찬 우: (떨리는 목소리로) 그렇지 않으면요…?

시 은: (말없이 지켜본다.)

찬 우: 15년간 주목 한 번 받지 못했던 무명 가수가… 곡의 주인이 되면서 일순간에 스타가 되면은요? 자신의 목소리와 실력은 바뀐 것이 하나 없는데도… 죽어라 실력을 키웠던 그 15년이 고작 일주일 만에 뒤집힌다면… 그걸 '적절했다'라고 할 수 있나요…?

시 은: ….

찬 우: 누구보다 좋은 곡을 부르고 싶었고, 좋은 곡을 부르고 있다고 믿었습니다, 그런데…! 그게 맞았어요. 좋은 곡을 부르고 있던 게 맞았다고요! 너무 소름끼치게도… 지금까지 쭉… 좋은 곡을 부르고 있던 게 맞았어요…. (흐느낀다.)

시 은: 그랬군요.

찬 우: ….

시 은: 억울했겠네요. (천천히 고개를 들어 찬우를 본다.) 음악을 많이 사랑하는 사람이었다는 게 여기까지 느껴지네요, 분명 많이 억울했을 것 같아요. 그리고 그 억울함을, 이 세상 그 어느 누구보다 잘 알고 있을 것 같아요. 그러니… 다른 이들은 부디 그런 억울함을 겪지 않도록, 그리고 본인이 사랑하는 음악이 더 아름다울 수 있도록 어디선가 열심히 노력하고 있지

않을까요?

찬 우: (울면서 고개를 천천히 책상에 거의 닿을 때까지 떨군다. 다 뭉개진 발음으로 말한다.) 죄송합니다…, 죄송합니다….

시 은: 전 분명히 어디선가 그러고 있을 거라고 믿어요.

찬 우: (여전히 우느라 발음은 엉망이지만 점점 더 크고 또렷한 목소리로) 죄송합니다…, 정말… 정말 죄송합니다…. 제가…, 제가 정말 죄송합니다….

조명 서서히 꺼진다. 암전.

조명 다시 켜지면 카페 안, 2명의 여자가 테이블 위에서 수다를 떨고 있다. 노랫소리 줄어들면 그들의 대화가 들린다.

여자 1: 아 참, 이번에 그 기사 봤어?

여자 2: 무슨 기사?

여자 1: 정찬우 알지? 이번에 정찬우가 갑자기 특정 작곡가들한테 자기 곡의 저작권을 넘기고 저작권료까지 넘겨줬다네?

여자 2: 응? 뭐야, 왜? 표절이라도 한 거야?

여자 1: 나도 처음에 그런 줄 알았거든? 근데 이상한 게 정찬우는 곡을 원래 주인에게 돌려준 거라고 말하는데 정작 그걸 받은 작곡가들은 영문을 모른다는 거야.

여자 2: 엥? 뭐야, 그게.

여자 1: 이건 내 추측인데, 사실 정찬우가 누군가의 곡을 훔쳤는데 소속사에서 작곡가 입단속을 시키고 이렇게 기사를 낸 거 아닐까?

여자 2: 아니…, 입단속을 시킬 거라면 애초에 굳이 줄 필요도 없지 않나…?

여자 1: 아 그런가? 하여튼 근데 몇몇 곡들은 다른 가수가 새로 불러서 음원이 나왔다고 하더라. 몇 개 한 번 들어볼래?

여자 2: 어 진짜? 궁금하다 한 번 들어보자.

이어폰을 끼고 같이 노래를 듣는 두 사람, 잠시 뒤 여자2가 먼저 말을 꺼낸다.

여자 2: 괜찮긴 한데, 역시 나는 원곡이 더 낫다.

여자 1: 그래? 난 새로 부른 것도 괜찮은 것 같은데.

여자 2: 괜찮긴 한데, 에이 그래도 원곡엔 못 비비지.

여자 1: 그런데 정찬우 말이 사실이면 그걸 원곡이라고 할 수가 있나?

여자 2: 그런가? 으 모르겠다, 어렵네.

그때 무대 한쪽에서 여자3이 그림 하나를 듣고 헐레벌떡 뛰어와 앉는다.

여자 3: 미안해, 애들아. 나 너무 늦었지?

여자 1: 야, 지금 시간이 몇 신데 이제 오냐?
여자 3: 미안, 미안.
여자 2: 어? 근데 손에 든 건 뭐야? 그림인 것 같은데?
여자 3: 아, 오는 길에 산 건데 사실 이것 때문에 좀 늦었어.
여자 1: 네가 웬일이래, 무슨 그림인데?
여자 3: (조심스레) 너네 반 고흐 알지?
여자 1: (놀라며) 내가 아는 그 고흐? 이거 고흐 그림이야 설마?
여자 3: (웃으며) 아냐 내가 돈이 어딨냐? 고흐 그림은 아닌데, 고흐 그림이라고 할 수도 있지.
여자 2: 엥? 그게 무슨 소리야.
여자 3: 옛날에 고흐 그림을 거의 완벽하게 따라 그리는 사람이 있었거든, 그 사람이 그린 작품이야.
여자 1: 아, 그럼 고희 다른 그림을 따라 그린 그림이야?
여자 3: (고개를 저으며) 아니 이 사람이 새롭게 그려낸 그림이야. 그런데 고흐의 화풍을 완벽히 따라 해서 전문가들도 맨 처음에 이 그림을 보고 고흐가 그려낸 그림이라고 말했대. 본인이 직접 밝히기 전까진 아무도 그 사실을 몰랐다나 봐, 재밌지?
여자 2: 우와! 신기하다. 그럼 그렇게 비싼 그림은 아닌 건가?
여자 3: 그러니까 내가 샀지. 고흐가 그린 건 아니긴 하지만 그래도 그림이 예뻐서 마음에 들더라고, 화가의 스토리도 인상 깊고.

그때 뒤에서 모자와 안경, 마스크를 쓰고 접근하는 찬우, 조심스레 말을 건다.

찬 우: 저기….

여자1, 2, 3: 엄마야!

찬 우: (잠시 당황하며) 아 죄송합니다, 저 수상한 사람은 아니고요….

여자 1: 누가 봐도 수상하게 생기셨는데….

찬 우: 아, 이건 사정이 있어서…. 그런데 진짜 수상한 사람은 아닙니다. 저 다름이 아니라 혹시 이 그림 저한테 파실 수 있나 해서 왔거든요.

여자 3: (그림을 들며) 이, 이거요?

찬 우: 네….

여자 3: 아니, 너무 갑작스러운데….

주머니에서 돈 봉투를 꺼내는 찬우, 테이블 위에 올려준다.

찬 우: 지금 주신다면 이 가격에 사고 싶습니다.

한눈에 봐도 두꺼워 보이는 돈 봉투를 보고 놀라며 천천히 안을 확인하는 여자3, 5만 원짜리로 가득한 돈 봉투를 보고 놀라며 친구들과 관객들에게 보여준다.

여자 3: 아니, 뭐 이렇게 큰돈을…. (잠시 고민하다가) 저 근데… 아까 얘기 들으셨는지 모르겠지만… 반 고흐의 모작을 주로 했던 화가가 그린 그림이거든요…. 그래서 사실 그림의 가치는 이 정도가 아니라서….

찬 우: 괜찮습니다, 저한텐 그만한 가치가 있는 그림이거든요. (그림을 들고 물끄러미 바라보는 찬우) 그림 가지고 가도 괜찮을까요?

여자 3: 예? 아, 네, 네! 감사합니다….

찬 우: 아닙니다, 제가 감사합니다.

무대 뒤로 사라지는 찬우, 여자1, 2, 3은 돈 봉투를 가지고 계속해서 확인하며 놀라워하고 있다. 조명 서서히 암전.

조명 다시 켜지면 찬우의 방, 마스크와 선글라스, 모자를 하나둘 벗으며 찬우의 얼굴이 드러난다. 사 온 그림을 조심스레 방 벽에 거는 찬우, 의자에 앉아 잠시 그림을 물끄러미 바라본다. 그리고 기타 가방으로 시선이 옮겨지는 찬우. 자리에 일어나 가방을 열고 기타를 꺼낸 다음 의자를 끌고 무대 앞으로 나온다. 무대 앞에 설치된 두 개의 마이크에 각각 입과 기타를 대고 천천히 튜닝을 한 다음 노래를 부른다. 이미 거의 잊혀진 옛날 노래를 세련된 편곡으로 재해석한 곡이 배우의 목소리로 울려 퍼진다. 노래가 끝날 때쯤 조명 한 번에 꺼진다. 이윽고 다시 기타 소리와 함께 다양한 사운드가 가득한 노래의 후렴이 나오고, 조명 켜지며 커튼콜 시작된다.